Das Begehren des Alphas

Renee Rose

Übersetzt von
Stephanie Kotz

 Erstellt mit Vellum

Renee Rose: HOLEN SIE SICH IHR KOSTENLOSES BUCH!

Tragen Sie sich in meine E-Mail Liste ein, um als erstes von Neuerscheinungen, kostenlosen Büchern, Sonderpreisen und anderen Zugaben zu erfahren.

https://www.subscribepage.com/mafiadaddy_de

Nachricht der Autorin

Liebste Leserin, liebster Leser,

als ich die Verlagsrechte der *Alpha Doms* Reihe von Stormy Night Publications, dem ursprünglichen Verleger, zurückerhielt, zog ich in Erwägung, die gesamte Serie neu herauszubringen / zu überarbeiten, wie ich es bei meiner *Mafia Männer* Reihe getan hatte. Es ist beinahe zehn Jahre her, seit *Das Begehren des Alphas* veröffentlicht wurde, und meine Schreibfertigkeiten, mein Stil und der Inhalt meiner Geschichten haben sich bedeutend verändert. Ich mag noch immer Kink, habe mich jedoch von dem Bestrafungs-Stil entfernt und schreibe nun eher sexy Szenen.

Letztendlich beschloss ich die Serie so zu lassen, wie sie ist – ein Zeugnis der Zeit. Es mag zwar ein wenig demütigend für mich sein, doch indem ich die Geschichte so lasse, wie sie ist, kannst du meine Entwicklung als Geschichtenerzählerin sehen. *Das Begehren des Alphas* (2015) ist mein Milliardär-Boss-Wolfgestaltwandler 1.0, *Alphas Versuchung* (2017) wurde 2.0 und *Großer Böser Boss* (2024) ist 3.0. Wer weiß, welche Form 4.0 annehmen wird?

Wie immer bin ich dir, dem Leser, ewig dankbar, der

mich dazu ermutigt, weiterzuschreiben, mein Handwerk weiterzuentwickeln und Neues zu lernen, um mit jeder Geschichte, die ich erzähle, neue Tiefen zu finden. Danke, dass du jetzt meine Bücher liest, und falls du meine Geschichten schon von Anfang an gelesen hast, eine Million Küsse für dich, dass du mir all diese Zeit treu geblieben bist.

Das Begehren des Alphas

von

Renee Rose

Kapitel Eins

Ben drückte auf den Knopf des Tiefgaragenaufzugs und rieb sich übers Gesicht. Während die Kabine den Schaft hinabsauste, stellten sich seine Nackenhaare auf. Seine Instinkte warnten ihn, aufmerksam zu sein.

Weshalb? Er schaute auf, um zu lesen, an welcher Etage er vorbeifuhr, und drückte auf den Knopf für das nächste Stockwerk, ohne nachzudenken. Der Aufzug hielt an und die Türen glitten auf. Er stellte einen Fuß gegen eine Seite, damit die Türen geöffnet blieben, und lauschte. Seine Haut kribbelte. Ja, jemand oder etwas war hier.

Er verließ den Aufzug auf leisen Sohlen. Die meisten Lichter waren ausgeschaltet und die Computerbildschirme zeigten die Bildschirmschoner. Bis um 19:30 Uhr waren all seine 523 Angestellten nach Hause gegangen. Er bog um eine Ecke und seine Sinne schärften sich, als er den Arm einer Frau auf dem Boden liegen sah, der aus einem der Arbeitsplätze auf den Gang ragte. Er schoss vor und das Adrenalin, das ihn bereits durchströmte, sorgte dafür, dass er sich teilweise verwandelte.

Eine junge Frau lag ausgestreckt mit dem Rücken auf

dem Boden und hatte die Augen geschlossen. Was in aller ...? Als er einen Satz machte, um sich neben sie zu knien, öffneten sich ihre Augen flatternd und sie kreischte. Sie rappelte sich schnell auf. „M-Mr. Stone!"

Er packte ihre Arme und hob sie auf die Füße, während er tief Luft holte und sich bemühte, wieder seine normale Sicht anzunehmen. Etwas daran, wie sich ihr Fleisch unter seinen Händen anfühlte, erschwerte es ihm, sich zu entspannen. Er ließ sie los. Dennoch stellten sich die Härchen auf seinen Armen auf und seine Instinkte brüllten ihn an, aufmerksam zu sein. Warum? Welche Gefahr lag hier vor?

„Was ist passiert?"

„Oh, nichts!", rief die junge Frau und strich ihr lange, rötlich-braune Haarmähne aus ihrem Gesicht. „Ich ... ich habe nur eine Migräne. Sie wirkt sich auf meine Sicht aus, weshalb ich nicht Auto fahren wollte. Ich habe versucht, die Migräne mit Meditieren zu verscheuchen." Sie sprach schnell und war zweifellos aufgeregt, weil der Eigentümer und CEO der Firma an ihrem Arbeitsplatz stand. „Es tut mir leid. Es sah bestimmt so aus, als wäre ich ohnmächtig geworden oder zusammengebrochen. Ich wollte Sie nicht erschrecken." Ihre blauen Augen wirkten, als wären sie vor Schmerz geschrumpft, ihre Schönheit war dennoch unbestreitbar. Hohe Wangenknochen, große Augen und ein breiter, sinnlicher Mund. Während er ihre Lippen betrachtete, wölbte sich sein Sichtfeld erneut und rückte die Dinge in seiner Peripherie sowie ihr Gesicht in den Fokus. Er blinzelte, drängte die bevorstehende Verwandlung zurück und hoffte, dass seine Iriden nicht die Farbe geändert hatten. Sie schien nichts bemerkt zu haben. Merkwürdig ... keine Menschenfrau ... zur Hölle, kein Weibchen hatte jemals eine derartige Wirkung auf ihn ausgeübt.

Zu barsch wollte er wissen: „Arbeiten Sie hier?"

Der saure Geruch von Furcht verriet ihm, dass er sie nervös gemacht hatte. Was nichts Neues war. Die Angestellten von *Stone Technologies* hatten in den drei Jahren seiner Führung gelernt, in seiner Gegenwart behutsam aufzutreten. Er hatte wenig Toleranz für sie. Er wusste, wie sie ihn nannten: Steinmann. Weil er nie lächelte.

„Ja, Mr. Stone. Das hier ist mein Büro. Ich bin eine Marketing-Assistentin." Sie griff nach einem gerahmten Foto von sich und einer Frau, die genauso wie sie aussah, und hielt es hoch. „Sehen Sie? Das hier ist mein Schreibtisch."

„Sie haben keine Sicherheitsfreigabe. Wie hatten Sie vor, die Firma abzuschließen, wenn Sie nach Geschäftsschluss nach Hause gegangen wären?"

Ihre Augen wurden groß. „Nun, Steve arbeitet noch unten in der F&E-Abteilung. Er sagte, ich könnte so lange bleiben, wie er hier ist."

Aus irgendeinem Grund weckte der Gedanke daran, dass sie sich jemandem namens Steve – wer immer er sein mochte – annäherte, den Wunsch in ihm, dem Mann die Kehle rauszureißen. Er schüttelte sich. Was stimmte nur nicht mit ihm?

„Wie heißen Sie?"

„Ashley. Ashley Bell." Sie reichte ihm ihre Hand.

„Ben Stone." Er ergriff ihre Hand und erlebte erneut eine seltsame Reaktion bei dem Hautkontakt. Hitze kribbelte in ihn und schoss seinen Arm hinauf.

„Ich weiß", erwiderte sie lächelnd.

Er riss seine Hand zurück, da ihn seine Reaktion auf das winzige Menschenweibchen beunruhigte. „Holen Sie Ihre Sachen. Ich fahre Sie nach Hause", verkündete er knapp.

Ihr ausdrucksstarker Mund rundete sich zu einem kleinen O. „Ähm, das ist nicht nötig, Mr. Stone. Ich kann eine Freundin anrufen oder ein Taxi oder ..." Bei seinem strengen Blick unterbrach sie sich. „In Ordnung", erwiderte sie kleinlaut. Er nahm eine Wolke eines anderen Dufts wahr, der sich mit der Furcht vermischte: Erregung.

Er versteifte sich. Wegen ihm? Der Wolf in ihm schoss an die Oberfläche und er musste ruhig durchatmen.

Ashley öffnete eine Schublade und holte ihre Handtasche heraus. Ein Taschenbuch fiel zu Boden.

Er hob es auf, bevor sie es an sich reißen konnte.

„Oh, das ist ..."

Er drehte das Buch um und musterte das Cover. Ein Mann mit einem nackten Oberkörper und Waschbrettbauch zierte die Vorderseite. Wind wehte durch seine schulterlangen Haare. Eine Liebesromanleserin. Niedlich.

„Das ... gehört mir nicht", sagte sie lahm und Röte färbte ihre Wangen.

Sein Mund zuckte zu einem Lächeln. „Klar", entgegnete er und gab es ihr mit einer hochgezogenen Augenbraue zurück, bei der sie erneut errötete.

Sie stopfte das Buch in ihre Handtasche und leckte sich über die Lippen. Der Anblick ihrer Zunge sandte eine Hitzewelle zu seinem Schwanz. Er holte noch einmal tief Luft und stieß sie langsam wieder aus, während er zu verstehen versuchte, was hier vor sich ging. Die Frau war ein Mensch, dessen war er sich sicher. Sie war nicht seine vorherbestimmte Gefährtin. Schwach. Zerbrechlich. Nicht einmal in der Lage, eine Markierung zu überstehen. Wie konnte sie sein niederstes Begehren auslösen, wenn das bisher kein Weibchen – menschlicher oder wölfischer Art – jemals getan hatte?

Er berührte ihren Rücken, um sie vorbeigehen zu

lassen, und meinte, sie erschaudern zu spüren. Der Geruch ihrer Erregung nahm zu. Sie blickte ihn durch ihre Wimpern hindurch an.

Da er mit ihr im Aufzug eingesperrt war, füllte ihr Duft seine Nase. Sie hatte einen kräftiges Vanille-Parfüm aufgetragen, es war jedoch ihr darunter liegender natürlicher Duft, der sein Blut zum Kochen brachte. Er wollte sie wieder berühren und die Falte zwischen ihren Brauen glattstreichen, die ihren Schmerz verriet.

Reiß dich zusammen, Ben.

„Also wie lange arbeiten Sie schon für mich?"

Sie sah auf und befeuchtete ihre Lippen. „Fast zwei Jahre."

„Gefällt Ihnen die Arbeit?"

Sie zögerte kurz. „Ja, ja, natürlich."

„Was gefällt Ihnen nicht?"

„Ich sagte, dass mir die Arbeit gefällt", protestierte sie.

„Sie sind nicht die beste Lügnerin."

Sie errötete. „Ich bin hier wirklich glücklich. Ich", sie leckte erneut über ihre Lippen, „freue mich einfach darauf, mehr Verantwortung zu übernehmen."

Er belohnte sie mit dem Schatten eines Lächelns. „Sehr diplomatisch, Ashley. Das weiß ich zu schätzen. Es ist eine Fertigkeit, an der es mir mangelt."

Sie lächelte und schaute auf ihre Füße hinab, als wollte sie das Lächeln verbergen. Sie hatte eindeutig all die Gerüchte über ihn gehört.

„Also ist Ihnen langweilig?"

Die Aufzugstüren öffneten sich und gaben ihm die Gelegenheit, wieder ihren Rücken zu berühren, um sie nach draußen zu führen. Ihre Hüften schwangen und ihre Absätze klackerten über den Beton.

„Nein ... nun, ehrlich gesagt? Ja. Aber ich verstehe, dass

ich mich hocharbeiten muss. Und ich bin gewillt, das zu tun."

„In der obersten Etage wird möglicherweise die Stelle einer persönlichen Assistentin frei, falls Sie Interesse haben." Er wusste nicht, was ihn dazu gebracht hatte, das zu sagen. Seine Sekretärin hatte versucht, seine persönliche Assistentin zu werden, seit er die Firma nach dem Tod seines Bruders übernommen hatte, und er hatte sie stets abgewiesen. Doch etwas an Ashley Bell faszinierte ihn. Er konnte sie nicht haben, wollte sie jedoch in seiner Nähe behalten, selbst wenn das bedeutete, seine geliebte Privatsphäre und Einsamkeit aufzugeben.

Ihr Blick huschte zur Seite. „Ist das eine Stelle als glorifizierte Sekretärin?"

Er widerstand dem Drang, ihrem sexy Hinterteil einen Klaps zu verpassen. „Denken Sie, die Stelle ist unter Ihrer Würde? Ich versichere Ihnen, das Gehalt ist mindestens doppelt, vielleicht sogar dreimal, so hoch wie Ihr Jetziges."

„Nein, ich ..." Sie errötete erneut.

Er wollte sie gegen seinen schwarzen Mustang drängen und ihre prallen Lippen küssen.

„Es tut mir leid, das war unhöflich. Würde ich für Sie arbeiten?"

„Ja ... finden Sie das abschreckend?"

Sie lachte kurz. „Ja", gestand sie. „Es wäre allerdings auch eines der Hauptverkaufsargumente."

Ihre Antwort stellte ihn mehr zufrieden, als er zugeben wollte. Er musste seine Fassung zurückgewinnen. „Verkaufe ich Ihnen diesen Job?", fragte er trocken.

„Oh ..." Ihr Lächeln verschwand. „Natürlich nicht. Ich ... ich würde mich natürlich geehrt fühlen, für die Stelle in Erwägung gezogen zu werden."

Er fing noch eine Wolke ihrer Erregung auf. Wurde sie

von seiner Strenge angetörnt? Der Sache, wegen der sich seine Angestellten über ihn beschwerten? Wölfe reagierten auf Dominanz, Menschen waren allerdings eine bunte Mischung. Er konnte zwar jeden einzelnen seiner Angestellten mit kaum mehr als einem missbilligenden Blick dazu bringen, vor ihm zu Kreuze zu kriechen, aber nicht alle genossen es, sich ihm zu unterwerfen. Dieser Mensch schien es zu mögen. Vielleicht fühlte er sich deswegen zu ihr hingezogen.

Er öffnete ihr die Beifahrertür und beobachtete ihre wohlgeformten Beine, als sie sie in das Auto schwang. Als er neben ihr einstieg, fragte er nach ihrer Adresse und gab sie in sein Navigationsgerät ein. Dann begann er, sie auszufragen. „Bildung?“

„Bachelor in Englisch/Filmwissenschaften am Colorado College.“

„Notendurchschnitt?“

„3.87, magna cum laude, besonders begabte Studentin.“

„Berufslaufbahn?“

„Drei Jahre als Barista bei Starbucks, zwei Jahre als Kellnerin im Red Lobster. Ein Praktikum bei Channel Four News. Beinahe zwei Jahre hier.“

„Wie alt sind Sie?“

„Fünfundzwanzig.“ Sie massierte ihre Schläfen.

Er bereute es sofort, dass er sie so in die Mangel genommen hatte. „Es tut mir leid“, entschuldigte er sich in sanftem Ton. „Verschlimmere ich Ihre Kopfschmerzen?“ Er realisierte, dass sie blasser geworden war, seit sie das Gebäude verlassen hatten.

„Nein“, antwortete sie, doch er wusste, dass es eine Lüge war.

„Wir müssen nicht reden“, erklärte er.

Er stellte das Navi stumm, folgte der Karte und fuhr

schweigend, bis er ihre Backsteindoppelhaushälfte in dem angesagten, schnell wachsenden Denver-Viertel erreichte.

„Ich hole Sie morgen früh ab. Seien Sie um 7:00 Uhr fertig."

Ihr Mund klappte auf. „Was? Wirklich?"

Er schrieb seine Handynummer auf die Rückseite einer Visitenkarte. „Rufen Sie mich an, falls die Migräne Sie daran hindert, zur Arbeit zu gehen."

Sie blinzelte ihn an und sah verblüfft aus. „Sie holen mich ab? Am Morgen?"

„Nun, Sie haben Ihr Auto in der Tiefgarage stehen lassen, oder nicht?"

„Ja, aber ..."

Er wedelte mit seiner üblichen Unhöflichkeit mit der Hand und scheuchte sie aus seinem Wagen.

„Danke schön, Mr. Stone."

„Gute Nacht", erwiderte er kurz angebunden und legte den Gang ein, noch bevor sie die Tür geschlossen hatte.

Er musste gehen, bevor er ihr ins Haus folgte und ihr die Kleider vom Leib riss, sie mit seinen Zähnen markierte und den kleinen Menschen beanspruchte ... Er schüttelte den Kopf. Das durfte nicht passieren. Denn zum einen würde sie ihm das nicht verzeihen. Zum anderen führte er keine Beziehungen. Nein, diese sehr seltsame Entwicklung, dieses plötzliche Interesse an einem Menschenweibchen konnte nicht vertieft werden. Basta.

Er seufzte und rieb mit der Hand über sein Gesicht, wobei er ihren Duft noch in der Nase hatte.

* * *

Trotz ihrer Kopfschmerzen knisterten Ashleys Sinne von dem Kontakt mit Ben Stone. Da konnte man wirklich von Magnetismus sprechen. Manche behaupteten, dass er die Persönlichkeit eines Eiswürfels hätte, dabei hatte sie bloß reine maskuline Kraft gespürt. Sogar durch seinen faltenfreien Designeranzug hindurch hatte sie den Umriss geformter Muskeln auf seinen Armen und seinem Oberkörper gesehen. Sein dunkles Latino-Aussehen triefte quasi vor sexueller Leistungsfähigkeit und das Schweigen machte ihn mysteriös. Und die hellgrünen Augen schienen im Neonlicht des Büros bernsteinfarben zu flackern …

Sie warf ihre Sachen zu Boden, ließ Wasser in die Badewanne ein und füllte einen Waschlappen mit Eis für ihren Nacken. Hitze am Körper, Kälte am Kopf. Es war nicht so, dass es jemals funktionierte. Nichts half, wenn sie eine Migräne hatte. Ihr Handy klingelte und sie schaute auf, um zu sehen, wer sie anrief. Melissa – ihre Zwillingsschwester. Sie drückte auf Annehmen. „Hey, wie läuft's?"

Melissa wohnte zwei Stunden entfernt in Colorado Springs, doch sie telefonierten fast täglich miteinander.

„Hast du Kopfschmerzen?"

„Woran hast du das erkannt?"

„Deine Stimme klingt ganz angespannt. Es tut mir leid. Hast du dieses Heißes-Bad-Kalter-Waschlappen-Ding ausprobiert?"

„Ich teste es gerade. Ich nehme dich mit mir in die Wanne."

„Lass nur nicht dein Handy fallen. Du könntest durch einen Stromschlag getötet werden oder so was", zog Melissa sie auf.

Sie schnaubte. „Ich glaube, das passiert nur bei einem Föhn." Sie zog ihre Kleider aus und stieg in die Wanne.

„Du wirst nie glauben, wer mich gerade nach Hause gefahren hat."

„Wer?"

„Ben Stone, der CEO und Eigentümer von Stone Technologies."

Melissa pfiff. „Wow, wie hast du das eingefädelt?"

Sie erzählte ihrer Schwester die ganze Geschichte angefangen damit, dass er sie an ihrem Arbeitsplatz auf dem Boden liegend entdeckt hatte, bis dahin, dass er ihr erzählt hatte, eine Stelle als persönliche Assistentin sei bei ihm offen.

„Also wie ist er so?"

„Super sexy auf diese dunkle, grüblerische Batman-Art."

„Hat er gesagt, *ich bin Steinmann?*", fragte ihre Schwester und versuchte sich an einer tiefen, kehligen Stimme.

Sie kicherte. „Ich wünschte, ich hätte keine Migräne gehabt, denn ich habe meine Chance auf die Stelle vermasselt, indem ich zu vorlaut war."

„Ich weiß nicht, Ash. Er holt dich morgen früh ab. Das klingt für mich so, als hättest du den Job quasi in der Tasche."

Sie bemühte sich, die Aufregung zu ignorieren, die sie bei den Worten ihrer Schwester durchströmte. „Das würde ich definitiv nicht sagen. Er ist eine harte Nuss. Vollkommen unleserlich."

„Was weißt du eigentlich über ihn? Er ist Südamerikaner, stimmt's? Und er ist hierhergezogen, um die Firma zu übernehmen, nachdem sein Bruder gestorben war?"

„Ja, ich habe in *Business Weekly* gelesen, dass er halb Lateinamerikaner ist. Seine Mom war Amerikanerin und daher stammt der Name Stone. Er hat seinen Abschluss an der Harvard Business School gemacht und ist erst dreißig Jahre alt. Mehr weiß ich nicht. Die Firma kommt nicht voran, seit Ben der CEO ist, aber er weigert sich, zurückzutreten und jemanden einzustellen, der mehr Erfahrung im Leiten einer Firma hat, obwohl der Vorstand darauf drängt. Er hat noch immer die Mehrheitsbeteiligung, weshalb sie ihn nicht feuern können."

„Glaubst du, er wird den Dreh noch rauskriegen?"

„Nun, er ist klug genug. Manche Leute behaupten, dass ihm die Firma egal sei, ich bin mir da allerdings nicht so sicher. Ich weiß es nicht, aber ich hätte nichts gegen eine Gelegenheit, ihm nah genug zu kommen, um mir meine eigene Meinung zu bilden."

„Nun, sag ihm das morgen, wenn er dich abholt."

„Was soll ich ihm sagen?"

„Dass du den Job wirklich gerne willst."

Ihr Puls beschleunigte sich allein bei dem Gedanken, wieder neben ihm im Auto zu sitzen. „Okay", erwiderte sie.

„Du wirst es nicht tun", beschuldigte ihre Schwester sie, da sie wahrscheinlich das nervöse Zittern in ihrer Stimme hörte.

„Nein, ich werde es tun. Ich werde es tun. Du hast recht. Es ist es wert, deswegen zu Kreuze zu kriechen."

„Also rate mal, wer heute Abend zu mir kommt?"

„Ooh, wer?"

„Donny. Der Kerl, den ich bei dem Roller Derby Treffen kennengelernt habe. Weißt du noch, ich habe dir von ihm erzählt?"

„Natürlich erinnere ich mich." Sie schaffte es nicht immer, den Überblick zu bewahren – ihre Schwester war eine ‚Serien-Daterin'. „Das ist toll. Was werdet ihr tun?"

„Wir werden bloß einen Film anschauen, über den wir an dem Abend unseres Kennenlernens gesprochen haben."

„Mmm hmm. Klar, ihr werdet euch nur einen Film anschauen", neckte sie.

„Nun, falls im Dunkeln etwas passiert, werde ich nicht 9-1-1 anrufen", entgegnete Melissa lachend.

Sie plauderten noch ein Weilchen, bevor sie auflegte und den Kopf an das kühle Porzellan der Wanne lehnte, während das Eis in ihrem Nacken lag. Hoffentlich war diese Migräne morgen früh verschwunden, denn sie würde sich auf keinen Fall eine weitere Fahrt mit Ben Stone entgehen lassen.

* * *

Am nächsten Morgen zog sie sich fünfmal um, bevor sie sich endlich für einen kurzen, engen Rock und eine Seidenbluse entschied. Ihre Kopfschmerzen waren größtenteils verschwunden, obwohl sich ihr Gesicht von den letzten Schmerzen noch immer angespannt anfühlte und ihre Augen zu klein wirkten. Sie stand um 6:45 Uhr am Fenster ihrer Doppelhaushälfte und war bereit, zu gehen.

Dennoch schnappte sie sich ihre Sachen und rannte aus der Tür, als wäre sie spät dran, als der schwarze Mustang vorfuhr. Ben stieg gerade aus seinem Wagen, als sie die Verandatreppe zum Gehweg herabhastete. Er blieb stehen, lehnte sich an das Auto und betrachtete sie mit einem spekulativen Blick. „Guten Morgen, Ashley."

„Guten Morgen, Mr. Stone", erwiderte sie atemlos.

Sie öffnete die Autotür und stieg ein, wobei sie ihre Schultertasche steif vor sich hielt. Sie wünschte sich plötzlich, sie besäße eine hübschere Aktentasche und nicht diese alte Lederschultasche, mit der sie jung und unreif aussah.

„Wie geht es Ihrem Kopf?"

„Besser", antwortete sie und zwang sich zu einem strahlenden Lächeln.

Er blickte forschend in ihr Gesicht. „Nicht ganz", widersprach er.

Ihr Lächeln verlosch. „Hauptsächlich gut", entgegnete sie eigenartig defensiv.

Sein Mundwinkel zuckte nach oben.

Ihr Herzschlag beschleunigte sich. Fand der Mann, der nie lächelte, sie amüsant? Sie hoffte, dass er das tat.

„Also ... ich, äh, wollte mich für meine Sekretärinnen-Bemerkung gestern entschuldigen. Ich wollte nicht wie eine verwöhnte Göre klingen."

Erneut zuckte sein Mundwinkel, während seine Augen zur Seite glitten und ihren begegneten.

Sie hielt den Atem an, als sich ihre Blicke verhakten und hielten. Seine grünen Augen mit den dunklen Wimpern brachten sie mit jedem verstreichenden Moment zum Schmelzen. Er schaute wieder zur Straße und der Bann brach.

Sie atmete aus und versuchte es noch einmal. „Ich hoffe, Sie werden mich für die Stelle in Erwägung ziehen. Ich meine, ich würde gerne an einem Vorstellungsgespräch teilnehmen oder eine Bewerbung einreichen oder wie immer der Prozess abläuft ..." Sie verstummte. Normalerweise hatte sie keinen so großen Knoten in der Zunge, doch sie fand den barschen CEO mehr als ein wenig einschüchternd. Was die Hälfte des Reizes ausmachte. Die andere Hälfte bestand aus seinem ernsten, guten Aussehen und der Macht seiner Position.

„15:00 Uhr, mein Büro."

„Wirklich? Für ein Vorstellungsgespräch?"

Er beantwortete diese Frage nicht, als stehe ihm täglich nur eine bestimmte Anzahl Worte zur Verfügung und er wollte nicht seine Grenze erreichen, indem er auf dumme Fragen von ihr reagierte. Sie lehnte sich auf ihrem Sitz nach hinten und beobachtete, wie er gekonnt durch den Verkehr fuhr.

„Danke, dass Sie mich heute abgeholt haben." *Lahm, Ashley. Sehr lahm.*

Dieses Mal sah er sie nicht einmal an.

Richtig. *Halte die Klappe, Ash.*

Als sie das Gebäude erreichten, fuhr er auf seinen reservierten Parkplatz direkt neben den Aufzügen.

„Danke nochmal", bedankte sie sich, als sie gemeinsam den Aufzug betraten.

Er antwortete nicht, seine Augen waren jedoch wieder auf ihr Gesicht geheftet und musterten sie. Ihre Wangen wurden warm. Sein Mund zuckte. „Woher kommen Sie?"

„Oh", sagte sie und holte tief Luft, um sich von seinem prüfenden Blick zu erholen. „Von hier. Lakewood", nannte sie den Vorort von Denver, in dem sie aufgewachsen war.

Er nickte.

„Sport? Aktivitäten?"

„Auf der Highschool habe ich an bundesstaatlichen Schwimmwettbewerben teilgenommen", bot sie hoffnungsvoll an.

Das brachte ihr beinahe ein Lächeln ein.

Der Aufzug kam an ihrer Etage an. „Nun, ähm, danke nochmal. Ich sehe Sie um 15:00 Uhr. Ich meine, ich freue mich auf unser Meeting", verabschiedete sie sich, während sie rückwärts aus dem Aufzug ging.

Nur seine Augenbraue bewegte sich zum Zeichen, dass er sie gehört hatte. Die Türen glitten zu, woraufhin sie ausatmete und lächelte, während sie zu ihrem Arbeitsplatz ging. Sie hatte das Vorstellungsgespräch ergattert. Jetzt musste sie nur noch herausfinden, wie sie ihn beeindrucken konnte. Was mochte Mr. Stone an einer Angestellten? Sie befürchtete, dass es niemanden bei Stone Technologies gab, der die Antwort auf diese Frage kannte.

* * *

Ben hatte keine Ahnung, was er mit einer persönlichen Assistentin tun würde. Er mochte es nicht, wenn andere ihre Nase in seine Angelegenheiten steckten oder auch nur den Raum mit ihm teilten. Er wollte nicht ihr Flüstern hören oder ihre Gerüche riechen. Er wollte nicht mit ihnen reden. Was hatte nur Besitz von ihm ergriffen, dass er die Stelle einer persönlichen Assistentin erfunden hatte? Ashley Bell, offensichtlich. Aus irgendeinem Grund wollte er sie in seiner Nähe haben.

Ihr Geruch haftete noch an ihm und füllte seinen Verstand mit Bildern, bei denen er sie auszog. Er wollte seine Zähne in ihrer Schulter versenken, während er sich hart und schnell von hinten in sie rammte. Doch sie war ein Mensch. Zur Hölle, selbst wenn sie eine Gestaltwandlerin wäre, eignete er sich nicht als Gefährte, da Carlos Sandoval darauf aus war, ihn zu töten.

Er seufzte, nahm sein Telefon in die Hand und bat Karen, seine Sekretärin, einen Arbeitsplatz neben seinem Büro einzurichten.

„Ja, Sir", antwortete sie. Sie wusste es besser, als ihn zu fragen, für wen oder was er war.

Er lehnte sich auf seinem Stuhl zurück, legte die Füße auf den Schreibtisch und öffnete Ashleys Personalakte. Sie enthielt sehr wenig – ihren Lebenslauf, ihre Bewerbung und Referenzen. Nun, was hatte er erwartet, eine Lebensgeschichte?

Er öffnete seinen Computer und suchte im Internet

nach ihrem Namen. Das förderte drei Einträge zu Tage – einen von ihrer Highschool-Schwimmmeisterschaft und zwei von ihren akademischen Leistungen auf dem College. Er suchte ihren Namen auf Facebook und studierte ihre Fotos, die sie törichterweise öffentlich geteilt hatte. Dieselbe Frau von dem Foto, das sie ihm an ihrem Arbeitsplatz gezeigt hatte, war auf vielen Fotos zu sehen – eine Schwester, die mit Ausnahme des Haarschnitts ihr Ebenbild war. Sie mussten Zwillinge sein. Ihr Beziehungsstatus war als Single aufgeführt und nur sehr wenige Männer waren auf den Fotos zu sehen, was ein Glück war, denn er hätte möglicherweise jeden Mann aufgespürt, der so tat, als wäre er gut genug für sie.

Karen rief an, um ihm mitzuteilen, dass sein Top-Management-Team zu dem morgendlichen Meeting erschienen war, weshalb er seine Kaffeetasse nahm und zum Konferenzzimmer ging.

Jack, der beste Freund seines Bruders und der Vizepräsident der Entwicklung, begegnete ihm mit der gleichen missbilligenden, verkniffenen Miene an der Tür, die er immer zur Schau stellte. Jack hasste es, dass Ben die Führung der Firma übernommen hatte, und, seiner Meinung nach, zu Grunde richtete. Der Programmierer war seit der Gründung Teil der Firma. Jack hatte dabei geholfen, die erste Game-Software zu entwerfen, und war während der mageren Jahre an Leons Seite gewesen. Er hatte ihm geholfen, die Firma zu vergrößern und dorthin zu bringen, wo sie jetzt war.

Als Leon gestorben war, hatte Ben darüber nachgedacht, seine Aktienanteile Jack zu geben und ihm die Firma zu überlassen, schließlich hatte er sich auch geweigert, die Führung des Rudels seines Bruders zu übernehmen. Letztendlich war ihm das jedoch nicht richtig erschienen. Sein

Bruder hatte ihm die Aktien hinterlassen und nicht seiner Frau und seinen kleinen Kindern, was ihm etwas sagte. Wenn Leon Jack zugetraut hätte, die Firma zu leiten, hätte er die Aktien Shayla hinterlassen und angenommen, dass sie und ihre Kinder versorgt wären. Dass er sie Ben vererbt hatte, bedeutete, dass Leon Ben in der Firma brauchte, damit er auf alles ein Auge hatte und sicherstellte, dass die Profite weiterhin seiner Familie zu Gute kamen. Daher war Ben hier und leitete ohne Erfahrung eine Multimillionen-Dollar-Firma. Das war er seinem Bruder schuldig. Wenn er seine Pflicht getan hätte, wäre Leon noch am Leben.

Er ging zu dem Meeting und hörte zu, während das Team seine wöchentlichen Berichte präsentierte, die wie üblich trostlos waren. Suma Games übernahm sehr schnell Stones Marktanteil. Wenn er die Gründe hinterfragte, erhielt er Ausreden. Im ersten Jahr hatte er sie geglaubt, da er noch lernte, sich in der Firma und deren Kultur zurecht-zufinden. Jetzt erkannte er den Schwachsinn, hatte jedoch noch nicht herausgefunden, was er deswegen unternehmen konnte. Während er die Berichte vor sich stapelte, brütete er eine Idee aus.

Als Karen ihn am Nachmittag anrief, um ihm mitzutei-len, dass Ashley gekommen war, befahl er ihr, sie zum Konferenzzimmer zu schicken. Er nahm die Berichte, die ihm sein Management-Team gegeben hatte, und betrat den Raum.

Ashley sprang auf und stieß ihren Bürostuhl auf den Rollen nach hinten.

„Setzen Sie sich.“

„Wuff.“

Er wölbte eine Braue und verbarg seine Belustigung. Niemand bei Stone Technologies gab ihm Widerworte, doch aus irgendeinem Grund fand er es bei ihr niedlich.

Sie errötete. „Sorry", murmelte sie und setzte sich wieder auf ihren Stuhl. „Ich habe nur einen Witz gemacht ..."

Er ging um den Tisch herum zu einer Stelle gegenüber von ihr, setzte sich jedoch auf den Tisch anstatt auf einen Stuhl. Anschließend ließ er die Verkaufsberichte und Finanzdaten vor sie fallen. „Der Umsatz sinkt. Die Kosten steigen. Finden Sie mir zehn Strategien, um die Situation zu verbessern, und Sie haben den Job."

Sie starrte ihn mit offenem Mund und großen blauen Augen an. „Ähm ... okay." Sie nahm die Papiere und begann, sie durchzublättern. Ihre Zunge schnellte vor, um über ihre Lippen zu lecken, und er stöhnte beinahe bei dem Anblick.

„Sie haben eine Stunde Zeit. Zwei, falls Sie sie brauchen."

Sie atmete aus. „Okay. Verstanden. Danke."

„Danke, *Sir*."

Ihre Kinnlade klappte kurz herunter, bevor sie den Mund schloss und wieder rot anlief. „Danke, Sir. Es tut mir leid, ich kenne die richtige Etikette oder das Protokoll oder was immer nicht, aber ich werde es lernen. Ich lerne schnell."

„Ich bin mir sicher, dass Sie das tun", erwiderte er, stand von seinem Platz auf dem Tisch auf und ging.

Er ließ sie eine Stunde lang allein, dann noch eine. Um 17:00 Uhr öffnete er die Tür zum Konferenzraum und fand Ashley schwitzend vor. Die Berichte und Papiere waren vor ihr ausgebreitet.

Sie sprang auf.

„Setzen Sie sich."

„Wuff."

Dieses Mal lächelte er tatsächlich. Er konnte nicht

anders. Dass sie ihren Witz ein zweites Mal versucht hatte, nachdem sie beim ersten Mal gescheitert war, zeigte ein Selbstvertrauen und eine Resilienz, die er bewunderte.

Als sie sein Lächeln bemerkte, grinste sie von einem Ohr zum anderen.

Hin und her gerissen zwischen dem Wunsch, ihr strahlendes Lächeln anzustarren, und ihr Einhalt zu gebieten, bevor sie ihm noch sympathischer wurde, betrachtete er die Blätter. „Nun?"

„Ich habe nur acht gefunden", antwortete sie sofort und klickte auf den Knopf ihres Stifts. „Aber ich bin mir sicher, dass ich zwei weitere finden kann, wenn Sie mir nur etwas mehr Zeit geben."

Er hatte nicht erwartet, dass sie zehn finden würde. Zur Hölle, er hatte nicht erwartet, dass sie mehr als drei finden würde. „Berichten Sie mir, was Sie haben."

Ashley nahm einen Notizzettel, auf dem sie eine Liste erstellt hatte. „Der erste Vorschlag ist, die NE3 Game-Stations schrittweise aus dem Programm zu nehmen. In deren Instandhaltung fließt viel Geld, dabei würden alle die E6 kaufen, wenn Sie sich einfach weigern würden, sie weiterhin am Laufen zu halten."

Er nickte. Die Idee war ihm ebenfalls gekommen, doch er hatte noch nichts unternommen, hauptsächlich, weil die NE3 das erste Produkt seines Bruders gewesen war, die Plattform für Robo-Shooters. Die Firma, einschließlich ihm, hielt an der sentimentalen Verbindung fest. Von Ashley seine Instinkte bestätigt zu bekommen, sorgte dafür, dass er eine Entscheidung traf. „Nächster."

„Ähm ..." Sie schaute auf ihren Zettel. „Bei einer Vielzahl dieser Produkte scheinen die Kosten zu hoch zu sein angesichts dessen, was wir für sie verlangen. Die Gewinnspanne ist nicht groß genug. Ich schlage vor, dass wir ein

Kostenreduzierungs-Team gründen und Ingenieuren oder Teams, welche die Kosten am meisten reduzieren können, prämieren."

Er mochte es, dass sie das Wort ‚Wir' benutzt hatte, als wären sie bereits ein Team. Es war vermessen, klang jedoch richtig, wenn es von ihren Lippen kam. „Gut", lobte er.

Sie hob die Augen bei dem Kompliment, bevor sie erneut auf ihren Zettel schaute. „Mein dritter Vorschlag besteht darin, den Marktanteil zurückzugewinnen, den wir letztes Jahr an Suma Games verloren haben. Das ist ein zwei-teiliger Vorschlag, weshalb ich ihn als Nummer drei und Nummer vier gezählt habe." Sie hob erneut den Blick, als wollte sie überprüfen, ob er das erlaubte.

Er nickte.

„Also, der erste Vorschlag wäre eine Werbekampagne. Und der zweite wäre die Produktentwicklung, um mit ihrer D-Boy-Einheit zu konkurrieren. Ich verstehe, dass bei beiden Vorschlägen Kapitaleinsatz notwendig ist, glaube jedoch, dass die Investition es wert wäre."

Er machte dazu keine Bemerkung.

„Okay", sagte sie und holte wieder tief Luft. „Nummer fünf besteht im Ausdünnen des mittleren Managements." Sie hielt inne und suchte in seinem Gesicht nach einer Reaktion.

„Begründung?"

„Richtig. Ähm, die Begründung ist die, dass Sie schrecklich viele Leute haben, die hier herumsitzen und nichts anderes tun, als anderen zu sagen, was sie tun sollen, und Berichte weiterzugeben."

„Sprechen Sie aus Erfahrung?"

Sie zögerte. „Ja, Sir."

Er mochte es, dass sie sich daran erinnert hatte, ihn *Sir* zu nennen.

„Nummer sechs?“

Sie fuhr fort und beschrieb ihre letzten drei Ideen, von denen alle außer einer gut klangen.

Als sie fertig war, ließ er sie einen Augenblick lang sitzen, während er sie schweigend betrachtete.

„Also, wie ich sagte, ich bin mir sicher, ich kann mir zwei weitere einfallen lassen ...“

„Ja. Das werde ich von Ihnen erwarten. Sie können heute Nacht darüber nachdenken. Sie fangen morgen an. Karen wird Ihnen Ihr neues Büro zeigen.“

Ein Grinsen breitete sich auf ihrem Gesicht aus. „Mr. Stone! Danke schön. Sie werden nicht enttäuscht werden, ich verspreche es.“

Er klopfte auf den Tisch. „Sehen Sie zu, dass ich das nicht werde.“ Er machte sich auf den Weg zur Tür und blieb stehen, als er diese erreichte. „Tippen Sie diese Vorschläge ab und schicken Sie sie mir per E-Mail zusammen mit den entsprechenden Daten.“

„Ja, Sir“, erwiderte sie nach wie vor lächelnd.

Er verließ den Raum und schüttelte den Kopf, nicht über sie, sondern über sich. Sie in seinen persönlichen Raum einzuladen, forderte geradezu Unglück heraus.

Kapitel Zwei

Am nächsten Morgen kam Ashley um 7:15 Uhr zur Arbeit, da sie wusste, dass Ben um 7:30 Uhr ankam. Karen, seine Sekretärin, war bereits da, ihre Hochsteckfrisur saß perfekt und ihre manikürten Nägel tippten auf die Tastatur.

„Guten Morgen", grüßte Ashley atemlos. „Ich habe Bananenbrot gebacken." Sie stellte es auf die Theke der Teeküche.

„Ich esse keine Weizenprodukte", verkündete Karen, ohne aufzuschauen.

„Oh", erwiderte sie ernüchtert. „Ich werde es nächstes Mal mit Reismehl backen. Es schmeckt genauso gut ... eigentlich sogar besser."

„Das ist schon in Ordnung. Ich esse morgens nichts."

Dann iss es zum Mittagessen.

Sie straffte die Schultern und ging zu ihrem Büro. Die oberste Etage bestand aus Bens Eckbüro mit den großen Fenstern, das von kleineren Büros umgeben war, die alle mit Ausnahme von ihrem leer standen. Karen saß draußen am Empfangsschalter. Soweit sie verstand, hatten in diesen

Büros die obersten Manager – der CFO und die Vizepräsidenten – gesessen, als Leon Stone hier gearbeitet hatte. Ben hatte jedoch alle ein Stockwerk tiefer geschickt, als er übernommen hatte, weil er es gerne ruhig hatte. Das war nicht gut angekommen und hatte den Ton für seine Führung angegeben.

Sie hatte die Dinge aus ihrem Büro in der fünften Etage am Vorabend in eine Schachtel gepackt, weshalb sie jetzt anfing, alles auszupacken, Fotos und Karten an ihrer Pinnwand zu fixieren und gerahmte Fotos aufzustellen.

Der Aufzug piepte und Mr. Stone erschien. Sie reckte das Kinn und eilte aus dem Büro. „Guten Morgen, Mr. Stone. Ich habe Bananenbrot gebacken, falls Sie welches möchten. Es enthält Schokostückchen."

Seine grünen Augen wanderten mit einem neugierigen Funkeln über sie, sein „Nein" hätte jedoch nicht knapper ausfallen können.

„Nein, danke?", korrigierte sie. Sie wusste nicht, was sie dazu brachte, so weit zu gehen – vermutlich Enttäuschung und Frust über die Abfuhr.

Er blieb wie angewurzelt stehen und ein Muskel an seinem Kiefer spannte sich an. „Steht es Ihnen zu, mir Manieren beizubringen, Ms. Bell?"

Sie spürte, wie ihr das Blut aus dem Gesicht wich und ihr Körper kalt wurde. „Nein, Sir."

Dann sah sie es – das schwache Anheben eines Mundwinkels. „Nein, danke", verbesserte er und ging in sein Büro. Ein Schauder der Aufregung durchlief sie. Was war das? Flirteten sie miteinander? Warum fand sie seine Schroffheit so verdammt reizvoll?

Sie atmete aus.

Karen betrachtete sie mit belustigter Miene.

Da sie sich nicht sicher war, ob Karen über sie oder mit

ihr lachte, wagte sie ein erwiderndes Lächeln und versuchte, reumütig zu klingen. „Wenn es so weiter geht, kann ich von Glück sprechen, wenn ich den Tag überstehe", meinte sie.

Karen war so schweigsam wie ihr Chef und feixte bloß.

„Ich kann nicht fassen, dass ich den Job bekommen habe. Wie viele Leute haben sich beworben?"

„Ich glaube, er hat ihn nur für Sie geschaffen", erwiderte die ältere Frau und betrachtete sie nachdenklich. „Wenn Sie durchhalten wollen, stehen Sie nicht hier draußen herum und plaudern. Er hasst Lärm. Deswegen hat er alle anderen Büros nach unten verlegt."

„Okaaay", sagte sie. „Verstanden. Danke."

Sie ging zu ihrem Büro. Wie sollte sie hier oben überleben, wenn sie mit niemandem reden durfte? Sie war größtenteils ein sehr soziales Wesen.

Sie beendete die Organisation ihres Schreibtischs, was nicht lange dauerte, da ihr Arbeitsplatz unten winzig gewesen war. Dieses große Büro mit den Fenstern, die eine Aussicht auf das Stadtzentrum von Denver boten, wirkte kahl und leer. Sie musste Gemälde oder so etwas für die Wände kaufen.

Ihr Telefon klingelte und sie zuckte zusammen, wodurch sie den Hörer von der Halterung schlug, bevor sie ihn in die Hand nahm. „Hier spricht Ashley."

„Kommen Sie in mein Büro."

„Oh, äh, ja, Sir", erwiderte sie. Sie begann, den Hörer aufzulegen, hob ihn jedoch wieder an ihr Ohr, um zu lauschen. Sagte man in so einer Situation nicht ‚Tschüss'? Die Leitung war tot. Okay, eindeutig nicht. Sie schnappte sich ein Notizbuch sowie einen Stift und ging zu seinem Büro.

„Setzen Sie sich", befahl er.

Sie versuchte ihren Hundewitz nicht noch einmal, als sie sich auf dem Stuhl gegenüber seinem Schreibtisch niederließ.

„Danke für den Bericht und die zusätzlichen Ideen, die Sie geschickt haben", er warf einen Blick auf seinen Computerbildschirm, „um fünf Uhr heute Morgen."

Nahm sie leichte Belustigung bei ihm wahr? Sie errötete. „Ich freue mich auf diesen Job."

Er legte seine Fingerspitzen aneinander. „Das wiederum freut mich." Sein Gesicht sah alles andere als erfreut aus. Die kräftigen Linien seines Kiefers sahen so steinern wie üblich aus. „Ich würde gerne damit anfangen, einige Ihrer Vorschläge umzusetzen. Organisieren Sie ein Meeting mit der Werbeagentur, um unsere neue Kampagne zu besprechen, und erstellen Sie eine Liste der Stellen, die Sie im mittleren Management streichen würden."

Sie starrte ihn mit offenem Mund an. „Ähm ... okay. Also soll ich das Verkaufs- und Marketingteam zu dem Werbetreffen einladen?"

Er legte den Kopf schief. „Was denken Sie?"

Sie leckte sich über die Lippen und stellte fest, dass seine Augen auf ihrem Mund hafteten. Ihr Herzschlag beschleunigte sich. Fand er sie attraktiv? Die Vorstellung war einerseits aufregend und andererseits enttäuschend. Falls sie den Job nur erhalten hatte, weil er sie in sein Bett kriegen wollte ... Sie rutschte auf ihrem Stuhl hin und her. Es war nicht so, dass sie vollkommen abgeneigt war, mit ihm in die Kiste zu hüpfen.

Mühsam lenkte sie ihre Gedanken wieder auf die recht überwältigenden vorliegenden Probleme. „Nun ..."

„Sprechen Sie es laut durch", befahl er und ließ seinen Finger in der Luft kreisen. „Ich will hören, wie Sie denken."

Okay, vielleicht hatte sie sich diese Stelle doch anständig und ehrlich verdient.

„Nun, ich denke, dass das Team eine gewisse Engstirnigkeit mitbringt. Ich meine, sie sind relativ festgefahren darin, was wir ihrer Meinung nach tun sollen, und wir versuchen, etwas Neues zu tun. Allerdings würde es das Team verärgern und es uns erschweren, später seine Zustimmung zu erhalten, wenn wir es umgehen."

Mr. Stone musterte sie kühl und abschätzend. Wenig überraschend sagte er nichts.

„Ich schätze, egoistischerweise würde ich das Team lieber raushalten, zumindest anfangs, weil ich Angst habe, dass all meine Ideen verworfen werden."

„Ich weiß Ihre Ehrlichkeit zu schätzen, Ms. Bell."

Sie rieb ihre Lippen aufeinander. „Also was denken Sie?"

„Die Entscheidung liegt bei Ihnen."

Sie starrte ihn mit offenem Mund an. „Die Entscheidung liegt bei mir?"

Er nickte. „Treffen Sie eine gute."

Oh, Gott.

Sie blickte auf ihren Notizblock, auf dem sie seine Anweisungen notiert hatte. „Und beim zweiten Punkt … Ich bin mir nicht sicher, ob ich qualifiziert bin, eine derartige Einschätzung vorzunehmen."

„Nun, tun Sie, was Sie müssen, um sich zu qualifizieren. Ich bitte Sie darum, das zu tun."

„Das ist eine ziemlich große Verantwortung. Ich meine, Sie wollen, dass ich eine Empfehlung ausspreche, die sich auf die Lebensgrundlage der Leute auswirkt."

„Und die Zukunft dieser Firma. Willkommen in meiner Welt, Ms. Bell. Wollen Sie meine Assistentin sein oder nicht?"

Sie errötete und schaute auf ihren Zettel hinab, um sich zu sammeln. „Das tue ich", antwortete sie leise. „Ich weiß Ihr Vertrauen in mich zu schätzen." Als er nichts sagte, verbesserte sie sich: „Oder vielleicht ist das hier ein Test. In diesem Fall habe ich vor, ihn zu bestehen." Sie reckte das Kinn.

Ein Lächeln blitzte um beide Mundwinkel herum auf, verschwand allerdings so schnell, wie es erschienen war. „Gehen Sie", befahl er mit seiner üblichen Barschheit.

Sie erhob sich und ging zur Tür. Sie packte den Türgriff, nahm ihren Mut zusammen und drehte sich um. „Mr. Stone?"

Er wandte sich von seinem Computerbildschirm ab und hob eine Augenbraue.

„Haben Sie mich für diesen Job eingestellt, weil sie tatsächlich denken, dass ich vielversprechend bin, oder liegt es daran, dass ..." Sie unterbrach sich.

Er half nicht, sondern musterte sie jetzt bloß mit zwei hochgezogenen Augenbrauen.

Sie schluckte. „Dass Ihnen gefällt, wie ich in einem Rock aussehe?"

Ein Lächeln huschte über sein Gesicht und seine Augen sanken zu dem Rock und glitten ihre Beine hinab.

Sie errötete und wünschte sich, sie hätte das nicht gesagt.

„Gehen Sie, Ashley."

Sie lachte tatsächlich. Nun, es war mehr ein Keuchen oder ein Schluchzen. Es kam jedoch wie ein Lachen heraus. Er hatte sie bei ihrem Vornamen angesprochen, was sich wie ein Erfolg anfühlte. Und sie liebte es, wie ihr Name in seiner tiefen, kräftigen Stimme klang, die Intimität und ... Begehren hervorrief. Sie stieß die Tür auf und stolperte nach draußen, erleichtert, seine intensive Präsenz hinter sich zu lassen. Doch sobald sie die Tür schloss, vermisste sie diese Präsenz.

Wie sollte sie es überleben, für diesen Mann zu arbeiten? Er raubte ihr mit jedem Blick den Atem.

* * *

Jack kam ungebeten in sein Büro und ließ sich auf den Stuhl gegenüber von ihm fallen. „Was soll das neue Mädel?"

Aus irgendeinem Grund störte es ihn, dass Jack sie ein Mädel genannt hatte. „Ashley Bell. Sie ist meine neue Assistentin. Sie hat in der Marketing-Abteilung gearbeitet."

„Hmm." Jack betrachtete ihn.

Er wusste, was Jack dachte. Es war das Gleiche, was Karen dachte. Sogar Ashley dachte es. Er hatte eine heiße Frau gefunden und wollte, dass sie im und außerhalb seines Büros in kurzen Röcken herumstolzierte, um seinen Tag zu versüßen.

Nun, zum Teufel. Es könnte wahr sein. Jedes Mal, wenn er ihren Duft wahrnahm, wurde sein Körper heiß, als wollte er sie markieren. Aber sie hatte nicht nur ein hübsches Gesicht. Die Frau hatte alle möglichen klugen Ideen und ihre Furchtlosigkeit faszinierte ihn. Er wusste nicht, warum er, ein geborener Alpha, bei der Leitung dieser Firma so ein Weichei gewesen war. Nicht darin, die Leute zu leiten, sondern darin, Veränderungen vorzunehmen und frischen Wind in den Laden zu bringen. Ashleys Ideen bestätigten seine natürlichen Instinkte, die er ignoriert hatte.

Er zuckte mit den Achseln. „Sie ist brillant. Ich weiß

nicht, warum ihr Talent nicht besser genutzt wurde, doch das wird es jetzt."

„Ich verstehe", entgegnete Jack trocken.

Seine Nackenhaare stellten sich auf, aber er holte tief Luft, um sein Temperament zu zügeln. „Was brauchst du, Jack?"

„Hör zu, ich habe nachgedacht. Alle wissen, dass du es nicht liebst, diese Firma zu leiten. Ich bin gewillt, deinen Anteil der Firma zu kaufen. Ich meine, ich habe das Geld jetzt nicht, glaube jedoch, dass wir eine Vereinbarung treffen können ... eine Art Zahlungsplan für die Mehrheitsbeteiligung. Du und Leons Familie hättet ausgesorgt und ich würde die Leitung der Firma übernehmen."

Jack hatte das schon einmal vorgeschlagen. Ben wusste nicht, warum er es erneut versuchte.

„Nein."

Jacks Gesicht lief rot an und seine Augen wurden schmal. „Du weißt nichts darüber, wie man eine Gaming-Firma leitet. Du richtest die Firma zu Grunde. Suma Games wird uns bald den Rang ablaufen und alle im Vorstand wissen es."

Er schluckte ein Knurren und stand auf. Der Alpha in ihm wollte Jack mit seinem Job drohen, die Wahrheit war jedoch, dass es ein herber Schlag für die Firma wäre, Jack zu verlieren. Er atmete durch. „Ich stehe kurz davor, einige Veränderungen vorzunehmen", erklärte er und legte eine Warnung in seine Stimme. „Ich hege keinerlei Absicht, diese Firma zu verlassen oder sie zu Grunde zu richten. Also gewöhne dich an meine Führung."

Jack stand auf, der Muskel unter seinem rechten Auge zuckte. „Du hast keine Ahnung, was du tust", sagte er, während er zur Tür marschierte.

Ben antwortete nicht, bedachte ihn jedoch mit einem Alpha-Starren, bis er durch die Tür ging.

Nachdem Jack im Aufzug verschwunden war, verließ Ben sein Büro und betrat Ashleys.

„Hi", begrüßte sie ihn und schenkte ihm ein strahlendes Lächeln. Sie hatte perfekte Zähne, die weiß zwischen ihren mit Lipgloss bemalten Lippen glänzten.

Er mochte es, dass sie dieses Mal nicht aufsprang oder nervös aussah. Es war, als hätten sie bereits eine zwanglose Beziehung geformt, bei der einer von ihnen in der Tür des Büros des anderen lehnen konnte. Er tat genau das und verschränkte die Arme vor der Brust. „Was haben Sie hinsichtlich des Werbemeetings beschlossen?"

„Ich habe das Team eingeladen", antwortete sie und wirkte leicht niedergeschlagen. „Mein eigenes Ego ist nicht so wichtig, wie das Zusammengehörigkeitsgefühl dieser Firma wiederherzustellen, vor allem wenn es um Sie geht."

Seine Augenbrauen schnellten empor. „Was meinen Sie damit, in dieser Firma *wiederherstellen?*"

Sie errötete. „Ich meine bloß, dass die Firma, soweit ich gehört habe, in den letzten Jahren den Kampfgeist verloren und sich in verschiedene Lager gespalten hat."

„Sie meinen, seit ich übernommen habe."

„Ja." Sie sah ihm in die Augen.

Er bewunderte ihren Mut, weil sie ihm die Wahrheit erzählte. „Also halten Sie es für wichtig, dass ich einige Egos streichle?"

„Nun", erwiderte sie nachdenklich, erhob sich von ihrem Stuhl und setzte sich ihm zugewandt auf die andere Seite ihres Schreibtischs.

Ihr Duft machte ihn schwach und der Anblick ihrer langen Beine, die an den Knöcheln locker überkreuzt waren, jagte einen Lustblitz durch ihn hindurch.

„Ich glaube, es liegt ein feines Gleichgewicht vor. Es ist nicht zwangsläufig Ihre Aufgabe, Egos zu streicheln, doch wenn die Leute nicht das Gefühl haben, dass Sie sich nach ihren wertvollen Beiträgen erkundigen, werden sie sich Ihnen in den Weg stellen. Und Sie wollen bestimmt, dass sich ihre Leute anstrengen, Sie zu befriedigen."

Ich will definitiv, dass du dich anstrengst, mich zu befriedigen. „Das will ich auf jeden Fall", entgegnete er.

Sie hatte seine Gedanken anscheinend durchschaut, denn ihre Augen schnellten zu seinen und weiteten sich leicht. Ihre Pupillen wurden groß, als sich ihre Blicke trafen, und er bemerkte den berauschenden Geruch ihrer Erregung.

Sie wandte den Blick ab, berührte ihre Lippen mit den Fingerspitzen und schaute über ihre Schulter zu ihrem Schreibtisch, als gäbe es dort etwas Wichtiges. „Jedenfalls dachte ich, wenn meine Ideen verworfen werden, kann ich mich immer noch unter vier Augen bei Ihnen für diese einsetzen."

Er fragte sich, wie so etwas aussehen würde. Ein Striptease in seinem Büro bei geschlossener Tür? Das Bild, wie sie auf Händen und Knien über seinen Schreibtisch kroch, stieg unaufgefordert in seinem Kopf auf. Verdammt. Er musste sich in den Griff kriegen.

Sie ist keine Gestaltwandlerin.

„Das ist schrecklich eingebildet von Ihnen", murmelte er.

Sie errötete, bemerkte allerdings seinen Humor, denn sie lächelte. „Ich bin mir sicher, Sie werden mich stündlich in meine Schranken weisen."

Zum ersten Mal seit Jahren lachte er – er warf tatsächlich den Kopf in den Nacken und lachte. „Verlassen Sie sich darauf", verkündete er noch immer lächelnd, als er ging.

Karen beobachtete voller Interesse, wie er aus Ashleys Büro kam. Vermutlich war ihr das Geräusch seines Lachens vollkommen fremd.

* * *

Ashley schälte sich aus ihrem tropfnassen Badeanzug und trocknete sich in der YMCA-Umkleide ab. Bevor sie Bens Assistentin geworden war, war sie jeden Morgen vor der Arbeit geschwommen. Jetzt ging sie so früh zur Arbeit, dass sie abends schwimmen musste, manchmal ziemlich spät.

Es störte sie allerdings nicht. Ihre erste Woche hatte ihr bereits die aufregendste Arbeit ihres Lebens beschert. Nur für den Präsidenten der Vereinigten Staaten zu arbeiten, könnte interessanter und spannender sein, als für Ben Stone zu arbeiten. Zur Hölle, er strahlte so viel Macht aus, wie es der Staatschef in ihrer Vorstellung tat, vielleicht sogar mehr.

Ihr Handy vibrierte und sie stürzte sich darauf. Sie hatte den ganzen Tag versucht, Melissa zu erreichen, und es war merkwürdig, dass ihre Schwester nicht wenigstens zurückschrieb. Sie lächelte, als sie das Display sah. Es war Melissa.

„Hey, wo warst du?"

Eine elektronisch verzerrte Männerstimme sprach in ihr Ohr. „Wir haben deine Schwester."

Sie fing das Handy auf, als es ihr aus den Fingern rutschte. „W-was?"

„Du wirst einen Laptop auf deinem Küchentisch finden. Ersetze Ben Stones mit diesem. Treffe dich morgen Abend um 19:00 Uhr mit uns an der nordwestlichen Ecke der dritten Etage der Parkgarage und bring Stones

Computer mit. Wenn du jemandem davon erzählst, stirbt deine Schwester.“

„Ashley, mir geht es …!“ Die Stimme ihrer Schwester, die in einiger Entfernung des Handys etwas rief, wurde abgeschnitten.

„Was hast du meiner Schwester angetan?“, fauchte sie, da nun Zorn ihren anfänglichen Schock überwältigte.

„Halt die Klappe. Wenn du deine Schwester lebend sehen willst, tust du alles, was wir dir befehlen.“

Das Telefonat wurde beendet. Sie drückte auf die entsprechenden Knöpfe und rief die Nummer zurück, doch natürlich landete sie sofort auf der Mailbox wie schon den ganzen Tag über. Verdammt.

Sie zog sich rasch an, wobei sie am ganzen Körper zitterte. Was zur Hölle war hier los? Was wollten sie mit Bens Laptop tun? Und wo hielten sie ihre Schwester fest? Wollten sie ihre Schwester gegen den Laptop eintauschen?

Sie riss das Handy wieder aus ihrer Tasche und schrieb: *Ich werde euch den Laptop nicht geben, bis ihr meine Schwester freilasst.*

Sie starrte das Display an, nachdem sie auf Senden gedrückt hatte, doch natürlich erschien keine Antwort. Ohne sich die Mühe zu machen, ihre Haare zu föhnen, packte sie ihre Sporttasche und joggte zu ihrem Auto. Der Mann hatte gesagt, es würde ein Laptop auf ihrem Küchentisch stehen. Das bedeutete, dass jemand in ihrem Haus gewesen war.

Sollte sie die Polizei anrufen?

Wenn du jemandem davon erzählst, stirbt deine Schwester.

Sie wollte Ben Stone anrufen. Es machte für sie den Anschein, als würde er wissen, was zu tun war. Außerdem schien es bei dieser Sache um ihn zu gehen. Aber sie überwachten vermutlich ihre Telefonate.

Melissa. Bei dem Gedanken, dass ihre Schwester verletzt oder verängstigt war, zog sich ihre Brust schmerzhaft fest zusammen. Kein Wunder, dass sie sich den ganzen Tag lang Sorgen gemacht hatte. Ihre Zwillingsintuition hatte ihr Alarmzeichen geschickt.

Sie fuhr nach Hause, wobei sie auf dem gesamten Weg die Tempolimits brach. Als sie ankam, sprang sie aus ihrem Auto. An ihrer Eingangstür waren keine Spuren eines Einbruchs zu sehen. Sie steckte den Schlüssel ins Schloss und drehte ihn um.

Alles sah normal aus. Sie betrat die Küche und schaltete das Licht an. Dort, auf dem Tisch, stand der Laptop. Sie atmete scharf ein und die Haare auf ihren Armen stellten sich auf. War in eben diesem Moment jemand im Haus? Beobachtete man sie? Sie sah sich um und spitzte ihre Ohren. Langsam ging sie zum Tisch und klappte den Laptop auf. Er sah genauso aus wie der ihres Chefs. Doch wie sollte sie die beiden Geräte austauschen? Er trug seinen immer bei sich. Er nahm ihn abends mit nach Hause und brachte ihn zu Meetings, sogar zum Mittagessen. Er hatte ihn vermutlich nur dann nicht bei sich, wenn er auf die Toilette ging. Und es war nicht so, als könnte sie einfach vor Karen in sein Büro rennen und die Laptops tauschen.

Zur Hölle.

Ihr Bauch verknotete sich, wenn sie nur daran dachte.

Warum wollte der Mann, dass sie den Laptop ersetzte? Wollte er Firmengeheimnisse stehlen? Oder etwas sabotieren? Vielleicht einen fiesen Code in das Sicherheitssystem einfügen oder so etwas? Seinen Daumenabdruck registrieren, um Dinge zu entsperren?

Sie steckte den Laptop in ihre Tasche und setzte sich an

den Tisch, war jedoch zu aufgebracht zum Essen. Sie kaute auf ihrem Daumennagel herum. Nun, sie hatte den ganzen Tag, um den Tausch vorzunehmen. Sie würde sich etwas einfallen lassen. Doch was, wenn er aus irgendeinem Grund nicht zur Arbeit kam? Oder den ganzen Tag mit seinem Laptop in Meetings war?

Sie stand auf, tigerte hin und her und stellte sich jedes mögliche Szenario vor, das ihr einfiel. Keines war toll. Mitternacht kam und ging. Sie konnte nicht einmal an Schlaf denken.

* * *

Er wusste, dass etwas nicht stimmte, sobald er an diesem Morgen aufwachte. Gestaltwandlerinstinkte lagen immer goldrichtig. Das Problem war, dass er nicht immer wusste, wie er sie deuten musste. Wie beispielsweise an dem Abend, als er Ashley kennengelernt hatte.

Das Gefühl wurde stärker, als er den Aufzug verließ.

„Guten Morgen, Mr. Stone“, begrüßte ihn Karen.

„Morgen, Karen.“

Er ging zu Ashleys Büro. Letztes Mal war es bei dem Instinkt um sie gegangen. Sie sah zunächst nicht auf, was merkwürdig für sie war.

„Guten Morgen, Mr. Stone“, sagte sie, als sie es schließlich tat. Ihr Gesicht war blass und sie hatte dunkle Ringe unter den Augen, als hätte sie nicht geschlafen.

„Was ist los?“

„Nichts“, antwortete sie zu schnell. „Nur leichte Kopfschmerzen. Es ist aber keine Migräne. Mir geht es gut.“

Er roch den sauren Gestank von Furcht. Wovor fürchtete sie sich?

Da ihm nichts einfiel, was er sagen konnte, damit sie sich ihm öffnete, wandte er sich ab und ging. Dies war einer der Momente, in denen er Charme-Lektionen von seinem Bruder hätte gebrauchen können.

Ihr Vater war unhöflich und barsch gewesen wie er, aber Leon hatte die Gabe besessen. Er konnte jeden zu allem überreden. Alle mochten ihn und er war so ein großartiger Anführer gewesen. Ben andererseits war ein Erstklasse-Arschloch. Und er führte so, wie es sein Vater getan hatte. Deshalb wollte er nicht die Verantwortung für das Rudel seines Bruders übernehmen.

Er ließ Ashley den Großteil des Tages allein. Am Nachmittag konnte er ihre Unruhe jedoch durch die Wände hindurch spüren. Doch es ging ihn nichts an. Wenn sie etwas persönlicher Art plagte, hatte er kein Recht, das aus ihr herauszupressen. Dennoch weckte es seine Beschützerinstinkte. Er wollte es in Ordnung bringen, was immer es war.

Er konnte nichts erledigen, während sich Ashley im Büro neben ihm Sorgen machte. Es war einer der Gründe, aus denen er es hasste, wenn andere auf derselben Etage wie er arbeiteten. Er hoffte, das hier würde kein regelmäßiges Vorkommnis werden. Um vier Uhr am Nachmittag nahm er seinen Laptop, bereit, den Tag früh zu beenden.

Ashley stürmte aus ihrem Büro. „Gehen Sie?" Ihre Stimme war drei Tonlagen höher als üblich.

Er blieb stehen und drehte sich langsam um. „Ja, warum?"

„Ähm, ich, äh, wollte noch ein paar Dinge mit Ihnen besprechen. Können Sie noch einige Minuten bleiben?"

Der Geruch von Angst kitzelte in seiner Nase. Er roch Verzweiflung. Was zur Hölle war mit ihr los?

Er drehte sich wieder zu seinem Büro um, streckte den

Arm aus und verbeugte sich, als würde er sie hinein-geleiten.

Sie schenkte ihm ein schwaches Lächeln. „Danke. Ich, äh, werde gleich da sein. Ich muss nur meine Notizen holen.“

Sie kehrte mit einem Stapel Dinge zurück, die sie auf ihren Schoß legte anstatt auf den Schreibtisch.

„Okay, Sie haben sich den ganzen Tag seltsam benom-men. Was ist los?“

„Nichts“, erwiderte sie und rieb sich über den Nacken. „Es sind nur Kopfschmerzen, ich schwöre es.“

Ihre Augen begegneten seinen nicht, sondern schienen seine Aktentasche zu betrachten. „Okay“, sagte sie und holte tief Luft. „Ich wollte bloß Ihre Meinung zu einigen Werbeideen, die ich für die Kampagne habe.“

Er verengte die Augen zu Schlitzen. „Das konnte nicht bis morgen warten?“

„Es tut mir leid“, rief sie, stand von ihrem Stuhl auf und legte den Stapel an Dingen auf seinen Schreibtisch. „Haben Sie es eilig? Lassen Sie mich Ihnen nur diese eine Sache zeigen ...“ Sie schob ihm ein Notizbuch unter die Nase, beugte sich zugleich über seinen Schreibtisch und warf eine Tasse kalten Kaffee um, der sich auf ihn ergoss.

Wut stieg in ihm auf. Sie hatte das zweifellos absicht-lich getan. Warum versuchte sie, ihn reinzulegen? Sein Blut wurde kalt. Er sprang tropfnass zurück, während sie um seine Seite des Schreibtischs rannte. „Oh mein Gott, es tut mir so leid. Ich werde das hier aufwischen, falls Sie zur Toilette gehen und sich abtrocknen wollen.“

Er roch ihren Schweiß und ihre Angst trotz des Kaffee-gestanks, mit dem er bedeckt war. Die Vernunft siegte über den Instinkt, sie an der Kehle zu packen und zu verlangen, dass sie ihm erzählte, was los war. Er würde mehr herausfinden, indem er beobachtete, wie sie ihren Trick durchzog, was immer er war. Er verließ das Büro ohne ein Wort.

Er ging allerdings nicht zur Toilette. Karen hatte bereits ihren Schreibtisch verlassen und reichte ihm ein Handtuch von der Teeküche, von wo sie den Gästen Kaffee oder Wasser servierte.

Er blieb mit dem Rücken zu seinem Büro stehen, beobachtete jedoch aus dem Augenwinkel, wie Ashley herumhuschte und seine Aktentasche öffnete. Er konnte nicht sehen, was sie tat, gab ihr allerdings genug Zeit, um es zu beenden, bevor er zurückkehrte. Sie wischte hektisch die Oberflächen ab, als er wieder reinkam.

„Es tut mir so leid", entschuldigte sie sich. „Ich weiß, Sie müssen gehen. Ich hätte Sie nicht aufhalten sollen."

„Nein, das hätten Sie nicht tun sollen", erwiderte er.

Sie bemerkte den Tadel nicht einmal, was für ihre komplette Abgelenktheit sprach. Sie sammelte ihre Sachen ein und eilte zu ihrem Büro zurück. Er sah, dass sein Laptop unter einem Zettel in dem Stapel an Dingen hervorlugte, den sie trug.

Er knirschte mit den Zähnen. Was zur Hölle hatte die kleine Hexe gerade getan? Und warum? Er schloss seine Bürotür und ließ die Jalousien herunter. Anschließend stellte er die Aktentasche auf seinen Schreibtisch, senkte die Nase und schnupperte daran. Er roch bloß den verdammten Kaffee. Vorsichtig öffnete er seine Aktentasche und schaute hinein. Sein Laptop lag dort, wo er ihn zurückgelassen hatte. Zumindest sah es wie sein Laptop aus. Doch glänzte er etwas stärker?

Er schnupperte. Er nahm einen schwachen Teer- oder Pechgeruch wahr. War es eine Bombe? Mehrere Sekunden verstrichen, während er den Laptop anstarrte und darüber nachdachte.

Warum wollte ihn Ashley töten? Oder noch besser, wer hatte sie dazu angestiftet? War sie ein Profi? Nein, sie hatte die ganze Sache schrecklich verpfuscht. Sie war definitiv kein Profi. Er fragte sich, wie viel man ihr angeboten hatte, damit sie einen Mord beging.

Bitterkeit schwoll in seiner Brust an. Verrat überzog seine Zunge und heftete sich an seine Kleider und Haut. Er hatte ihr vertraut und sie in seinen inneren Kreis bestehend aus einer Person eingeladen. Er hätte es besser wissen sollen. Man konnte niemandem vertrauen.

Er setzte sich, starrte den Laptop lange Zeit an und fragte sich, was er damit tun sollte. Die Polizei anzurufen, landete nicht einmal auf seiner Liste an Möglichkeiten. Gestaltwandler zogen die Gesetzeshüter nicht hinzu. Wenn überhaupt neigten sie dazu, sich am Rande des Gesetzes, außerhalb dessen normaler Grenzen zu bewegen. Er dachte darüber nach, ob jemand aus dem Rudel seines Bruders helfen könnte. Stanley, der neue Alpha, wusste vielleicht, was man tat, wenn eine Bombe auf dem eigenen Schreibtisch hinterlassen wurde. Seit Leons Tod hatte er sich jedoch absichtlich vom Rudel ferngehalten. Er musste die Bombe bloß an einen Ort im Freien bringen, wo sie niemanden töten würde, wenn sie explodierte. Aber was, wenn sie detonierte, bevor er sie entsorgt hatte? Seine Finger spannten sich auf seinem Schreibtisch an.

Was war Ashleys Plan? Er sollte ihr folgen. Verdammt, er brauchte Hilfe. Seufzend nahm er sein Handy und rief Stanley an.

„Ben", antwortete Stanley, der überrascht klang. Er war freundlich zu ihm gewesen und hatte versucht, Ben in ihrer Mitte aufzunehmen, obwohl es auch subtile Drohungen darüber gegeben hatte, dass das Rudel keine einsamen Wölfe mochte. Da Ben der größte und wildeste Wolf war, hatte Stanley gesagt, dass er zurücktreten würde, wenn Ben Alpha sein wollte – es war keine Herausforderung notwendig. Als Ben sich geweigert hatte, hatte Stanley ihn informiert, dass er seine Anwesenheit bei ihren Treffen erwartete, Ben hatte die Anweisung allerdings ignoriert.

„Hast du jemanden, der mir erklären kann, wie man eine Bombe deaktiviert?"

Stanley schwieg kurz. „Mark Ruhl. Er ist unser Insider im Gesetzesvollzug. Er arbeitet für die Drogenbehörde. Brauchst du jetzt Hilfe?"

„Ja."

„Gib mir eine Minute."

„Danke."

Er legte auf. Als das Handy klingelte, ging er ran, obwohl er die Nummer nicht kannte.

„Hier spricht Mark Ruhl. Ich höre, Sie brauchen Hilfe?"

Er atmete aus. „Ja. Ich glaube, in meinem Laptop ist ein Sprengkörper."

Kapitel Drei

Ashley nahm ihre Tasche mit Ben Stones Laptop und betrat den Aufzug. Sie schleppte sich mühsam vorwärts, da sie so schwach war, nachdem sie die letzten vierundzwanzig Stunden derart angespannt gewesen war.

Es ist fast vorbei. Dann wird Melissa in Sicherheit sein und du kannst zur Polizei gehen und Mr. Stone erzählen, was du getan hast.

Sie nahm den Aufzug zur dritten Etage der Parkgarage und stieg aus. Die Tasche an ihre Brust gepresst ging sie in Richtung der nordwestlichen Ecke. Sie hatte ihr Auto heute Morgen dort geparkt, um sich mit dem Bereich vertraut zu machen. Ihre Schritte hallten von den Betonwänden, der Gestank von Abgasen und Benzin war erdrückend. Die Parketage wirkte leer – keine anderen Autos, keine Leute, nichts. Sie stand da und wartete. Hatte sie die Zeit oder den Ort falsch verstanden? Nein, die Worte hallten ihr noch durch den Kopf. *Dritte Etage, nordwestliche Ecke der Parke-bene.* Sie öffnete ihre Autotür und setzte sich auf den Sitz, ließ die Tür jedoch offen. Schweiß rann über ihre Rippen.

Sie meinte, zu hören, wie sich eine Tür schloss, doch als sie sich umschaute, sah sie bloß die Tür zum Treppenhaus und niemand befand sich in deren Nähe.

Die Zeit verstrich. Fünf Minuten, dann zehn.

Gott, sie hoffte, Melissa ging es gut.

Plötzlich hörte sie das Geräusch eines Autos, das die Rampe hinauffuhr. Sie stand auf und holte ungeschickt den Laptop aus der Tasche. Die Tasche fiel zu Boden und sie ließ sie dort liegen, während sie den Hals reckte, um einen Blick auf das Auto zu erhaschen.

Eine dunkelblaue Limousine näherte sich. Sie war alt und klapprig. Sie wusste nicht, was sie erwartet hatte, es war allerdings definitiv etwas Beeindruckenderes gewesen. Ein Humvee oder so etwas. Sie machte einige Schritte, um sich zu zeigen.

Das Auto hielt an und drei Männer stiegen aus. Sie versuchte, durch die getönten Scheiben eine andere Person zu sehen. Wo war Melissa? Die Männer gingen auf sie zu. Sie waren junge Männer – sie sahen ungepflegt aus und hatten tätowierte Arme und Piercings. Sie trugen T-Shirts und Jeans und hatten ihre Hände auf Pistolen gelegt.

„Wo ist Melissa?", rief sie.

„Hast du den Laptop?", fragte einer von ihnen, als sie näher kamen.

„Vielleicht", antwortete sie, presste den Laptop an ihre Brust und wich zu ihrem Auto zurück. Als hätte sie irgendeine Chance, ihnen das Gerät nicht zu geben, wenn sie bewaffnet waren und es drei gegen eins stand. „Wo ist Melissa?"

„Sie ist im Auto. Gib uns den Laptop und du kannst sie sehen." Sie hatten sie nun gegen ihren Wagen gedrängt und umzingelt.

„Ich will sie zuerst sehen."

Einer von ihnen entsicherte seine Waffe, hielt sie ihr an die Schläfe und drückte hart gegen ihren Schädel. „Gib ihn her", befahl er, während sein Freund nach dem Laptop griff und versuchte, ihn von Ashleys Brust zu lösen.

„Nein", protestierte sie und wehrte sich.

Der Kerl mit der Pistole schlug ihr damit gegen den Kopf und sie fiel nach hinten gegen das Auto. Sie verlor den Griff um den Laptop und einer von ihnen entriss ihn ihr.

Ein anderer packte ihren Arm und riss sie vor. „Du kommst mit uns, Schätzchen", verkündete er.

Ein schreckliches Knurren erklang auf der anderen Seite ihres Autos und plötzlich sprang ein riesiges schwarzes Tier über ihren Wagen und schnappende weiße Zähne blitzten auf. Sein Kiefer schloss sich um den Hals des Mannes, der sie festhielt, und sie fielen beide zu Boden. Die Bestie fauchte und knurrte, während sie miteinander über den Boden kugelten. Schüsse erklangen aus beiden Richtungen, woraufhin das Tier aufjaulte und losließ. Es sprang jedoch bloß auf die Beine und duckte sich, um einen anderen Mann anzugreifen. Die Männer fuhren fort, auf das Tier zu schießen, und der Lärm hallte durch die Tiefgarage. Schreie gellten in ihren Ohren – es war ihre eigene Stimme, wurde ihr bewusst. Der Laptop war zu Boden gefallen. Sie packte ihn und rannte zu dem Auto der Kerle. Falls ihre Schwester dort drin war, musste sie zu ihr gelangen.

Das Tier stürzte sich auf sie und warf sie um. Sie kreischte und erwartete, dass es sie töten würde, doch stattdessen machte es kehrt und stürzte sich auf einen der Männer.

„Gehen wir, verschwinden wir von hier", brüllte einer von ihnen, half dem am schlimmsten Verletzten und zerrte ihn zu ihrem Wagen.

Sie rappelte sich auf, um ihnen zu folgen, aber der Wolf – oder was immer es war – drehte sich um und knurrte. Blut tropfte aus seinem Maul. Sie trat einen Schritt zurück. Er knurrte erneut und stellte sich ihr in den Weg, bevor er den letzten Mann verfolgte und umwarf. Dann zog er sich eine weitere Schusswunde zu und blieb am Boden liegen, während der Mann auf den Fahrersitz sprang und das Auto mit quietschenden Reifen verschwand.

Sie rannte dem Wagen einige Schritte hinterher, bevor sie stehenblieb und sah, wie sich die Bestie aufrappelte. Sie erstarrte. Das Wesen richtete seine bernsteinfarbenen Augen auf sie und knurrte leise und bedrohlich. Es war mit Blut bedeckt und seine Fangzähne sahen rasiermesserscharf aus. Es näherte sich ihr.

Sie wich langsam zurück. „Immer mit der Ruhe, Großer", beschwichtigte sie das Tier, wobei ihr das Herz bis zum Hals schlug. Sie stellte keinen Blickkontakt her und machte keine plötzlichen Bewegungen. Wenn sie nur zu ihrem Auto gelangen konnte, wäre alles in Ordnung. Das Tier folgte ihr mit gesenktem Kopf und gebleckten Zähnen. Das Knurren ähnelte keinem Laut, den sie jemals zuvor gehört hatte. Es war nicht von dieser Welt und furcht-erregend.

Ihr Hintern berührte das Auto und sie tastete nach der Tür, da sie dem Tier nicht den Rücken zukehren wollte.

Der Wolf stolzierte näher, woraufhin sie kreischte und auf den Kofferraum kletterte, um von ihm wegzukommen.

Die Bestie verwandelte sich plötzlich, wurde größer und dünner. Sie blinzelte, da sie dachte, sie hätte den Verstand verloren.

Ben Stone stand vor ihr, blutbesudelt, nackt und wütend. Er riss die Hintertür ihres Wagens auf und zog sie gleichzeitig vom Kofferraum. „Leg dich auf den Sitz", befahl er und deutete auf die Rückbank. „Kopf runter, Blick gesenkt. *Jetzt*.“

* * *

Ben knallte die Hintertür hinter Ashleys zusammengekauerter Gestalt zu und stieg auf den Fahrersitz, wo er ihre Schlüssel auf dem Vordersitz fand. Er fuhr mit Karacho zur ersten Parkebene und hielt hinter seinem Auto.

Für Gelegenheiten wie diese hatte er einen versteckten Knopf, damit er den Kofferraum ohne Schlüssel öffnen konnte. Er bewahrte auch einen Seesack mit Kleidern, Ersatzschlüsseln, einen Geldbeutel mit einem zweiten Set Kreditkarten, Bargeld, Ausweise und andere nützliche Gegenstände darin auf. Er schnappte sich die Tasche und schlüpfte in eine Jeanshose.

Anschließend griff er nach einer Rolle Klebeband und marschierte zu Ashleys Auto, aus dem sie gestiegen war. Er packte ihre Handgelenke und wickelte das Klebeband um diese, während ihre Augen vor Entsetzen in ihrem Kopf herumrollten.

Verdammt. Er hatte jetzt eine Menge Probleme. Er hatte seine Feinde nicht nur entkommen lassen, sondern sich auch noch vor Ashley offenbart, die ebenfalls auf seine Feindliste gehörte.

Er holte tief Luft, als er sah, dass ihre ganze Seite mit Blut bedeckt war. Er schubste sie wieder auf den Autositz und riss ihre Bluse auf. Ihre Haut war mit Blut befleckt, er sah jedoch kein Einschussloch oder eine Wunde.

„Wo bist du verletzt?“, verlangte er zu wissen.

„I-ich“, sie schluckte, als wäre ihr Mund trocken. „Ich glaube, es ist Ihr Blut“, krächzte sie.

Er atmete erleichtert aus und blickte an seinem Oberkörper hinab, um die zwei Schusswunden zu betrachten, die er sich zugezogen hatte. Sie würden heilen. Er musste auf Ashley geblutet haben, als er sie angegriffen hatte, um sie daran zu hindern, zu dem anderen Auto zu gelangen.

Er hob Ashleys Knöchel hoch und wickelte Klebeband um sie, bevor er ein kleineres Stück für ihren Mund abriss.

Sie drehte den Kopf weg, als er sich ihr damit näherte, und das Weiß ihrer Augen leuchtete auf. „Bitte", keuchte sie und verströmte den metallischen Geruch von Furcht. „Bitte nicht."

Er zögerte.

Sei nicht so weich. Sie ist der Feind.

Er deutete mit einem Finger auf ihr Gesicht. „Wenn du einen Piep von dir gibst, stecke ich dich in den Kofferraum. Nicke, wenn du mich verstehst."

Sie bewegte ihren Kopf auf und ab.

Er knallte die Tür zu, stieg in ihr Auto und warf seinen Seesack auf den Sitz neben sich. Er musste von hier verschwinden, bevor echter Ärger erschien. Diese erbärmlichen Kerle waren nicht das Gehirn hinter der Operation.

Er wusste, dass Ashley auch nicht der Drahtzieher war, ansonsten wäre sie von den Männern nicht angegriffen worden. Dennoch hatte sie ihn hintergangen – und das störte ihn mehr als der Rest. Vielleicht hatten sich seine Instinkte in jener ersten Nacht, als er ihr begegnet war, gemeldet, weil sie eine Gefahr für ihn darstellte.

Doch nein, das fühlte sich nicht richtig an. Es war Anziehung, keine Gefahr gewesen.

Er zog sich eine Baseballkappe tief in die Augen und fuhr aus der Parkgarage. Er erreichte den Highway und fuhr mehrere Meilen, wobei er zwischen Autos hindurchfuhr und ständig in den Rückspiegel blickte. Sie schienen keine Verfolger zu haben. Als er sich dessen sicher war, nahm er die nächste Ausfahrt und fuhr vor ein schäbiges Motel an der East Colfax – es war die Art Motel, die man mit Bargeld und ohne Ausweis stundenweise mietete.

Er öffnete die Hintertür und griff erneut nach dem Klebeband. Er klebte Ashleys Hände an ihre Füße, ehe er das Klebeband um den Griff des Rücksitzes wickelte.

„Wenn du einen Laut machst oder zu fliehen versuchst, werde ich dich töten. Nicke, wenn du das verstehst.“

Sie wimmerte und keuchte, nickte jedoch.

„Ich bin gleich wieder zurück. Rühr dich nicht vom Fleck.“

Er knallte die Tür wieder zu und checkte in ein Zimmer ein. Als er zum Auto zurückkehrte, schnitt er ihre Füße frei und warf einen Pullover über ihre gefesselten Hände. „Gehen wir“, verkündete er und zerrte sie aus dem Wagen. „Kein Piep von dir.“

Sie sah sich wild um, gab allerdings keinen anderen Laut von sich als ihren keuchenden Atem.

Er brachte sie in das Zimmer und befestigte ihre Handgelenke mit einem Stück Seil über der Badezimmertür. Sie stand auf den Zehenspitzen und schwankte hin und her. Daraufhin kehrte er ihr den Rücken zu, wusch sich und reinigte die Schusswunden, die beinahe zu bluten aufgehört hatten. Die Kugeln würden in einigen Tagen rauskommen. Gestaltwandler besaßen unglaubliche Heilfähigkeiten. Er spülte den Mund aus, um den Blutgeschmack loszuwerden, und spuckte aus.

Er war beeindruckt, dass Ashley noch immer keinen Mucks von sich gegeben hatte. Er hatte zu diesem Zeitpunkt mit einem Geräusch gerechnet. Er drehte sich nachdenklich zu ihr um.

„In Ordnung, Ashley. Ich werde dir einige Fragen

stellen und du wirst antworten." Er fischte in seinem Seesack nach seinem Gürtel und zog ihn heraus. Dann trat er hinter sie, öffnete ihren Rock und ließ ihn zu Boden fallen.

„W-was machen Sie?", fragte sie und rutschte so weit von ihm weg, wie es ihre gefesselten Handgelenke zuließen.

„Mein Ziel entblößen."

Sie wimmerte, drehte und wand sich und schaute an den Seilen empor, die ihre Hände fesselten.

Er ignorierte ihre Mätzchen und zog ihr Höschen unter ihre Pobacken. Dann trat er zurück und bewunderte den Anblick. Er war nicht überrascht, dass ihr Hintern so perfekt war, wie er es sich vorgestellt hatte. Nachdem er den Gürtel in die Hand genommen hatte, wickelte er sich das Ende mit der Schnalle um seine Faust.

Ihre Augen quollen aus ihren Höhlen. Er packte ihre Hüften und wandte sie von sich ab. „Ich schlage vor, dass du stillhältst", warnte er, kurz bevor er seinen Gürtel mit einem leichten Klaps auf ihre Pobacken senkte, um seine Zielgenauigkeit zu perfektionieren.

Sie kreischte und tänzelte von ihm weg, ihre Füße hoben sich und traten in die Luft. Seine Absicht war es gewesen, sie einzuschüchtern, und das schien zu funktionieren, denn er wusste, dass dieser Schlag ihr nicht wirklich wehgetan hatte. Er packte ihre Handgelenke und fixierte sie an der Tür, um sie festzuhalten. Er schlug erneut zu, dieses Mal etwas fester.

Sie zuckte zusammen, als wäre sie von einem elektrischen Schlag getroffen worden, und ihre Füße tänzelten zur Seite.

„Wer hat dich angeheuert, um mich zu töten?", verlangte er zu wissen.

Geräusche kamen aus ihr, doch sie waren nur zusammenhangloses Gestotter.

Er schlug sie erneut. „Ich habe dir eine Frage gestellt", knurrte er. „Wer hat dich angeheuert, um mich zu töten?"

Eine Reihe unsinniger Silben brach aus ihr hervor und purzelte nacheinander aus ihrem Mund.

Er dachte nach. Er hatte sie verängstigen wollen. Dass sie zu große Angst zum Sprechen hatte, würde allerdings nicht funktionieren. Er trat um sie herum und zog sein Messer. Ihre Augen rollten nach hinten, als er die Klinge hob. Er schnitt sie von dem Seil, gerade als ihre Augenlider flatterten und sie ohnmächtig wurde.

Verdammt.

Er fing ihre schlaffe Gestalt auf und trug sie zum Bett, wo er sich mit ihr in den Armen hinsetzte.

Innerhalb von Sekunden öffneten sich ihre Augen, sie blinzelte und schaute ihm ins Gesicht.

Er strich ihr die Haare aus den großen blauen Augen und sie betrachteten einander. Er setzte sie auf eines seiner Knie und sagte: „Okay, wir werden das noch einmal versuchen. Ich brauche Antworten von dir und du wirst sie mir geben."

Sie begann sofort, sich zu wehren und in seinen Armen zu drehen, als wollte sie von seinem Schoß springen. Er nutzte das zu seinem Vorteil und zog sie mit dem Gesicht nach unten über seine Knie. Ihr Höschen baumelte nach wie vor um ihre Schenkel. Seine Hand landete mit einem befriedigenden Klatschen auf ihrem nackten Hintern. Sie hatte einen perfekten Po für ein Spanking – pralle, runde und muskulöse Kugeln, die zu wohlgeformten Schenkeln führten.

Er schlug auf eine Seite, dann die andere, was er viele Male wiederholte. Er hatte sie eigentlich nur zum Sprechen bringen wollen, ohne ihr tatsächlich zu schaden, doch während er ihr den Hintern versohlte, verebbte seine Wut über ihren Verrat und wurde zu Mitgefühl. Sie trat unterdessen aus und wand sich, ihr hübscher Hintern wurde rosig und schließlich nahm er eine dunklere Schattierung von Rosa an. Er hielt sie fest an seinen Körper und achtete darauf, sie nicht zu hart zu schlagen. Gestaltwandler besaßen übermenschliche Kraft und die Vorstellung, seiner kleinen Assistentin Blutergüsse zu bereiten oder sie tatsächlich zu verletzen, passte ihm nicht. Obwohl sie versucht hatte, ihn zu töten.

„Wie viel hat man dir bezahlt, damit du mich tötest?"

„Ich habe nicht ..."

Er schlug auf die Rückseite ihres Schenkels, woraufhin sie aufschrie und austrat. „Wie viel?"

„Au ... ah ... Ich habe nicht versucht, Sie zu töten. Ich musste bloß Ihren Laptop holen", keuchte sie rasch.

„Und den mit den Sprengkörpern darin zurücklassen."

Sie erstarrte kurz und ihr Kopf hob sich.

Sein Herz setzte einen Schlag aus. Sie hatte nicht von der Bombe gewusst. Befriedigung wärmte sein Blut. Er legte seine Hand auf ihre flammenden Pobacken.

„Wer hat dir den Laptop gegeben?"

„Ich weiß es nicht."

Er nahm das Spanking wieder auf. „Wer hat dich angeheuert?"

„Niemand hat mich angeheuert."

Er schlug fester zu.

„Warten Sie!", kreischte sie. „Es stimmt ... niemand hat mich angeheuert. Sie haben meine Schwester entführt!"

Er erstarrte mit der Hand in der Luft.

„Sie haben gesagt, sie würden sie heute Abend mitbringen, aber sie war nicht dort." Ashleys Stimme klang erstickt.

* * *

Ashley wurde plötzlich hochgehoben und auf Bens Knie gesetzt. Seine grünen Augen bohrten sich in sie.

„Es stimmt", flüsterte sie, als sie sah, dass er in ihrem Gesicht nach etwas suchte.

„Du hättest zu mir kommen sollen", entgegnete er mit stahlharter Stimme.

Ihr Hintern pochte und seine Jeans fühlte sich rau an ihrer nackten Haut an. Sie schluckte. „Sie sagten, sie würden meine Schwester töten", krächzte sie.

Er schürzte die Lippen. Die Intensität, mit der er sie betrachtete, hatte eine tierähnliche Art – als wäre er ein Jäger und sie seine Beute.

Die Erinnerung an den riesigen Wolf, der über ihr Auto gesprungen war, kam ihr wieder in den Sinn. „Was sind Sie?", wisperte sie.

Plötzlich stand er auf und stellte sie auf ihre Füße. „Stell dich mit heruntergelassenem Höschen in die Ecke", befahl er und deutete mit gefährlicher Miene zur Ecke.

Sie dachte nicht einmal daran, nicht zu gehorchen – sie war so eingeschüchtert, dass sie auf die Knie gesunken wäre und seine Schuhe abgeleckt hätte, wenn er es befohlen hätte.

Sie schlurfte durch den Raum und stellte sich mit der Nase in die Ecke, wobei sie sich bewusst war, dass ihr nackter Po komplett zur Schau gestellt wurde. Sie fragte sich, wie rot er aussah. Ihre Pobacken fühlten sich heiß und brennend an und aus irgendeinem bizarren Grund pulsierte ihre Pussy im Takt mit dem Pochen in ihrer Kehrseite.

„Ich gehe kurz nach draußen. Rühr dich nicht vom

Fleck. Verlasse diese Ecke nicht einmal um einen Zentimeter. Wenn du es tust, werde ich dir erneut den Hintern versohlen und dieses Mal werde ich es mit meinem Gürtel tun."

Sie erschauderte, aber ein Bedürfnis zwang sie, eine Frage zu wagen: „Was, wenn ich pinkeln muss?" Sie sah ihn über ihre Schulter an.

Seine Augen wurden schmal. „Musst du?"

„Ja."

„Dann geh jetzt", befahl er.

Sie ging zum Badezimmer, packte eine Seite ihres Höschens mit ihren gefesselten Händen und versuchte, es hochzuziehen.

„Lass es", blaffte er.

Sie schaute zu ihm und stellte fest, dass er ihr zum Bad folgte.

„Was machen Sie?"

„Dich im Auge behalten." Er lehnte sich in die Badezimmertür und verschränkte die Arme vor der Brust.

Sie zwang sich, nicht zu erröten, als sie sich aufs Klo setzte, und starrte auf einen Fleck am Boden. Als sie fertig war, kämpfte sie mit dem Toilettenpapier, da es ihr das Klebeband erschwerte, sich abzuwischen.

„Brauchst du Hilfe?", fragte er.

War das der Schatten eines Feixens auf seinen Lippen? Sie schaute ihn böse an. „Nein." Sie begann, ihr Höschen hochzuziehen, und hielt inne, weil sie vermutete, dass er sie wieder anraunzen würde.

„So ist's richtig", lobte er und winkte sie zu sich. „Das Höschen bleibt unten, bis ich es hochziehe."

Sie schnaubte und versuchte, zur Ecke zurückzugehen, ohne zu schlurfen.

„Bleib."

Wuff. Sie sprach es nicht laut aus.

Ihr Chef war ein Werwolf. Eine riesige, schwarze, furchterregende Bestie, die jemand zu ermorden versucht hatte, wozu sie benutzt worden war. Warum? Und was würde er jetzt mit ihr tun?

Sie stand mit angehaltenem Atem da, als er ging. Ihr Hintern brannte und die demütigende Position machte sie wütend, sie war sich jedoch der Tatsache bewusst, dass er ihr nicht wehgetan hatte. Nun, abgesehen von ihrem Hinterteil. Angesichts dessen, dass sie gerade gesehen hatte, wie er versucht hatte, Leuten mit riesigen, scharfen Fangzähnen die Kehle rauszureißen, wollte das etwas heißen.

Die Erinnerung daran, wie er oberkörperfrei über sie gebeugt gewesen war, ihre Bluse aufgerissen und sie besorgt untersucht hatte, blitzte vor ihren Augen auf. Obwohl er gedacht hatte, sie hätte versucht, ihn zu töten, hatte er sie auf Verletzungen untersucht. Er hatte sie vor diesen Männern gerettet, die versucht hatten, sie mitzunehmen.

Die Moteltür öffnete und schloss sich und sie spürte ihn hinter sich.

Seine Daumen hakten sich in den Bund ihres Höschens, was dort einen elektrischen Schock durch ihren Körper jagte, wo er ihre Haut berührte. Trotz allem – trotz ihrer Furcht, dass er sie töten würde, trotz des ziemlich harten Spankings, das er ihr verpasst hatte, trotz der Demütigung, der er sie gerade ausgesetzt hatte – vibrierte ihr Körper, nur wenn er in seiner Nähe war.

Er zog ihr Höschen langsam nach oben. Diese Tat wirkte intimer, als wenn sie einfach nur Sex gehabt hätten. Ihre Pussy verkrampfte sich.

„Braves Mädchen", raunte er und sein Atem wehte heiß in ihr Ohr. Ihre Nippel richteten sich auf. Ein Schauder elektrischer Aufregung durchlief ihren Körper, doch er trat viel zu früh zurück. „Zieh deinen Rock an, wir gehen."

„Wohin gehen wir?", fragte sie mit schwachen Knien, als sie versuchte, in ihren Rock zu steigen, ohne hinzufallen.

„Du bist nicht in der Position, Fragen zu stellen", verkündete er und gab ihrem Höschen bekleideten Hinterteil noch einen Klaps.

„Bin ich Ihre Gefangene?"

Er zog den Bezug von einem der Kissen und bedeckte damit ihre gefesselten Hände, während er sie zur Tür führte. „Ja. Du bist meine Gefangene." Seine Stimme war tief und barsch. Sie schien in ihren Körper zu dringen und Schockwellen von ihrer Mitte in ihre Beine zu senden.

Er führte sie zu ihrem Auto und öffnete die Hintertür. „Steig ein."

Sie rutschte auf den Rücksitz. Er drückte sie sofort nach unten, sodass sie auf der Rückbank lag, und klebte ihre Handgelenke an den Fuß des Vordersitzes, wodurch sie sich nicht aufsetzen konnte. Er beugte sich mit dem geöffneten Kissenüberzug über sie und sie erkannte seine Absicht.

„Warten Sie, nein", kreischte sie, als sich der Überzug auf ihren Kopf senkte.

Die Autotür knallte zu.

„Mr. Stone", schrie sie. „Ben! Bitte. Bitte, nimm es ab." Sie zappelte, um den Überzug abzuschütteln, und rieb ihren Kopf an dem Sitz.

Das Auto wurde angelassen.

„Bitte. Bitte", flehte sie.

„Beruhige dich, Ashley. Du darfst nicht sehen, wohin ich dich bringe."

Das Auto setzte sich in Bewegung.

„Nimm mir das ab. Nimm mir dieses verdammte Ding ..." Sie warf sich hin und her und zerrte an ihren

Handgelenken, um sie zu befreien. „Oh, Gott", stöhnte sie, als eindeutig wurde, dass er den Überzug nicht abnehmen würde und sie ihn nicht selbst loswerden konnte. „Oh, Gott."

Panik überkam sie. Sie konnte nicht atmen. Sie kreischte immer wieder und schnappte zwischen den Schreien keuchend nach Luft. Ihre Füße traten gegen die Tür und ihre gefesselten Handgelenke schlugen so stark aus, dass sie sich selbst im Gesicht traf.

Das Auto machte einen Schlenker und bremste hart.

Oh, Mist, sie hatte ihn wütend gemacht. Er würde sie in den Kofferraum stecken. Sie versuchte, nicht mehr zu schreien, konnte sich jedoch nicht beherrschen.

Die Autotür öffnete sich und der Überzug wurde mit einem Wusch von ihrem Kopf gezogen. Er griff nach ihr und sie duckte sich, da sie dachte, er würde sie schlagen. Stattdessen packten seine großen Hände ihren Kopf, umfassten ihn und hielten sie fest. Seine Handflächen lagen auf ihren Ohren und dämpften jegliche Geräusche. Die erzwungene Ruhe verlieh ihr ein eigenartiges Gefühl von Sicherheit, als würde sie sicher von diesen Händen eingehüllt und beschützt werden.

Er beugte sich über sie und hatte die Brauen mit der gleichen Miene zusammengezogen, die er zur Schau gestellt hatte, als er gedacht hatte, sie wäre verletzt worden. Gequält – als hätte ihm ihre Panikattacke Schmerzen verursacht. Und er hatte seine eigenen Schusswunden einfach abgeschüttelt. Was ... was zur Hölle war mit ihnen passiert? Er blutete nicht einmal mehr und sie sah auch keinen Verband unter seinem engsitzenden T-Shirt.

„Du leidest unter Klaustrophobie." Es war eine Feststellung und keine Frage.

Sie nickte rasch, da sie noch immer keine Luft bekam.

Er begann, den Kissenbezug der Länge nach zu falten. Sie zuckte zurück, als er ihn an ihren Kopf hob, doch er blieb hartnäckig und wickelte ihn wie eine Binde über ihre Augen. Der Überzug war allerdings nicht lang genug, um ihn an ihrem Hinterkopf zu verknoten.

„Ich werde nicht schauen. Ich werde mich hinlegen und ich werde nicht schauen. Ich verspreche es", versprach sie, wobei sie nach wie vor wie Espenlaub zitterte.

Er ignorierte sie und zog das Klebeband heraus. Erneut positionierte er den Kissenbezug über ihren Augen, bevor er das Klebeband komplett um ihren Kopf wickelte und den Stoff wie eine Krone um ihren Kopf befestigte. „So", verkündete er. „Leg dich hin."

Frische Furcht durchfuhr sie und sie griff blindlings nach ihm. Ihre Finger landeten auf seinem T-Shirt, in das sie ihre Hand krallte. Seine schwere Hand fiel in ihr Genick. Er fluchte und zog sie aus dem Auto.

Sie geriet in Panik und drehte sich wild in seinem Griff. „Nicht der Kofferraum. Bitte ... nicht der Kofferraum. Ich werde brav sein, ich verspreche es."

Zu ihrem Entsetzen schlang er seine Arme um sie und hielt sie an seine Brust. Er sagte kein Wort, der beabsichtigte Trost war jedoch unverkennbar. Sie klammerte sich an ihn und ihr Körper zitterte an seiner harten, muskulösen Gestalt. Sie saugte seine Kraft und die Festigkeit seines Körpers in sich auf. Zentimeter für Zentimeter entspannte sie sich.

„Du kommst nicht in den Kofferraum", erklärte er barsch. „Du fährst vorne bei mir mit."

„Oh." Sie zwang sich, das Zittern einzustellen, während sie tief Luft holte. Er entließ sie aus der Umarmung und legte einen festen Arm um ihre Taille, mit dem er sie um das Auto herum führte. Er folgte ihrem Kopf mit der Hand, als sie sich setzte, so wie es die Polizisten in Krimiserien taten. Sein Gewicht drückte sich an sie und sie hörte das Klicken ihres Gurtes.

Anschließend kehrte er zur Fahrerseite zurück und stieg ein. Sie hörte das Rascheln von Bewegungen, bevor er ihren Kopf packte und sie nach unten zog, bis er seine Schenkel berührte. Er hatte etwas Weiches über die Mittelkonsole gelegt – vielleicht einen Pullover. Sie wusste die Rücksichtnahme zu schätzen. „Bleib unten", befahl er mit warnender Stimme.

Sie hob ihre gefesselten Handgelenke zu seinem Bein und schlang ihre Hände darum, als wäre er ihre Sicherheitsdecke. Sie musste einfach seine Wärme spüren, um ruhig zu bleiben.

Er legte den Gang ein und fuhr los, wobei eine Hand nach wie vor in ihrem Nacken lag und sie nach unten drückte. Allerdings begann seine Hand, sich zu bewegen. Seine Finger fuhren in ihre Haare, schlossen sich zu einer Faust und zogen leicht, taten ihr jedoch nicht weh. Seine Hand öffnete und schloss sich.

Sie hielt vollkommen still, da sie nicht wollte, dass er aufhörte. Sie stellte sich vor, dass seine Hände andere Körperteile packten – mit rauen Berührungen und festem Griff. Wie würde es sein, von ihm genommen zu werden? Hatten Werwölfe Sex mit Menschen? Das Bild, wie er in Wolfgestalt knurrend und Zähne fletschend mit seinem Gegner über den Boden gerollt war, stieg vor ihrem inneren Auge auf.

Was würde er mit ihr machen? Vielleicht war es das Stockholm-Syndrom, aber sie wollte glauben, dass er sich um sie kümmern würde. Dass er sie nicht verletzen würde.

Doch was war mit Melissa? Sie war jetzt ebenfalls jemandes Gefangene – falls sie noch am Leben war. War sie verletzt worden? Wie hatten ihre Entführer sie behandelt?

Ashley musste Ben Stone entkommen und mit dem Laptop zu ihrer Schwester gelangen, bevor es zu spät war. Sie musste sich zusammenreißen und sofort einen Plan schmieden.

* * *

Ben hatte nicht vor, Liebe mit Ashleys Haaren zu machen, doch nachdem er seine Finger in der glänzenden, dichten Mähne vergraben hatte, wurde es zu einem Zwang. Er streichelte über ihren Hinterkopf, packte eine ganze Handvoll Haare und ließ sie wieder los. Verdammt, er wollte Ashley.

Er hatte ihre Erregung gerochen, als er sie in die Ecke gestellt hatte. Das hatte ihn schockiert. Er hatte ihr kurz zuvor so viel Angst gemacht, dass sie ohnmächtig geworden war, und ihr den Hintern versohlt, bis dieser rot geworden war, und sie wollte ihn trotzdem? Sein Schwanz wurde bei dem Gedanken steif. Was an dieser Menschenfrau übte so eine starke Wirkung auf ihn aus?

Sie veränderte ihre Position, zog ihre Hände von seinem Bein und bewegte ihre Füße. Sie war vermutlich vollkommen verkrampft in der Position, in die er sie gebracht hatte. Ihr Fuß war mit ihrer Handtasche verheddert, die er auf den Boden vor den Beifahrersitz geworfen hatte.

Er brauchte einen Augenblick, bis er erkannte, dass sie die Tasche heimlich näher zu sich bewegte. Er schaute zu und wartete ab, was sie im Schilde führte. Sie machte noch eine scharrende Bewegung, mit der sie die Tasche unter ihre Hände beförderte.

Galle stieg in seiner Kehle auf. Die Wunde von ihrer

vorherigen Täuschung war noch frisch. Er zwang seine Atmung, ruhig zu bleiben, während sie ihren Körper vorrollte und ihr Gesicht an sein Bein presste. Ihre gefesselten Hände senkten sich in die Tasche, als würden sie nur träge herabhängen. Als sie erschienen, umklammerte sie ihr Handy.

Er fuhr das Auto an den Straßenrand und legte den Parkgang ein. Mit einer schnellen Bewegung zerrte er ihren Oberkörper über seinen Schoß und riss ihren Rock hoch.

„Was denkst du, was du da tust?", wollte er wissen und riss ihr das Handy aus der Hand. Er zerrte ihr Höschen in ihre Pospalte und verpasste den Stellen, auf denen sie für gewöhnlich saß, mehrere harte Hiebe. Es war eine Herausforderung, ihr Hinterteil in der merkwürdigen Position zu erreichen, doch er schaffte es und bestrafte ihren bereits roten Hintern, während sie sich unter ihm wand und zappelte. Sie hatte ein breites, dünnes Handy, dessen Plastikhülle jedes Mal einen befriedigenden Knall erzeugte, wenn sie auf ihr rosiges Fleisch traf. „Verdammt, Ashley! War die Klaustrophobie bloß ein Trick? Hast du mich reingelegt, um mein Mitleid zu erregen?"

„Nein", kreischte sie. „Nein, es war kein Trick. Hör auf, bitte. Autsch!"

„Ich werde aufhören, wenn ich mein Missfallen deutlich gemacht habe."

Sie zappelte auf seinem Schoß, während er ihr weiter den Hintern versohlte. „Au, stopp!" Sie versenkte ihre Zähne in seinem linken Schenkel.

Seltsamerweise machte es ihn nicht wütend, sondern weckte den Wunsch in ihm, sie zu Boden zu werfen und um den Verstand zu ficken. Wölfinnen bissen und knurrten beim Sex und sie hatte gerade einen Schalter in ihm umgelegt. Sein Sichtfeld wölbte sich und seine Zähne wurden scharf, als ihn das Verlangen überkam, sie zu markieren. Er lehnte seinen Kopf an den Sitz, schloss die Augen und atmete tief durch, um wieder die Kontrolle zu gewinnen.

Sie verbuchte die Unterbrechung des Spankings nicht als Sieg, sondern blieb angespannt und starr auf seinem Schoß liegen. „Es tut mir leid", entschuldigte sie sich kleinlaut.

Er öffnete die Augen nicht. „Wen wolltest du anrufen?", fragte er mit müder Stimme.

„Niemanden. Ich brauchte nur mein Handy ... für den Fall, dass sie anrufen."

Zorn durchbrach seine Erregung und brachte ihn zu seinem vernünftigen Selbst zurück. „Dachtest du, ich würde dich nicht rangehen lassen? Ein neues Meeting zu vereinbaren, ist der Schlüssel, damit ich herausfinde, wer zur Hölle hinter alldem steckt."

Ihre kleinen Hände zerrten an seiner Jeans und zupften an dem Stoff. „Sorry", sagte sie leise. „Das wusste ich nicht." Nach einem Augenblick des Schweigens sagte sie: „Ich dachte, ich könnte ihnen eine Nachricht schicken."

„Mit verbundenen Augen?"

„Nun, die Augenbinde loszuwerden, war mein nächstes Problem."

Er stieß einen knurrigen Laut aus. „Was wolltest du ihnen schreiben?"

„So was wie, *Ich habe den Laptop noch und will meine Schwester.*"

Er reichte ihr das Handy und zog die Augenbinde zwei Zentimeter hoch. „Schreib es."

Sie tippte die Worte ein und zeigte sie ihm, bevor sie auf Senden drückte. Er nahm ihr das Handy ab und steckte es in seine Tasche, bevor er die Augenbinde wieder an Ort und Stelle zog. „Du bewegst dich nicht ohne meine Erlaubnis, verstanden?"

„Ja, Sir."

Er seufzte und ließ das Auto wieder an.

„Was ist mit meiner Schwester?"

„Wir werden sie finden", versprach er.

Sie stemmte sich nach oben, wobei sich ihr Ellenbogen in seine Erektion bohrte.

„Autsch." Er zuckte zusammen und zog sie runter in ihre ursprüngliche Position. „Bleib."

„Wuff."

Da lächelte er beinahe. Verdammt, sie setzte ihm wirklich zu. Er erlaubte sich, erneut ihre Haare zu berühren, da er sich einredete, dass er es nur tat, um sie ihr aus dem Gesicht zu streichen. Das ergab allerdings keinen Sinn, da sie ohnehin nichts sehen konnte. Die seidigen Strähnen glitten zwischen seinen Fingern hindurch, als er wieder auf die Straße fuhr und versuchte, den Anblick ihres Hinterns zu ignorieren, der noch immer zu sehen war und zwischen dessen Backen ihr Höschen steckte. Der Geruch ihrer Erregung füllte das Auto wie eine Aromatherapie für seine bereits tobende Libido.

Er fuhr vor die alte Lagerhalle, die das Rudel seines Bruders als Treffpunkt benutzte. Es waren keine anderen Autos da, das hatte jedoch nichts zu bedeuten. Mark Ruhl hatte ihm am Telefon erklärt, wie er den Sprengkörper entschärfen konnte, hatte jedoch mit ihm vereinbart, sich hier zu treffen. Ben sollte ihm den Laptop geben, damit Mark ihn analysieren und überwachen konnte, wann das Signal für die Detonation gesendet wurde. Während Ben im Motel gewesen war, hatte er Stanley angerufen und gebeten, ebenfalls zu dem Treffen zu kommen. Jemand musste ihn zurück zu Stone Tech fahren, damit er sein Auto und den Laptop holen konnte. In dieser Zeit brauchte er jemanden, der für ihn auf Ashley aufpasste. Es wäre nicht sicher, sie zurück zum Tatort zu bringen.

Er betrat die Lagerhalle vorsichtig und schnupperte in der Luft. Leer. Er nahm Ashley die Kissenbezug-Augenbinde ab, als sie in dem Gebäude waren. Auf ein altes Sofa an einer Wand deutend befahl er: „Sitz."

Sie schaute ihn böse an, gehorchte jedoch.

„Kleines", sagte er, „du musst aufhören, mir diese bösen Blicke zuzuwerfen, sonst lege ich dich wieder über mein Knie, um dich daran zu erinnern, wer hier das Sagen hat."

Sie schwankte auf ihren Füßen und er hätte schwören können, dass in ihrem Blick das pure Verlangen loderte, doch sie wandte ihn hastig ab.

„Das ist besser", meinte er mit belegter Stimme.

Er hob den Kopf, da er ein Geräusch an der Hintertür hörte. Sie wurde aufgestoßen und Stanley sowie drei andere Männchen kamen nackt herein. Gestaltwandler hatten keine Probleme mit Nacktheit, aber zum ersten Mal stellte er fest, dass es ihn störte und ihm nicht gefiel, wie Ashley sie anstarrte. Sie holten Kleider aus ihren Schließfächern, stolzierten zu ihm und musterten sie. Ihm wurde bewusst, wie fehl am Platz sie wirkte, da sie noch in ihrem schmalen Arbeitsrock und ihren Stöckelschuhen steckte. Die blutbefleckte Bluse klaffte vorne auf, weil er alle Knöpfe abgerissen hatte, als er das Oberteil aufgerissen hatte, um sie auf Verletzungen zu untersuchen. Warum zur Hölle hatte er sie vorher nicht in sein Hemd gesteckt?

„Hey, Stanley", begrüßte er die anderen. „Hey, Leute."

„Wer ist sie?"

„Das müsst ihr nicht wissen", antwortete er. Ashley befahl er: „Senk den Blick."

Sie gehorchte ihm, obgleich er bemerkte, dass sie wachsam blieb und aufpasste.

„Du hast einen Menschen zu unserem privaten Unterschlupf gebracht", stellte Stanley das Offensichtliche fest und seine Augen wurden schmal.

„Sie trug eine Augenbinde."

„Sie weiß, was wir sind." Er verschränkte die Arme vor der Brust.

„Ich werde mich um sie kümmern."

„Wie?"

Die allgemeine Regel lautete, Außenseiter, die von ihnen erfuhren, zu töten. Er nahm eine drohende Haltung ein. „Das ist mein Problem und ich kümmere mich darum."

Stanley zog die Brauen hoch und musterte Ashley zweifelnd. „Sie sieht nach Ärger aus."

Kapitel Vier

Ashley hatte es aufgegeben, den Blick zu senken, um stattdessen den Mann namens Stanley finster anzustarren.

„Mein Problem, nicht deines", entgegnete Ben.

Was hatte er damit gemeint, als er gesagt hatte, dass er sich um sie kümmern würde?

„Ja? Also warum sind wir dann hier?", fragte der aggressive Wolf.

Bens Kiefer wurde hart. „Jemand versucht, mich zu töten. Ich brauche nur ein wenig Rückendeckung, während ich herausfinde, wer dahintersteckt."

Stanley musterte ihn. „Du forderst eine Menge Gefallen ein für jemanden, der nicht einmal ein Mitglied des Rudels ist."

Er zuckte mit den Achseln. „Wenn du mir nicht helfen willst, werde ich mich allein darum kümmern."

Stanley machte ein finsteres Gesicht. „Du hast uns bereits in die Sache reingezogen. Du hast einen Menschen zu unserem Versteck gebracht und jetzt hat sie unsere Gesichter gesehen."

Ein leises, unheimliches Knurren drang aus Bens Kehle und jagte einen Schauder über ihr Rückgrat.

Stanley winkte mit beiden Händen. „Willst du mich um die Position des Alphas herausfordern? Tu es. Wir wissen beide, dass du gewinnen würdest. Aber wenn du einfach hier hereinplatzt und Gefallen einforderst, ohne etwas zurückzugeben, wird dir niemand helfen."

Nichts veränderte sich auf Bens Gesicht, doch sie konnte seinen Frust spüren.

Ein Auto fuhr vor die Halle. Niemand bewegte sich, die zwei Männer – oder Wölfe – musterten einander und Spannung knisterte zwischen ihnen.

Die Tür schwang auf. „Hey, Ben", sagte ein Mann im mittleren Alter mit einem rasierten Schädel und einem engen weißen T-Shirt, während er hereinkam. Wie die anderen Wölfe war er muskelbepackt. Tatsächlich sahen sie aus, als kämen sie direkt von den Seiten eines Feuerwehr-mann-Kalenders. Allerdings waren sie möglicherweise etwas weniger freundlich als Feuerwehrmänner. Die Männer hatten eine schmuddelige Derbheit an sich, die sie nervös machte.

„Hey, Mark."

Ben wandte den Blick nicht von den anderen Wölfen ab, während er Mark die Hand gab. „Danke für deine Hilfe vorhin."

„Kein Problem", erwiderte Mark und schaute zwischen Ben und dem Rudelanführer hin und her. Wahrscheinlich spürte er die Anspannung zwischen ihnen. „Hast du die Sprengkörper?"

Bei dem Wort *Sprengkörper* wand sich Kälte durch ihren Körper. Sie hätte Ben töten können. Sie konnte es ihm wirklich nicht übelnehmen, dass er ihr nicht vertraute, oder?

Er schüttelte den Kopf. „Noch nicht. Ich bin auf dem Weg auf Schwierigkeiten gestoßen. Ich hatte gehofft, dass du mich dorthin fahren würdest."

„Kein Problem."

„Und du willst, dass wir auf das Mädel aufpassen", stellte Stanley nüchtern fest.

„Ja."

„Wer ist sie?"

Ben verschränkte die Arme vor seiner Brust. „Sie ist meine Assistentin. Sie hat die Bombe hinterlassen."

Fünf Paar kalter Augen hefteten sich auf sie.

Sie schrumpfte auf ihrem Stuhl.

„Sie wurde erpresst." Ben reichte Stanley Ashleys Handy. „Das hier ist ihr Handy. Falls die Männer, die sie erpresst haben, anrufen, muss sie rangehen. Abgesehen davon gib es ihr nicht." Zu ihr sagte er: „Du sagst ihnen, dass du den Laptop hast und den Austausch durchführen willst. Du weißt nichts über den Wolf. Verstanden?"

Sie nickte. „Ja, Sir."

Ben sah Stanley an. „Also bist du gewillt, zu helfen?"

Der Mann nickte widerwillig. „Ja. Wir werden auf sie aufpassen."

Ben berührte ihre Schulter, was elektrisierende Energie durch sie jagte. „Benimm dich. Ich bin in einer Stunde zurück." Er ging mit Mark.

Sie bemerkte die Abwesenheit seiner mächtigen Präsenz sofort. Es veränderte sich nicht nur die Energie im Raum, sondern es packte sie auch Entsetzen, als würde es sie beunruhigen, von ihm getrennt zu werden. Sie litt definitiv am Stockholm-Syndrom.

Die Männer zogen Klappstühle heraus, öffneten sie und setzen sich im Kreis um sie herum.

„Also ... ihr seid alle Wölfe?"

Ihr Anführer bedachte sie mit einem kalten Blick, bevor er sich an die anderen Männer wandte und sie geflissentlich ignorierte. „Was denkt ihr?"

„Über Stone?", fragte der Mann mit einer gepiercten Augenbraue neben ihm. „Ich glaube, es war richtig, dass du seine Loyalität infrage gestellt hast. Ich meine, ich bin mitgekommen, weil du mich darum gebeten hast. Aber wenn er angerufen hätte ... nun, ich wäre nur aus Respekt für Leons Andenken gekommen. Das wird sich allerdings schnell ändern, wenn sein kleiner Bruder nur von uns nimmt."

„Nun, im Grunde genommen ist dies der erste Gefallen in den drei Jahren, die er mittlerweile hier ist", wirft ein junger Asiate ein.

Sie wusste nicht, warum sie so erleichtert war, dass sich jemand für Ben einsetzte. Sie verstand die vorliegende Politik definitiv nicht, schnappte jedoch genug auf, um sich ein Bild zu machen. Sie waren eine Art Gang und Leon, Bens toter Bruder, hatte zu ihnen gehört, Ben allerdings nicht.

„Ja, aber wo war er? Einsame Wölfe bedeuten Ärger, mehr will ich gar nicht sagen", brummte der Kerl mit der gepiercten Augenbraue. „Ihr wisst, wie arktische Wölfe mit einsamen Wölfen umgehen."

„Nein, wie?", fragte der Asiate.

„Das Rudel jagt und tötet sie. Ich meine *canis lupus*, keine Gestaltwandler. Aber ich will damit sagen, dass wir uns ein Beispiel an ihnen nehmen könnten."

Die anderen Männer grunzten zustimmend.

Sie versuchte es erneut mit einem Gespräch. „Seid ihr Kerle ein Rudel? Und das hier ist euer Clubhaus?", fragte sie und sah sich um. Die Lagerhalle war aus Stahl errichtet worden wie eine riesige Scheune. Die Böden bestanden aus

Sperrholz, das grau gestrichen, jedoch mit dunklen Flecken bedeckt war. Klappstühle und Tische lehnten an einer Wand und eine Reihe Schließfächer stand hinten im Raum. Auf einer Seite entdeckte sie die Ausstattung einer guten Männerhöhle – ein Billardtisch, ein Kicker und eine Dartscheibe. Abgesehen davon war es ein großer, leerer Raum.

Was taten sie hier?

Stanley sah sie an. „Niemand spricht mit dir."

Ihr Magen knurrte. Sie hatte das Abendessen ausgelassen, weil sie wegen des Treffens zu angespannt gewesen war. Jetzt musste es auf 21 Uhr zugehen.

„Willst du Billard spielen?", fragte der mit der gepiercten Augenbraue.

„Ja, klar." Stanley stand auf und folgte ihm.

Sie blieb mit dem jungen Asiaten und einem Hünen von einem Mann zurück, den der Asiate Brian nannte. Sie unterhielten sich endlos über Baseball-Statistiken.

Nach einer Spanne von vermutlich fünfundvierzig Minuten stand sie auf, entschlossen, eine Toilette zu finden, um sich wenigstens etwas Wasser zum Trinken zu besorgen.

„Wohin denkst du, dass du gehst?", fragte Brian und drückte sie wieder auf den Stuhl.

„Kann ich etwas Wasser haben?"

Er runzelte die Stirn. „Ja, ich denke schon. Rühr dich nicht vom Fleck." Brian durchquerte den Raum und ging zu der Tür, hinter der sie das Bad vermutet hatte. Als er zurückkehrte, hatte er einen Plastikbecher mit Wasser und eine Rolle Klebeband in der Hand.

„Danke", bedankte sie sich, nahm den Wasserbecher unbeholfen zwischen ihre gefesselten Hände und musterte das Klebeband. Ihre Ängste wurden bestätigt, als er vor ihren Füßen in die Hocke ging und ihre Knöchel mit Klebeband umwickelte. „Das ist wirklich nicht nötig", protestierte sie. „Ich wollte nirgendwo hingehen. Ich wollte dich nur nicht bitten, mich zu bedienen."

„Trink aus", befahl er und streckte seine Hand nach dem Becher aus.

Sie neigte den Kopf nach hinten, leerte ihn in einem Zug und gab ihm den Behälter zurück.

Er riss ein kleines Stück Klebeband ab.

„Oh, hey", rief sie und versuchte, auf dem Sofa von ihm wegzurutschen. „Das ist nicht nötig. Ich werde sti..."

Das Klebeband wurde auf ihren Mund geklatscht. Sie kreischte zwischen geschlossenen Lippen und hob ihre gefesselten Füße direkt zwischen seine Beine.

Brian grunzte vor Schmerz, seine Hand schnellte vor und verpasste ihr eine Ohrfeige mit flacher Hand.

Sie keuchte, aber da ihr Mund geschlossen war, konnte sie nicht genug Luft einatmen. Ihre Nasenflügel kamen zusammen und schlossen sich, woraufhin sie noch heftiger nach Luft rang, bis das Äußere ihres Sichtfelds schwarz zu werden begann und Lichter vor ihren Augen tanzten.

Beruhige dich. Atme aus.

Tränen rannen aus ihren Augen, allerdings nicht vor Schmerz wegen der Ohrfeige, sondern als Reaktion ihres Körpers darauf, dass er nicht atmen konnte. Sie schaffte es, ein wenig Luft aus ihrer Lunge zu zwingen und wieder einzuatmen, es schien jedoch nicht genug zu sein. Die Arschlöcher waren bereits gegangen, was eine Erleichterung war, weil sie nicht wollte, dass sie sie weinen sahen. Sie schloss die Augen und lehnte den Kopf an das Sofa, während sie ihren Herzschlag zwang, sich zu beruhigen.

Du kannst durch deine Nase atmen. Du kannst durch deine Nase atmen ...

Sie wusste nicht, wie lange sie so dort gesessen hatte, bis

die Tür aufging. Sie öffnete ihre Augenlider und sah, dass Ben mit finsterer, wütender Miene zu ihr marschierte. Sie schrumpfte auf ihrem Stuhl, weil sie nicht seinem Ärger ausgesetzt werden wollte.

Er schälte das Klebeband von ihrem Mund, was verdammt wehtat. Sie blinzelte, um die erbärmlichen Tränen zurückzuhalten, die ihr vor Erleichterung in die Augen getreten waren. Mit finsterem Blick legte er einen Finger an ihr Kinn, drehte es und betrachtete ihre Wange, die noch brannte.

Er stand auf. „Wer hat sie geschlagen?", wollte er wissen.

Der riesige Kerl kam und sagte ohne Betroffenheit: „Sie hat mich in die Eier getreten."

Ben stieß ein Knurren aus und griff den Mann im Nu an. Sie rollten in einem Wirrwarr aus fliegenden Gliedern und unmenschlichem Knurren über den Boden.

Sie hörte sich kreischen und hielt ihre gefesselten Hände an ihren Mund, um sich zum Schweigen zu bringen. Die anderen Männer versammelten sich und wirkten relativ unbesorgt. Tatsächlich sahen sie aufgeregt aus, als wäre das hier ein Hahnenkampf und sie hätten Geld auf den Gewinner gesetzt.

„Wirst du sie nicht aufhalten?", wollte sie von Stanley ihrem Anführer wissen.

Er zuckte mit den Achseln. „Noch nicht."

Bens Faust erschien und krachte auf Brians Nase, woraufhin Blut in alle Richtungen spritzte. Als es auf den Boden tropfte, erkannte sie angewidert, dass die dunklen Flecken auf dem Sperrholz Blut sein mussten.

Die Männer fuhren fort, herum zu kugeln, zu taumeln, zu schlagen und ... ja, zu beißen. Sie knallten ihre Köpfe sogar gegenseitig auf den Boden oder aneinander. Bens

Augen leuchteten gelb und seine Zähne wirkten länger als die eines Menschen.

„In Ordnung, das reicht", mischte sich Stanley ohne große Dringlichkeit ein.

Brian gehorchte seinem Anführer und rappelte sich auf.

Ben hatte sich nicht unterworfen und begann einen weiteren Angriff, doch die drei Wölfe packten ihn und fixierten seine Arme im Rücken. „Stanley hat gesagt, dass es reicht", knurrte der mit der gepiercten Augenbraue.

Ben erstarrte, seine Muskeln waren jedoch angespannt und sein Gesicht vor Zorn verzerrt.

Stanley hielt seine Hand hoch als Signal, dass Ben sich zurückhalten sollte. „Sie war nicht markiert", sagte er milde.

Sie fragte sich, was zur Hölle das bedeutete.

Ben schüttelte die Männer ab, die seine Arme festhielten, und stapfte zu ihr. In einer fließenden Bewegung hob er sie vom Sofa über seine Schulter und marschierte zur Tür.

„Ja, gern geschehen, Arschloch", schimpfte Brian.

Ben blieb nicht stehen oder drehte sich um, sondern lief einfach nach draußen zu ihrem Auto, wo er sie sanft auf den Kofferraum setzte.

* * *

Er holte tief Luft, um sein Temperament zu zügeln. Er hasste sich dafür, dass er Ashley zurückgelassen hatte und sie so misshandelt worden war. Was hatte er sich nur dabei gedacht? Diese Wölfe waren nicht seine Freunde. Sie waren nicht einmal seine Verbündeten.

„Schließ deine Augen", brummte er, als ihm bewusst wurde, dass er sie nicht ohne Augenbinde dort hätte rausholen sollen.

Wie durch ein Wunder gehorchte sie. Er holte die Augenbinde und das Klebeband vom Vordersitz und wickelte ihr beides um den Kopf. Sie zitterte und wirkte zutiefst erschüttert. Er war sich nicht sicher, ob vor Zorn oder Furcht. Vermutlich wegen beidem. Er wusste, dass er sich entschuldigen sollte. Zur Hölle, er sollte sie um Vergebung anflehen, doch ihm fiel bei bestem Willen nicht ein, was er sagen sollte. Es gab keine Entschuldigung für das, was ihr gerade zugestoßen war. Und es war allein seine Schuld. Er sollte sie beschützen und hatte nichts anderes getan, als die Frau zu verängstigen und zu traumatisieren.

Ja, sie hatte eine Bombe in seiner Aktentasche hinterlassen, dafür konnte er ihr allerdings nicht die Schuld geben, oder? Sie hatte nicht gewusst, was es war. Und selbst wenn sie es gewusst hätte, war es nur natürlich, dass sie das Leben ihrer Schwester über seines stellte. Es war dumm, zu glauben, dass sie irgendwie an ihn gebunden wäre, nachdem sie eine Woche für ihn gearbeitet hatte.

Also warum störte es ihn noch so sehr?

Er war derjenige mit der irrationalen Bindung. Und es war eine, die ihr bereits eine Menge Ärger beschert hatte. Wenn er Ashley nicht gebeten hätte, seine Assistentin zu werden, wenn er nicht dabei beobachtet worden wäre, wie er sie zu ihrem Haus gefahren und abgeholt hatte, wie er sie auf seine Etage geholt und in seinem Leben willkommen geheißen hatte, wäre sie nicht als die bestmögliche Kandidatin betrachtet worden, um eine Bombe bei ihm zu platzieren. Ihre Schwester wäre jetzt in Sicherheit und sie wüsste nicht von dem Wolf, der sie nicht aus seinem Blut kriegen konnte.

Er schnitt das Klebeband von ihren Knöcheln und half ihr ins Auto. Nachdem er auf seiner Seite eingestiegen war, schnallte er sich an.

Sie senkte ihren Körper zur Mitte, schien seinen Schoß dieses Mal jedoch absichtlich mit dem Kopf zu meiden. Er machte ihr keinen Vorwurf.

Er legte den Gang ein und fuhr los. Obwohl dieses Treffen schrecklich gelaufen war, gab es noch einen Wolf, der ihm möglicherweise helfen konnte, und Mark Ruhl hatte Ben dessen Adresse gegeben. Leider hatte der Computerhacker Jeff Zolla Stanleys Rudel verlassen, um sich dem in Boulder anzuschließen, was bedeutete, dass er möglicherweise nicht gewillt war, Ben zu helfen. Er hielt es für das Beste, persönlich zu erscheinen, anstatt anzurufen. Vorher musste er allerdings seine Schwägerin besuchen, denn er hatte ein ungutes Gefühl hinsichtlich des Drahtziehers des Angriffs.

Als er fünf Meilen gefahren war, zog er Ashley die Augenbinde ab. „Du darfst dich jetzt aufsetzen."

Sie setzte sich auf, schaute aus dem Fenster und blinzelte in das Licht der Straßenlaternen. „Also ... was? Du drehst dich einfach um und schlägst Leuten auf die Nase, wann immer du wütend wirst?"

Er wusste nicht, was er darauf antworten sollte, weshalb er nichts sagte. Als er daran dachte, was das Arschloch Brian Ashley angetan hatte, knirschte er mit den Zähnen.

„Ich weiß nicht, weshalb du so wütend bist. Es ist nicht so, als hätten sie mir etwas anderes angetan als du. Ich meine, du hast mich mit Klebeband dorthin gebracht. Sie haben mehr hinzugefügt. Und er hat mir ins Gesicht geschlagen. Nun, du hast mir auf den Hintern geschlagen. Mehr als einmal. Ich bin deine Gefangene, stimmt's?"

Ihre Worte trafen ihn wie ein Schlag in den Magen. Sie hatte recht. Er hatte sie genauso schlecht behandelt. War das Ganze in Ordnung, weil sie ihm wichtig war? Oder weil er glaubte, er hatte ein Recht, sie zu bestrafen, da sie versucht hatte, ihn zu töten?

Weibchen den Hintern zu versohlen, war ein Teil der Wolfkultur genauso wie die Tatsache, dass Streit zwischen zwei Männchen körperlich gelöst wurde. Es hatte Ashley jedoch offenbar schockiert, dass er ihr den Hintern versohlt hatte. Er wusste, dass er sie nicht verletzt hatte. Er hatte darauf geachtet, dass er das Spanking nur genutzt hatte, um seine Dominanz zu zeigen und ihr keine bleibenden Schmerzen zu bereiten. Aufgrund ihres Dufts glaubte er, dass sie es aufregend gefunden hatte. Ihm wurde allerdings schlecht bei dem Gedanken, dass sie sich von ihm genauso misshandelt fühlte wie von den anderen.

Er war schlecht für sie. Wirklich schlecht. Und obgleich er verpflichtet war, ihre Schwester zu retten und vor den Männern zu schützen, die ihr möglicherweise schaden wollten, wollte der selbstsüchtige Teil von ihm nicht, dass er im Gegenzug für immer ihre Wertschätzung verlor.

Er bog abrupt von der Sixth Avenue West und fuhr vor ein Motel 6. Es war nicht sicher, sie nach Hause zu bringen, aber er konnte sie wenigstens freilassen, wenn sie das wollte. Sie hatte ihr Auto und ihr Handy. Er konnte sich verwandeln und zu Fuß weitergehen. Er stieg aus dem Wagen und ging zu ihrer Seite. Er befreite ihre Hände und half ihr auf die Füße.

„Du bist nicht meine Gefangene. Wenn du das hier allein tun willst, werde ich mich raushalten."

Ihre Augen weiteten sich, bevor sie schmal wurden. Sie verschränkte die Arme vor der Brust. „Zum Teufel damit, Stone. Ich gehe ohne dich nirgendwohin."

Der Wolf in ihm verstand die Herausforderung als eine Art Paarungsruf. Verrückte Kräfte übernahmen die Kontrolle, er drängte Ashley gegen das Auto und presste seine Lippen auf ihre. Sie schmeckte nach Beerenlipgloss und ihre Lippen waren unfassbar weich. Er vergrub seine Finger in ihren seidigen, braunen Haaren, ballte seine Hand zur Faust und zog. Er dachte nicht nach und hatte nicht einmal gewusst, dass er sie küssen wollte, doch als ihre Zunge reagierte, in seinen Mund leckte und mit seiner tanzte, krachte der Drang, sie zu markieren, wie ein Güterzug in ihn.

Er rieb seinen schmerzhaft harten Schwanz an ihrem flachen Bauch. Er küsste sie, als würde er sie verschlingen, ihre süßen Lippen öffneten sich und nahmen seine stoßende Zunge auf, während sich ihre Finger um seine Schultern klammerten.

Seine Haut kribbelte vor Hitze, seine Sicht wurde schärfer und seine Fangzähne wurden länger.

Guter Gott. Er stand kurz davor, sie hier auf dem Parkplatz zu markieren.

Doch verdammt, wenn er die Kontrolle verlor, könnte es gefährlich für sie werden. Zur Hölle, er könnte sie sogar töten. Wenn ein Wolf mit einem Weibchen Sex hatte, wurden seine Fangzähne länger und er versenkte seine Zähne in ihrem Hals oder ihrer Schulter. Ein Biss löste sofort eine Unterwerfung aus, sodass sich das Weibchen entspannte und seine Dominanz erlaubte. Im Falle einer Paarung hinterließ er ein dauerhaftes Mal auf ihr – er durchbrach die Haut, um seinen Geruch dauerhaft in ihrer Epidermis einzubetten.

Bei dem Gedanken daran, was bei einem Menschen in so einer Situation geschehen könnte, schauderte ihm – er könnte ihre Halsschlagader treffen und der Schmerz, den er ihr verursachen würde, wäre unverzeihlich. Vor allem, weil Menschen nicht über Nacht heilten wie Wölfe.

Zieh dich von ihr zurück.

Sein Körper gehorchte seinem Verstand nicht. Er zog ihren Kopf nach hinten und leckte eine Spur über ihren Hals, ehe er an diesem knabberte. Das löste den wahren Instinkt aus und plötzlich waren seine Zähne draußen und vollständig ausgefahren.

Er schreckte zurück und drehte sich zur Seite, damit ihr Hals nicht mehr auf einer Höhe seines Kiefers war, als er sich schloss. Er kehrte ihr den Rücken zu und begann, schnell wegzugehen, da er Abstand zwischen ihre Körper bringen musste. Er atmete die Septemberluft tief ein und blickte zum Mond hoch, als könnte ihm dieser irgendwie helfen, seinen gesunden Verstand wiederzuerlangen.

„Ben?", rief sie. Obwohl sie so tat, als wäre sie hart im Nehmen, bemerkte er Verletzlichkeit in ihrer Stimme.

„Ich komme", versprach er mit tieferer Stimme als üblich. Er ging in einem großen Bogen um das Auto, während seine Sicht wieder zur menschlichen Norm zurückkehrte und sich seine Zähne zurückzogen. Er hoffte, dass sich auch das Engegefühl in seiner Hose bald legen würde. Nach ein paar Kreisen um seine verwirrte Angestellte und das Auto, kehrte er zum Fahrersitz zurück, stieg ein und knallte die Tür zu, ohne Ashley anzusehen.

Sie stieg ein und schnallte sich an.

„Es tut mir leid", sagte er barsch. „Es wird nicht noch einmal passieren."

Sie drehte den Kopf und starrte ihn mit ausdrucksloser Miene an. Was zur Hölle hielt sie von alldem?

Ihr Handy klingelte. Sie stürzte sich auf ihre Handtasche und fischte ihr Handy so hektisch heraus, dass es zu ihrem Gesicht flog. Sie fing es mit zitternden Händen auf, drehte es um und schaute auf das Display. „Sie sind es", flüsterte sie, als könnten die Erpresser sie hören.

„Geh ran."

„H-hallo?"

„Was ist passiert?", fragte die elektronisch verzerrte Männerstimme.

„Wo ist meine Schwester?"

„Deine Schwester wird sterben, wenn du uns den Laptop nicht bringst. Was war das Tier beim Treffpunkt?"

„Ich weiß es nicht ... es hat mich auch angegriffen. Es hat mich in mein Auto gejagt und ich bin davongefahren, ohne zu sehen, wohin es gegangen ist."

Stille folgte. Dann: „Mit wem hast du gesprochen?"

„Niemandem! Keiner Menschenseele. Ich habe den Laptop noch und ich will meine Schwester."

„Bereite dich auf ein Treffen vor. Wir werden dich anrufen und dir den Standort mitteilen."

„Warte ... wann? Um wie viel Uhr?"

„Morgen Abend."

Das Telefonat wurde beendet.

Sie sah zu ihm auf und atmete aus. „Nun, es klingt so, als wäre sie noch am Leben."

Vielleicht. Er war sich nicht so sicher. Dass sie ihre Schwester nicht aus dem Auto geholt hatten, brachte ihn auf den Gedanken, dass die Leute nicht vorhatten, eine der Frauen gehen zu lassen.

Sie steckte ihr Handy an das Ladekabel des Autos. Er war dankbar, dass er eines hatte, das für ihre beiden Handys funktionierte. „Denkst du, ich sollte meine Eltern anrufen? Ich meine ... sie sollten wissen, dass sie ihre Tochter möglicherweise nie wieder sehen werden."

„Nein", antwortete er, wobei er Autorität in seine Worte legte. „Das würde deine Schwester nur in Gefahr bringen."

Er rechnete halbwegs mit ihrem Widerstand, doch sie nickte bloß. „Ben?"

Er mochte es, dass sie seinen Vornamen benutzte und

ihn duzte, auch wenn es vorlaut war. „Ja?" Er wappnete sich für eine weitere schwere Frage.

„Ich habe Hunger."

Seine anfängliche Erleichterung über dieses leicht zu lösende Problem wurde von Schuldgefühlen überschattet. Er hätte wissen sollen, dass sie am Verhungern war. Was für ein Versorger war er, dass er seine Gefährtin hungern ließ?

Doch nein, sie war nicht seine Gefährtin und konnte es auch nicht sein. Er musste aufhören, so über sie zu denken.

„Ist Fast Food okay für dich?"

„Mittlerweile wäre ich sogar mit Hundefutter einverstanden", brummte sie.

Er sah ein Schild einiger Fast-Food-Restaurants, nahm die Ausfahrt und fuhr zum Drive-Thru. Da ihre Bluse zerrissen und mit Blut besudelt war, konnte er mit ihr in kein Restaurant gehen.

Er bestellte und bezahlte ihr Essen, gab Ashley die Tüte und fuhr wieder auf den Highway.

Sie wickelte ihr Sandwich aus und nahm einen großen Bissen davon. „Möchtest du, dass ich dir etwas auspacke?", fragte sie mit vollem Mund.

Trotz der Anspannung zwischen ihnen kam er nicht umhin, Ashley niedlich zu finden. Er verspürte einen Anflug von Sehnsucht. So wäre es, wenn sie seine Freundin wäre. Sie würden mit vollem Mund reden, lachen und sich miteinander wohlfühlen. Er konnte sich nicht an das letzte Mal erinnern, als er mit jemandem gelacht hatte. Definitiv nicht seit dem Tod von Leon und seinem Vater. Nicht, seit er seine Familie verraten und dem Tod überlassen hatte.

Ashley schlug sich den Bauch voll und aß zu schnell. Sie lehnte sich nach hinten gegen den Sitz und war plötzlich erschöpft. „Wohin fahren wir?"

„Zuerst zu meiner Schwägerin, dann zu einem Kerl, der uns möglicherweise helfen kann."

„Wie die Kerle vorhin?"

Er bedachte sie mit einem düsteren Blick. „Ich habe einen Fehler gemacht", räumte er ein. „Ich hätte dich nicht mit ihnen allein lassen sollen. Es tut mir leid."

Aus irgendeinem Grund durchzuckte sie plötzlich ein Stich bei seiner Entschuldigung. Sie hatte keine Zugeständnisse von ihm erwartet und es war einfacher, sich gegen seine dunkle Anziehungskraft zu wappnen, wenn er sich wie ein Arschloch benahm. Dennoch hatte sie gewusst, dass es ihm leidtat. Andernfalls hätte er den anderen Kerl nicht angegriffen. Und obgleich diese Zurschaustellung von Gewalt Übelkeit erregend gewesen war, hatte es ihr auch das Gefühl gegeben, verteidigt worden zu sein.

„Hör zu, Ashley ... ich hätte dich warnen sollen, bevor wir die Halle betreten haben. Reiß bei einem Wolf nie die Klappe zu weit auf oder sei respektlos. Das wird als Herausforderung der Machtstruktur aufgefasst und darauf folgt stets eine schnelle, körperliche Vergeltung, um die Ordnung wieder herzustellen."

„Hast du mir deswegen den Hintern versohlt?"

„Ja."

„Dir macht das Spaß, oder?"

Sein Blick glitt zur Seite und seine Mundwinkel bogen sich nach oben. „Ich genieße manche Aspekte, ja."

Sie lief rot an, zu zwei Teilen vor Wut und zu einem Teil wegen etwas anderem. Wegen etwas Schlüpfrigem und

Flatterndem, das sich in ihrem Bauch regte. „Heide“, schimpfte sie und blickte aus dem Fenster.

„Ashley“, sagte er mit ernster Miene. „Ich meine es ernst … beleidige keinen anderen. Ich weiß, dass Brian es herausgefordert hat, aber das ist wichtig. Hätte einer von ihnen ein dauerhaftes Mal auf dir hinterlassen, hätte ich ihn möglicherweise getötet. Und dann wäre ein ganzes Rudel hinter mir und dadurch auch hinter dir her gewesen. Also ist es eine große Sache.“

Ich hätte ihn möglicherweise getötet. Von dieser Information wurde ihr leicht schwindlig. Er stand auf sie. Sie wusste es.

„Okay.“

„Ja, Sir“, korrigierte er.

„Ja, Sir“, erwiderte sie nur leicht sarkastisch.

„Danke“, sagte er.

Sie dachte darüber nach, wie sehr sich ihre Beziehung in den letzten vierundzwanzig Stunden verändert hatte. Wenn es nicht nach vorne ging, konnten sie dann zurückgehen? Die Arbeit bei Stone Tech erschien ihr jetzt wie eine vollkommen andere Welt.

„Ben?“ Sie wusste nicht, wann sie angefangen hatte, ihn so zu nennen. Doch angesichts dessen, dass sie ihn nackt und in Wolfgestalt gesehen und er ihr bei herabgelassenem Höschen den Hintern versohlt hatte, schien Mr. Stone nicht mehr zu passen. „Hast du etwas dagegen, wenn ich dich so nenne?“

Sie betrachtete sein wie gemeißelt wirkendes Gesicht und die Stoppeln auf seinem Kiefer, mit denen er noch sexyer aussah, als wenn er glattrasiert wäre.

„Nein.“

Würde der Mann ihr jemals mehr als einsilbige Antworten geben? Bei seiner kleinen Rede darüber, dass sie sich Wölfen gegenüber respektvoll verhalten musste, hatte er vermutlich mehr Worte verwendet als je zuvor.

„Glaubst du, wir werden jemals zur Arbeit zurückkehren?"

„Ja."

„Ich meine ... werde ich noch deine Assistentin sein?" Sie hielt die Luft an. Sie würde es dem Mann nicht übelnehmen, wenn er sie feuerte. Immerhin hatte sie ihn bestohlen und eine Bombe in seinem Büro platziert, die ihn hätte töten können.

„Ja", antwortete er, seine Kehle klang jedoch wie zugeschnürt, als würde er lügen. Hatte er vor, sie zu feuern? Oder schlimmer ... sie zu töten? Er hatte den Rudelmitgliedern erzählt, dass er sich darum ‚kümmern' würde, dass sie von ihnen wusste. Hielt er sie nur am Leben, um das Treffen mit den Männern zu arrangieren, die ihn töten wollten? Hatte er vor, sie zu töten, wenn alles vorbei war? Soweit sie das erkannte, war er ein gefährlicher Mann.

„Wirst du mir immer noch den Hintern versohlen, wenn ich aus der Reihe tanze?", fragte sie in dem Versuch, ihre eigene Anspannung zu lockern und vielleicht sogar seine.

Es funktionierte. Bens Schatten-Lächeln erschien, der kleine Hauch von Belustigung, der seine Augen kräuselte und seine Mundwinkel berührte. „Du sprichst gerne darüber, den Hintern versohlt zu bekommen", stellte er fest.

Ihre Pussy verkrampfte sich unwillkürlich bei seinen Worten. Sie hielt die Luft an und versuchte, die Röte zu verscheuchen, die sie ihren Hals hinaufkriechen spürte. Dennoch machte sie weiter. „Wem hast du noch den Hintern versohlt? Hast du Karen übers Knie gelegt?"

„Nein", antwortete er, wobei er überrascht klang. „Sei nicht lächerlich."

„Wen dann? Deine Freundinnen? Liebhaberinnen? Waren sie Wölfe?"

„Du warst meine Erste", entgegnete er.

Warum freute sie diese Antwort so sehr?

„Du warst auch mein Erster", verkündete sie, obwohl sie wusste, dass sie wie eine Idiotin klang.

Er lächelte tatsächlich, was dazu führte, dass ihr Herz merkwürdige Dinge in ihrer Brust anstellte.

„Spankings sind also ein Wolf-Ding?"

Er zuckte in dem dunklen Auto mit den Achseln. „Es ist ein gängiges Vorgehen. Man kann damit leicht seine Dominanz demonstrieren, ohne Schaden anzurichten."

„Wölfe sind also im Grunde genommen sexistische Schweine, die denken, sie seien besser als Frauen und würden es verdienen, ihnen den Hintern zu versohlen?" Sie hielt die Luft an, da sie mit seinem Zorn rechnete, doch er lächelte.

„Nein. Ich glaube, manche Beziehungen sind gleichberechtigter. Aber ich bin ein geborener Alpha. Ich glaube nicht, dass ich besser als Frauen bin. Ich muss nur die Oberhand haben."

Sie dachte darüber nach und erinnerte sich an die Worte, die in der Lagerhalle gesprochen worden waren. „Ich dachte, sie hätten gesagt, du wärst kein Alpha."

Er brauchte so lange für seine Antwort, dass sie die Hoffnung schon aufgegeben hatte, aber schließlich sagte er: „Ich weigerte mich, das Rudel meines Bruders anzuführen. Ich hatte es einfach nicht in mir."

Sie streckte die Hand aus und berührte seinen Schenkel. „Nun, natürlich war es zu viel. Du musstest bereits Stone Tech übernehmen und hast vermutlich obendrein seinen Tod betrauert."

Bens Augen schnellten zu ihr und ein Muskel an seiner

Wange zuckte. Er sah leicht alarmiert aus, als wäre er schockiert, dass sie ihn verstand. Zumindest hoffte sie, dass sie ihn verstanden hatte. Er nahm jedoch ihre Hand und entfernte sie von seinem Bein, was den Wunsch in ihr weckte, für den Rest der Fahrt unter ihren Sitz zu krabbeln.

* * *

Er fuhr auf die kreisrunde Einfahrt seines Bruders in Golden, einem westlichen Vorort von Denver. Das Haus stand an den Ausläufern der Rocky Mountains und von Leons Garten hatte man eine spektakuläre Aussicht. Es strömte sogar ein natürlicher Bach durch den Garten, der von einer Bergquelle gespeist wurde. Lichter mit Bewegungssensoren gingen an und beleuchteten den Weg zum Haus.

„Komme ich mit rein?", erkundigte sich Ashley, als er seine Autotür öffnete.

„Ja."

Sie stieg aus, strich ihren zerknitterten Rock glatt und hielt ihre Bluse geschlossen.

Er klingelte.

Nach langer Zeit sprach Shayla hinter der geschlossenen Tür. „Ben?"

„Ja, ich bin's. Es tut mir leid, dass es so spät ist, aber ich muss mit dir reden."

Sie öffnete die Tür mit angespanntem Gesicht, bot ihm jedoch ihre Wangen für die Begrüßungsküsse im südamerikanischen Stil an. Shayla war ein weiblicher Alpha und in Menschengestalt zierlich, als Wölfin war sie allerdings groß, gelenkig und schnell und hatte beiges Fell und gelbe Augen.

„Das ist Ashley Bell. Sie ist meine Assistentin bei Stone.“

Shayla starrte Ashleys zerrissene und blutige Bluse mit offenem Mund an. „Was ist passiert?“

„Dürfen wir reinkommen?“

„Oh, natürlich, es tut mir leid“, entschuldigte sie sich und trat zurück, um sie reinzulassen. „Was ist los, Ben?“

Er rieb sich übers Gesicht. Er wusste, dass Shayla es nicht zu schätzen wusste, dass mitten in der Nacht Drama an ihre Türschwelle gebracht wurde, wenn ihre zwei Kinder in ihren Betten schliefen. Leon war ihr ein perfekter Ehemann gewesen – er hatte ihr das Leben ermöglicht, das sie wollte, sodass sie Hausfrau sein konnte. Als er Ben gebeten hatte, der Patenonkel der Kinder zu werden, hatte er deutlich gemacht, dass, sollte ihm etwas zustoßen, es Bens oberste Priorität sein musste, Stone Tech zu leiten, um seiner Familie den gleichen Luxus und Komfort zu bieten, an den sie sich gewöhnt hatte.

Er wusste auch, dass Shayla nicht zwangsläufig ihn und die Art befürwortete, wie er die Dinge seit Leons Tod gehandhabt hatte. Er konnte jetzt praktisch spüren, wie sie ihn verurteilte, und leider verdiente er das vermutlich. Gott, wusste sie, dass es seine Schuld war, dass Leon tot war? Er hatte ihr nicht in die Augen schauen können seit dem Tag, an dem sie die zerfleischten Überreste seines Bruders beerdigt hatten, die für die Beerdigung in die Staaten geflogen worden waren.

„Also warum bist du hier?“

„Darf ich mich setzen?“, fragte er spitz, obwohl es unhöflich von ihm war, auf ihre mangelnde Gastfreundschaft hinzuweisen, angesichts dessen, dass er an ihre Tür geklopft hatte, als ihre Kinder bereits im Bett waren.

Sie errötete, wie er es vermutet hatte, und deutete zum Tisch. „Möchtet ihr etwas trinken? Vielleicht Tee?"

Er schaute zu Ashley.

„Nein, danke", sagte sie, „aber hast du zufällig ein Oberteil, das ich mir ausleihen kann?"

Er fluchte innerlich. Er hätte Shayla um Kleider für Ashley bitten sollen. Was zur Hölle stimmte nicht mit ihm? Er sollte besser auf die Bedürfnisse seiner Frau achten.

„Selbstverständlich", antwortete Shayla, verschwand in ihrem Zimmer und kehrte mit einem kleinen, malvenfarbenen T-Shirt zurück, das aussah, als wäre es eine Kindergröße. Sie reichte es Ashley. „Ich hoffe, es passt", sagte seine zierliche Schwägerin.

Ashley entfaltete es und hielt es sich an die Brust. „Danke", bedankte sie sich. „Gibt es eine Toilette, in der ich mich frisch machen kann?"

„Ich zeige sie dir", verkündete er in dem Versuch, sich zu rehabilitieren. Er führte sie zur Toilette im Flur, schob sie hinein und schloss die Tür hinter sich.

Sie drehte sich zu ihm um. „Vertraust du mir nicht?"

Er nahm keine Kränkung bei ihr wahr, sie meinte die Frage ernst. „Ich vertraue meinem eigenen Urteil nicht, wenn es um dich geht", erklärte er, trat vor und öffnete den einzigen übrigen Knopf ihrer Bluse, den zwischen ihren Brüsten. Die Bluse schwang auf und ihm wurde schwindlig beim Anblick ihres lilafarbenen Spitzen-BHs. Er passte zu dem Höschen, das er vorhin gesehen hatte. Ihre kecken Brüste füllten ihn komplett und das Fleisch quoll aus den Körbchen.

Sein Schwanz wurde dick und presste sich gegen seinen Reißverschluss.

Zu seiner Überraschung erschienen ihre kleinen Hände

unter seinem Hemd, glitten seinen Bauch hinauf und schoben den Stoff hoch.

Er atmete scharf ein, als er ihre Haut so plötzlich auf seiner spürte. „Was machst du?", krächzte er.

„Wurdest du heute Nacht nicht angeschossen?", fragte sie und zog das Hemd höher, um ihn zu untersuchen.

„Oh ja", antwortete er und blinzelte, um die Fassung zurückzugewinnen. Er drehte sich, um sich im Spiegel zu betrachten. Die Kugeln hatten sich an die Oberfläche gearbeitet und waren bereit, rauszukommen. Er drückte eine der Wunden und die Kugel flutschte heraus.

Ashley fing sie auf und drehte sie staunend in ihren Fingern. Er wiederholte die Tat bei der anderen.

„Gestaltwandler heilen schnell."

„Das sehe ich", erwiderte sie, ließ die Kugeln auf die Theke fallen und hob ihre Hände wieder an seinen Oberkörper. Überall, wo sie ihn berührte, erschuf sie ein Feuer unter seiner Haut und seine Selbstkontrolle schwand mit jeder verstreichenden Sekunde.

„Nicht", sagte er, legte seine Hände auf ihre und zog sie von sich. Dieses Mal zitterten seine Hände.

„Warum nicht?", fragte sie mit heiserer Stimme.

„Ich verliere die Kontrolle", erklärte er, hob das Shirt auf, das Shayla ihr gegeben hatte, und zog es ihr über den Kopf.

Sie schob ihre Arme durch die Löcher und zog es nach unten. Es war zu klein – es war hauteng und betonte ihre kecken Brüste und flachen Bauch, wodurch sie wie ein Playboy-Bunny aussah. Er konnte keinen Augenblick länger mit ihr in der Toilette bleiben. Er drehte sich um und ging hinaus. Ihn interessierte nicht mehr, was sie dort drin tun könnte. Er hörte das Geräusch fließenden Wassers, als er ging, und versuchte, seinen Kopf zu klären.

Shayla hatte den Teekessel aufgesetzt, obwohl sie ihr Angebot abgelehnt hatten, und bereitete den Tee vor, als er in die Küche zurückkehrte. Er berichtete Shayla von den Ereignissen des Abends, wobei er Ashleys Teil bei den Vorkommnissen unter den Teppich kehrte.

„Hast du Stanley angerufen?", fragte Shayla angespannt.

Er stieß einen Schwall Luft aus. „Ja. Mark Ruhl hat mir mit der Bombe geholfen und Stanley und einige Kerle haben sich mit mir beim Hauptquartier getroffen. Stanley war allerdings nicht begeistert, dass ich ihn um Gefallen gebeten habe."

Shayla fuhr eine Linie auf dem Tisch nach. „Er wollte das Rudel nie anführen", erklärte sie, ohne den Blick zu heben.

Er hörte die Anklage in ihrer Stimme.

„Er hat die Position nur angetreten, damit das Boulder-Rudel uns nicht übernimmt. Dabei wirbt ihr Alpha Bruce bereits all unsere Mitglieder ab, die mit der schwachen Führung unzufrieden sind."

„Denkst du, meine Führung wäre weniger schwach?", blaffte er und bereute es sofort. Es war nicht ihre Schuld, dass er nicht die Eier hatte, zu tun, was man von ihm erwartet hatte. „Vergiss, dass ich das gefragt habe."

„Warum bist du hier, Ben?"

Er rieb sich über die Augen. „Ich habe einen Verdacht, wer hinter alldem steckt."

Ashley erschien mit großen Augen im Türrahmen.

„Wer?", fragte Shayla.

„Nun, nur eine Person wusste von Ashleys neuer Position und dass sie die Gelegenheit hätte, meinen Laptop auszutauschen. Und dieselbe Person weiß von der Wichtigkeit dessen, was sich auf dem Laptop befindet."

„Jack.“

„Ja.“

Ben war zu Shayla gegangen, weil er wissen musste, wie viel Zuneigung sie für den Mann empfand, welcher der beste Freund und Geschäftspartner ihres Ehemannes gewesen war.

Sie schien das zu verstehen, denn sie sagte mit harter Stimme: „Tu, was du tun musst.“

Er zog seine Augenbrauen hoch. „Bist du dir sicher?“

Sie nickte einmal entschieden. „Hätte Leon ihm vertraut, hätte er ihm die Leitung von Stone überlassen. Jack wusste immerhin alles über die Firma, was es zu wissen gibt, und arbeitete dort seit der Gründung. Warum sollte er dich wählen? Ich meine, ja, du hast einen Wirtschaftsabschluss von Harvard, aber du hast nie für ihn gearbeitet.“

Und er war wie ein Party-Junge umhergezogen, während Leon sich den Arsch aufgerissen hatte, um eine Multi-Millionen-Firma aufzubauen.

Sie sprach diesen Teil nicht aus, doch er lag unausgesprochen zwischen ihnen zusammen mit all den anderen unerfüllten Erwartungen seines Bruders. Der Teekessel pfiff, woraufhin Shayla und Ashley ein Gespräch darüber führten, welchen Tee sie bevorzugte, während er sich einen Moment lang in Selbsthass suhlte.

„Mama?“

Er wirbelte herum und sah seine Nichte in ihrem Schlafanzug in die Küche tapsen. „Ellie“, sagte er, sprang von seinem Stuhl auf und schwang sie in seine Arme.

„Tío“, rief sie und schlang ihre winzigen Arme fest um seinen Hals.

Er tat so, als würde er ihren Hals fressen und machte Kaugeräusche.

Sie kreischte vor Freude. „Was machst du hier?"

„Nun, ich bin gekommen, um mich zu vergewissern, dass du im Bett bist. Was machst du hier außerhalb des Betts, junge Dame?"

Sie lachte und nahm seine gespielte Strenge keine Minute ernst. „Du hast mich aufgeweckt", erklärte sie.

„Es tut mir leid, *mi amor*. Ich sag dir was ... wie wäre es, wenn ich dir eine Geschichte vorlese und dich wieder ins Bett bringe?"

„Nein", widersprach die Vierjährige stur. „Ich will mit dir aufbleiben."

„Nun, ich bleibe nicht, *angelita*. Ich bin nur gekommen, um deine Mommy etwas zu fragen, und jetzt gehe ich. Was meinst du, möchtest du dieses Buch?"

Das Kind sah unentschlossen aus. „Hast du deine Freundin mitgebracht?", fragte sie, wechselte das Thema und starrte Ashley an.

Er sollte ihr erzählen, dass Ashley seine Angestellte und nicht seine Freundin war. Die Vorstellung, dass Ashley wirklich seine Gefährtin war und sie bei Familienfeiern an seiner Seite stand, so wie es Shayla bei Leon getan hatte, traf ihn jedoch mit solcher Sehnsucht, dass er einfach so tun wollte, auch wenn es nur für einen Moment war. „Das ist Ashley, *muñeca. Es muy bonita, verdad?*"

Ellie kicherte. „*Tío* hat eine Freundin. *Tío* hat eine Freundin!", skandierte sie.

„*Ya, mi amor.* Jetzt werde ich dich ins Bett bringen."

„Nein", kreischte sie und trat mit den Füßen um sich.

„Ich nehme sie", unterbrach Shayla und griff nach seiner Nichte. „Ihr solltet vermutlich gehen."

„Es tut mir leid", entschuldigte er sich bei Shayla, als Ashley aufsprang.

„Es ist in Ordnung", erklärte sie mit einer Stimme, die bedeutete, dass es das nicht war. „Ich glaube, du solltest noch einmal mit Stanley sprechen."

Er antwortete nicht. Ihm hing bereits ein ganzer Haufen ‚Sollte' über dem Kopf.

Kapitel Fünf

Zollas Haus war dunkel und still. Ben klopfte an die Tür, doch niemand antwortete und seine Wolfsinne nahmen niemanden in dem Gebäude wahr. Er seufzte und rief die Telefonnummer des Omegas an, die Mark ihm gegeben hatte. Ein Omega war der Rangniedrigste in einem Wolfrudel, normalerweise wegen seiner Größe oder einer anderen Schwäche.

Zolla beantwortete den Anruf leicht überrascht mit den Worten „Ben Stone". Er hatte offensichtlich Bens Handynummer in sein Handy eingespeichert, was merkwürdig wäre, wenn dieser Wolf nicht die Art von Kerl wäre, dem Informationen heilig waren.

„Hey, bist du in der Nähe? Ich habe mich gefragt, ob wir uns heute Abend treffen können?"

„Ach ja? Ich bin gerade nicht zu Hause. Ich bin im El Parador, dem Salsaclub an der Speer Street."

„Ich bin in zwanzig Minuten dort." Er legte auf und führte Ashley zurück zu ihrem Wagen.

„Wohin gehen wir jetzt?", fragte sie.

„Salsa tanzen."

„Wirklich?“

Er antwortete nicht.

„Warte ... wirklich?“, wiederholte sie. „Meinst du das ernst?“

„Nun, wir gehen zu einem Salsaclub.“

„Kannst du Salsa tanzen? Natürlich kannst du das, du kommst aus Südamerika. Du wurdest wahrscheinlich tanzend geboren.“

„Mehr oder weniger.“ In Lateinamerika wurde auf jeder Party getanzt, sogar bei den schlichtesten Zusammenkünften. Er hatte nicht gemeint, dass sie tatsächlich tanzen würden, sie wirkte jedoch so verblüfft, dass er sich dabei ertappte, wie er fragte: „Kannst du Salsa tanzen?“

„Ähm, nicht wirklich, aber ich würde es gerne lernen. Wirst du es mir beibringen?“

Seine Haut kribbelte bei dem Gedanken, sie auf der Tanzfläche dicht an sich zu halten. Es wäre zu viel. Allerdings konnte er sich nicht dazu bringen, es ihr abzuschlagen – sie sah so niedlich aus, während sie ihn mit flehenden Augen ansah. „Wir werden sehen“, antwortete er.

Sie kamen beim El Parador an und gingen hinein. Ashley zupfte an ihrem zu engen T-Shirt und sah peinlich berührt aus.

„Du siehst gut aus“, sagte er. Tatsächlich sah sie verdammt scharf aus. Sie trug noch ihren engen Arbeitsrock mit den High Heels, das T-Shirt zerstörte jedoch den Geschäfts-Look des Outfits und hinterließ reine weibliche Extravaganz.

Eine Band spielte auf der Bühne und Leute waren auf der Tanzfläche. Tische standen darum herum und Pärchen saßen gemeinsam an diesen, die Köpfe einander zugewandt. Er sah keine Spur von Zolla.

Er ließ den Blick erneut durch den Raum wandern und

hielt inne, als er erkannte, dass der Omega die Conga der Band spielte. Zolla hob das Kinn zum Gruß. Ben wählte einen Tisch, setzte sich und bestellte ihnen auf Spanisch Getränke.

Als das Lied endete, erschien Zolla an ihrem Tisch. Er trug ein verwaschenes T-Shirt, auf dessen Vorderseite etwas prangte, was wie ein Kaffeefleck aussah. Seine Haare brauchten einen Schnitt, hingen ihm in die Augen und ringelten sich über seinen Ohren. Er sah sie nacheinander an.

Ben deutete auf einen Stuhl.

„Okay, warum bist du hier?"

„Ich brauche deine Hilfe", antwortete Ben.

„Ich gehöre nicht mehr zu deinem Rudel."

„Ich habe kein Rudel. Jemand versucht, mich zu töten, und hat Ashleys Schwester entführt. Ich hoffe, dass du einen Anruf nachverfolgen und ein Nummernschild aufspüren kannst."

Zollas Augen kehrten zu Ashley zurück und sanken naturgemäß auf ihr enges Shirt.

Ben spannte sich an. „Schau sie nicht an", befahl er und versuchte, die Feindseligkeit aus seiner Stimme rauszuhalten, die er empfand.

Zollas Blick senkte sich sofort unterwürfig. Er streckte seine Hand aus. „Gib mir das Handy."

Ben nickte Ashley zu, die es aus ihrer Handtasche wühlte und ihm reichte.

Zolla begann, über das Display zu wischen. Er war wegen seiner Größe ein Omega. In Menschengestalt war er höchstens etwas über eins siebzig und obgleich sein Körper muskulös war, war er dünn. Als Wolf hatte er die Größe eines Hundes, wohingegen die meisten Gestaltwandler mindestens anderthalbmal so groß waren wie ein gewöhnlicher Wolf. Er arbeitete freiberuflich als Programmierer und Security-Angelegenheiten waren sein Fachgebiet, was ihn zu einem exzellenten Hacker machte. Er hatte auf Leons Geheiß die interne Security-Software bei Stone installiert.

Ben kannte Zolla nicht gut, konnte sich jedoch gut daran erinnern, dass sein Bruder ihn vor dem ganzen Rudel dafür gelobt hatte, dass er die Peilsender von all ihren Handys entfernt und andere Technologie zur Verfügung gestellt hatte, um dem Rudel zu helfen. Leon war gut darin gewesen, die Leistungen der Einzelnen hervorzuheben und seine Wertschätzung zu zeigen, wo sie alle hören und sehen konnten.

Ein schwerer Stein sank in seinen Magen, als er realisierte, dass er nichts davon getan hatte, seit er Leons Firma übernommen hatte. Kein Wunder, dass die Manager das Interesse an Leistungen verloren hatten. War es das gewesen, wobei ihm Ashley zu helfen versucht hatte, indem sie die Leute in die Meetings miteinbezog? Indem sie ihnen die Möglichkeit gab, Vorschläge abzusegnen, und sie stärkte? Er fuhr sich mit den Fingern durch die Haare. Gott, er war schrecklich in diesen Dingen. Eine dominante Persönlichkeit zu haben, machte ihn nicht zu einem guten Anführer. Tatsächlich war er die schlimmste Sorte gewesen. Er hatte sich wie sein Vater benommen – wie ein Diktator. Nun, wenigstens hatte er nicht versucht, das Rudel zu leiten, sonst hätte er das auch noch zu Grunde gerichtet.

„Auf dieses Handy kann von anderen zugegriffen werden und es kann aufgespürt werden", verkündete Zolla.

„Ja, das dachte ich mir. Kannst du das in Ordnung bringen?"

„Nicht, wenn du möchtest, dass ich die Anrufe nachverfolge, die reinkommen."

„Oh, richtig. Also kannst du das tun? Eingehende Anrufe nachverfolgen?"

„Ich kann es versuchen, ja. Nicht von hier, aber von zu Hause aus", erklärte er, ohne aufzuschauen. „Außerdem hängt es davon ab, ob sie ihre Location-Software entfernt haben."

Er atmete aus. „Klasse, danke." Er schrieb das Nummernschild auf, das er sich von dem Auto in der Parkgarage gemerkt hatte, und schob den Zettel zu Zolla. „Das ist das Nummernschild."

Zolla nickte. „Das wird leicht aufzuspüren sein."

„Danke."

Zolla betrachtete ihn spekulativ. „Also was passiert mit mir, wenn es Bruce, mein neuer Alpha, ist, der dich zu töten versucht?"

Bens Augenbrauen schnellten in die Höhe. „Warum sollte er mich töten wollen?"

„Komm schon, Stone. Ein einsamer Wolf, der das Zeug zum Alpha hat? Jeder Rudelanführer in der Gegend wird denken, dass du darauf aus bist, sein Rudel zu stehlen. Vielleicht ist es Stanley, hast du schon einmal daran gedacht?"

„Es ist nicht Stanley. Und ich habe kein Interesse daran, ein Rudel zu stehlen."

„Das weiß ich, aber was, wenn Bruce denkt, du willst es? Was, wenn ich gegen ihn vorgehe, indem ich dir jetzt helfe? Wirst du mir Rückendeckung geben?"

Ashley hörte aufmerksam zu. Zollas Augen wandten sich ihr zu und Ben knurrte.

Der Omega senkte wieder den Blick. „Du solltest sie wirklich markieren, wenn du so territorial bist."

„Denk darüber nach, was du mir gerade erzählt hast, und dann sag mir, dass es eine gute Idee ist", entgegnete er.

Zolla sah nachdenklich aus, bevor er nickte. „Ich verstehe."

Ein Wolf brachte seine Gefährtin nicht in Gefahr und Ben war eine laufende Zielscheibe. Wenn er Venezuela jemals wieder betrat, würde er zweifellos von Sandoval zum Tode verurteilt werden, dem Rudelanführer und Drogenboss, der das Rudel seines Vaters vernichtet hatte. Und hier in den Staaten hatte bereits jemand seinen Tod angeordnet. Ob es nun ein Mensch oder Gestaltwandler war, spielte keine Rolle. Er würde Ashley nicht noch tiefer in diese Sache ziehen, als sie bereits drinsteckte.

„Nun, dann sind wir wieder bei meiner ursprünglichen Frage", sagte Zolla und bedachte ihn mit einem so herausfordernden Blick, wie es ein untergeordneter Wolf wagen würde.

Ben stieß seinen Atem aus. Er wollte für niemanden verantwortlich sein. Er kam kaum mit seinem eigenen verkorksten Leben zurecht und jetzt musste er auch noch Ashley beschützen und von dem Bösen befreien. Er brauchte definitiv nicht noch eine Person auf seiner Liste. Aber welche Wahl hatte er?

„Ja, ich werde dich beschützen."

Zolla grinste. „Ein Rudel aus zwei Mitgliedern also."

Er zog die Augenbrauen hoch. „Du verlässt dein Rudel, um mir zu folgen? Du musst verrückt sein."

„Ne. Ich wusste immer, dass du mein Rudelanführer bist. Ich habe nur darauf gewartet, dass du einlenkst."

Eine eigenartige Empfindung durchlief Bens Körper – ein Beben von etwas – Erkennen? Akzeptanz seines Schicksals? Er wusste es nicht. Er schluckte den Kloß, der sich in seiner Kehle formte. „Danke", erwiderte er.

Zolla nickte. „Ich werde das Handy überprüfen und

zukünftige Anrufe im Auge behalten. Wollt ihr zwei heute Nacht bei mir übernachten?"

Er schaute zu Ashley. Auf keinen Fall würde er sie die Nacht in der Nähe eines anderen Wolfs verbringen lassen. „Nein, ich werde ein Motel in der Nähe suchen. Danke für deine Hilfe. Du hast meine Handynummer, stimmt's?"

„Ja. Ihr solltet noch eine Weile bleiben ... wir spielen gleich noch ein Set."

„Nein", lehnte er ab und zögerte, als er bemerkte, dass Ashley ihn flehend ansah. Er zuckte mit den Achseln. „Wir bleiben vielleicht für einen oder zwei Tänze", lenkte er ein und fragte sich, was über ihn gekommen war.

Zolla, dem das nicht entging, grinste. „Habt Spaß."

Ashley strahlte Zolla an, als er ging, und Ben musste sich ein territoriales Knurren verkneifen.

* * *

Ihr Inneres schmolz wie heiße Butter, als sie nur daran dachte, mit Ben zu tanzen. Irgendwie hatte sie sich den Steinmann nie als eleganten Tänzer vorgestellt, allerdings hatte sie ihn sich auch nie als riesigen Wolf vorgestellt.

Mr. Macho hatte auf Spanisch Drinks und Tapas bei dem Kellner bestellt, ohne sie zu fragen, was sie gerne hätte, das hatte sie allerdings nicht gestört – ihr gefiel es, wie die ‚Rs' von seiner Zunge rollten und wie sexy seine Stimme in einer Sprache klang, die fremd für sie war. Außerdem waren der Sangria und die kleinen Teller mit Essen, die der Kellner brachte, köstlich.

„Wirst du mir das Tanzen beibringen?"

Seine Lippen verzogen sich zu dem schwachen

Schatten von Humor, den sie zu genießen gelernt hatte. Er stand auf. „Ja."

Sie erhob sich, woraufhin er nach ihrer Hand griff und seine Augen über ihre Brüste glitten, die in dem zu engen Shirt riesig aussahen. Sie sah an sich hinab und realisierte, dass sich ihre harten Nippel unter ihrem BH und dem Shirt abzeichneten. *Klasse.* Sie errötete, bevor es ihr den Atem verschlug, weil er sie förmlich mit Blicken verschlang, während er sie zur Tanzfläche führte. Bevor ihr etwas einfiel, was sie sagen konnte, wirbelte er sie zu sich herum, hielt ihre ineinander verschränkten Hände hoch und legte seine andere Hand in ihren Rücken. Seine Berührung war leicht, doch er kontrollierte ihren Körper, führte sie vor und zurück in einer Schrittfolge, die sie nicht kannte. Sie sah nach unten und versuchte, seine Füße zu beobachten, um zu lernen, was sie tun musste.

„Nicht. Folge einfach meiner Führung." Er wirbelte sie in einer Drehung von sich weg, stoppte sie und holte sie wieder zu sich. Er sandte sie von sich weg und leitete sie zu sich zurück, bevor er sie dicht an sich zog und seine Hüften an ihrem Körper bewegte. „Du musst nichts wissen. Gib dich mir hin."

Ihre Knie knickten beinahe ein. *Mit Vergnügen.* Sie liebte es, von seiner selbstbewussten Führung durch den Raum bewegt zu werden. Sie ließ ihr Verlangen ziehen, es richtig zu machen, und vertraute seiner Fähigkeit, zu führen. Der Tanz war so schnell, dass sie ohnehin nicht hätte nachdenken können, selbst wenn sie es versucht hätte.

Auf der Tanzfläche sah er noch besser aus. Er hatte ein lockeres Auftreten und sein Oberkörper wirkte entspannt, während sich seine Füße schnell unter ihm bewegten. Sogar sein Gesicht, das normalerweise von harten Linien gezeichnet war, entspannte sich und ein Hauch von Belustigung funkelte in seinem Blick. Ihr Höschen war feucht vor Erregung und aus irgendeinem Grund hatte sie das Gefühl, dass er es wusste.

Sie tanzten drei Lieder lang, bis ihr schwindlig vor Freude war. Dann senkte er den Kopf zu ihrem Ohr, was jeden Nerv in ihrem Körper auf die Möglichkeiten aufmerksam machte. „Wir sollten gehen", sagte er und sein Atem wehte heiß in ihr Ohr.

Schuldgefühle durchbohrten ihr Gewissen. Sie sollte sich nicht vergnügen, während Melissas Leben in Gefahr war. Sie nickte und er führte sie zu ihrem Tisch, auf den er mehrere Zwanziger fallen ließ.

„Ich bin gleich wieder zurück", erklärte er, ging los und drehte sich noch einmal um. „Du darfst mit *keinem* anderen tanzen", verkündete er.

Sie zog ihre Augenbrauen hoch und freute sich im Stillen über seine besitzergreifende Art, wollte es sich aber nicht anmerken lassen. „Und was passiert, wenn ich es tue?"

Er beugte sich vor, damit ihn niemand hörte, und sagte: „Ich werde meinen Gürtel wieder mit deinem hübschen Hintern vertraut machen."

Ihr Bauch machte einen Salto und ihre Augen schnellten zu seinem Gesicht, während sie herauszufinden versuchte, ob er es ernst meinte. Seine Lippen hatten sich leicht nach oben gebogen, was als Feixen bezeichnet werden konnte, was vermutlich bedeutete, dass er es ernst meinte und es genießen würde.

Warum erregte sie das so sehr? Das sollte es wirklich nicht tun. Etwas stimmte definitiv nicht mit ihr. Anstatt dass sie sich schwach oder eingeschüchtert fühlte, begeisterte sie seine besitzergreifende Art. Sie genoss seine Aufmerksamkeit. Wenn sie nur herausfinden könnte, wie sie die Dunkelheit, die ihn plagte, zerschlagen und sein steinernes Äußeres knacken konnte.

Er ging zur Bühne und sagte etwas zu dem Wolf, der versprochen hatte, ihre Anrufe nachzuverfolgen. Als er zurückkehrte, nahm er ihre Hand – als wäre er ihr fester Freund, nicht ihr Chef – und führte sie zum Auto. Allerdings öffnete er ihr die Tür nicht.

Stattdessen schubste er ihren Körper gegen das Auto, presse seinen Schwanz an ihren Rücken und vergrub eine Hand in ihren Haaren. Und dann tat er ... nichts. Er schien vor Unentschlossenheit erstarrt zu sein.

„Großmutter ... was hast du für einen ... großen Schwanz", sagte sie in der Hoffnung, ihn zu ermutigen.

Einen Moment lang sagte er nichts, seine Muskeln waren hart und starr wie Stahl, pressten sich an ihren Körper und sein Atem war ein Wispern in ihrem Nacken. „Damit ich dich besser ficken kann", krächzte er nach einer Ewigkeit. Er wirbelte sie herum und begann, ihr das T-Shirt auszuziehen.

Sie hielt die Arme an ihre Seiten, um das zu verhindern. Sie wollte ihn, aber nicht in der Öffentlichkeit beim Auto. „Ben", protestierte sie und wehrte sich.

Der Schock in ihrem Ton schien seine Augenfarbe wieder von goldfarben zu grün zu ändern. Er ließ sie los, zuckte zurück und brachte Abstand zwischen ihre Körper. Leise fluchend fuhr er sich mit den Fingern durch die Haare. „Es tut mir leid", murmelte er. Er ging zu seiner Seite des Autos und sie spürte den Verlust seiner Nähe in jeder Faser ihres Körpers.

Kapitel Sechs

Zum zweiten Mal in dieser Nacht checkte er sie in ein billiges Motel ein und kaufte Zahnbürsten sowie Zahnpasta am Empfangsschalter.

Nach den vergangenen vierundzwanzig Stunden der Sorgen und Furcht sollte sie eigentlich nur noch ins Bett krabbeln und schlafen wollen, das war jedoch das Letzte, was sie im Sinn hatte. Sie wollte Ben. Ihr Körper stand in Flammen und er konnte sie genauso gut von ihren Sorgen um Melissa ablenken. Sie wusste, dass er sie begehrte. Sie hatte das Begehren in seinen Augen gesehen und das Zittern in seinen Händen gespürt, als sie ihn berührt hatte.

Ich verliere die Kontrolle, hatte er gesagt.

Sie wollte das Objekt dieses Kontrollverlusts sein. Sie wollte in diesen intensiven grünen Augen ertrinken und das Gelb aufblitzen sehen, wenn seine tierische Seite hervorkam. Sie wollte, dass er sie nach unten drückte und über sie herfiel – wie auch immer das ablaufen würde.

Sie putzte sich die Zähne im Bad und zog den Rock aus in der Hoffnung, sie würde in dem engen T-Shirt und ihrem Höschen einen verführerischen Anblick abgeben. Sie bürstete sich die Haare, trug Lipgloss auf und verließ das Bad mit einem Plan im Kopf.

Ben saß auf der Bettkante und guckte zweimal hin, als er sie entdeckte. Wie üblich zeigten sich keinerlei Emotionen auf seinem Gesicht. Er starrte, während sie zu ihm ging, zwischen seine Beine trat und ihre Höschen bedeckte Pussy genau vor seinen Augen platzierte.

Er berührte sie nicht. „Geh ins Bett, Ashley", sagte er und klang müde.

Entschlossenheit machte sie mutig. „Fick dich", wagte sie sich vor.

In weniger als einer Sekunde fand sie sich auf dem Bett fixiert wieder. Eine feste Hand lag in ihrem Nacken und ihr Höschen baumelte um ihre Füße. Ben hatte sich nicht einmal von seinem Platz erhoben, sondern sich bloß gedreht, um sie gefangen zu nehmen.

„Ich glaube, du willst noch ein Spanking", stellte er fest.

„Ja", keuchte sie.

Sie hörte, wie er scharf einatmete. Er bewegte sich nicht. Er lockerte den Griff um ihren Nacken nicht, versohlte ihr aber auch nicht den Hintern.

Sie hielt vollkommen still.

Dann landete seine Hand schnell und kräftig auf ihrem Hintern. Sie versuchte, stillzuhalten, da sie darum gebeten hatte, hielt allerdings nur einige Augenblicke durch, bis das Brennen einsetzte. Daraufhin zappelte sie und bockte, drehte und verkrampfte sich, um den strafenden Hieben auszuweichen.

Sie biss sich auf die Lippe, damit sie nicht aufschrie. Sie wollte nicht, dass er aufhörte. Sie wollte alles – alles, was er zu geben hatte. Ihr Hintern wurde unter seiner Hand warm und das anfängliche Brennen verflog nach ungefähr zwanzig Schlägen und wurde zu einer köstlichen Wärme, als er weitermachte. Es tat weh, fühlte sich aber auch gut an. Sie sehnte sich nach jedem brennenden Schlag, der auf ihrem nackten Hintern landete. Sie bot sich ihm an und unterwarf sich seiner Dominanz. Eine pulsierende Hitze setzte in ihrer Mitte ein und befeuerte das Verlangen in ihr.

Plötzlich hielt er inne und ließ sie los.

Sie wartete voll kribbelnder Vorfreude und öffnete ihre Beine in einer eindeutigen Einladung weiter.

„Geh ins Bett", wiederholte er.

Es fühlte sich an, als hätte er ihr kaltes Wasser ins Gesicht geschüttet. Kurz konnte sie nicht atmen, da die Demütigung zu groß war, den Hintern versohlt zu bekommen und ins Bett geschickt zu werden. Das Verlangen machte sie jedoch mutig. Sie krabbelte vom Bett und auf ihn. Sie setzte sich rittlings auf seine Taille und drückte ihm ihre Brüste ins Gesicht.

Sein Gesicht verzog sich, als hätte er Schmerzen. „Nicht", krächzte er. Dennoch drückte eine seiner Hände bereits ihren Busen und die andere knetete ihren Hintern. Sein Griff war quetschend, fordernd, beinahe schmerzhaft. Sie presste ihren Körper an seinen und wollte mehr. Sein heißer Mund landete auf ihrem harten Nippel und biss sie durch ihren BH hindurch. Beide Nippel zogen sich zusammen und kribbelten von seiner Berührung. Ihre Pussy verkrampfte sich mit gierigen Zuckungen.

Er verlagerte seinen Griff, legte einen Arm um ihre Taille und griff mit der freien Hand nach ihrer Pussy, um über den Seidenzwickel ihres Höschens zu reiben.

Sie zuckte bei der Berührung ihrer empfindsamsten Stelle zusammen, doch er hielt sie fest und seine Finger schlüpften in das Höschen, um grob über ihre feuchte Spalte zu gleiten.

„Ben", stöhnte sie.

Er tauchte zwei Finger in sie, schob ihr T-Shirt hoch und riss es ihr mit einer Hand vom Kopf. Während sich seine Finger drehten und in sie drangen, zerrte er eine Seite ihres BHs nach unten. Seine Lippen landeten auf ihrem Nippel, seine Zähne streiften ihn und seine Zunge schnellte vor, während er den BH zu ihrer Taille zog.

Ihre Finger machten sich an dem Verschluss zu schaffen und sie warf den BH zu Boden.

Er stieß seine Finger erneut in sie und traf ihren G-Punkt, woraufhin ihre Beine jegliche Kraft verließ. Wenn er sie nicht festgehalten hätte, wäre sie auf dem Boden zusammengebrochen. Er wurde jedoch nicht langsamer, sondern fickte sie mit den Fingern, bis sie auf seinem Schoß tanzte und ihre Hüften fantastisch kreisten. Sein Schwanz wölbte sich in seiner Jeans unter ihr und hatte eine beeindruckende Größe. Sie schlang ihre Arme um seinen Hals und klammerte sich an ihn, um etwas Stabilität zu haben, während er dafür sorgte, dass sie sich vor überwältigendem Begehren wand. Gerade, als sie kurz vor dem Höhepunkt stand, zog er seine Finger zurück, die noch feucht von ihren Säften waren, und presste einen an ihren Anus.

Sie zuckte zusammen und versuchte, das vor ihm zu verbergen. Er hielt sie fest und drang beharrlich in sie, während sich seine andere Hand ihrer Vorderseite widmete. Er schob zwei Finger – oh, Gott, waren das drei? – in ihre Pussy, als ein Finger ihr hinteres Loch durchbrach.

Sie biss in sein Shirt, schrie mit geschlossenen Zähnen und hielt still.

Niemand hatte zuvor ihr hinteres Loch berührt. *Wer mit dem Feuer spielt, verbrennt sich die Finger.* Ashley hatte gewusst, dass Ben Stone intensiv sein würde, hatte allerdings nicht erwartet, dass sich die Dinge so schnell in diese Richtung entwickeln würden.

Er penetrierte sie abwechselnd – zuerst drang er in ihre Pussy, dann in ihren Hintern, füllte sie, dehnte sie und warf sie über die Klippe. Ihre Augen rollten in ihren Kopf zurück, sie wimmerte und jaulte wie eine rollige Katze und war völlig außer Kontrolle.

Die Empfindungen durchströmten sie – Pussy, Kitzler und Anus wurden alle gleichzeitig stimuliert. Sie bog den Rücken durch und schob ihre Brüste an seinen Mund. Sobald er ihren Nippel wieder hart in seinen Mund sog, kam sie. Sie warf den Kopf nach hinten und ihr Körper bockte wie von selbst, als der Höhepunkt durch sie zu fegen begann. Das Zimmer drehte sich und ihre Haut brannte an jeder Stelle, wo Ben Stone sie berührte.

Bevor sie wieder Luft holen konnte, kippte ihre Realität und sie fand sich auf dem Bett wieder, während Ben seine Finger vorsichtig aus ihr zog. Auf seinem Gesicht war nichts von der Entspannung zu sehen, die sie erlebte. Seine Augen hatten sich vor Schmerz zusammengezogen. Er beugte sich über sie und küsste ihre Schamlippen voller Ehrfurcht, bevor er sich von ihr löste und ins Bad ging.

Sie lag da, starrte an die Decke und ihr Herz galoppierte noch immer, während sie die Wonne genoss. Sie dachte, Ben würde zurückkehren, vielleicht mit einem Kondom, aber sie hörte, dass die Dusche angeschaltet wurde.

Das Höschen wegtretend, das mittlerweile um ihre Knöchel verheddert war, tapste sie zum Bad und drückte die Tür auf.

Der Duschvorhang war geöffnet und Ben lehnte mit geschlossenen Augen an der Fliesenwand, die Hand um den größten Schwanz geschlossen, den sie jemals gesehen hatte. Die Muskeln auf seiner durchtrainierten Brust und seinem Arm spielten, während er seine Männlichkeit mit einer Dringlichkeit stimulierte, von der ihr schwindlig wurde. Sie beobachtete ihn einen Moment lang, da sie von dem Anblick wie hypnotisiert war. Doch dann umwölkte Verwirrung ihr erschöpftes Gehirn. Wollte er sie nicht? Warum war er hier drin und befriedigte seine Bedürfnisse ohne sie? Unsicherheit setzte bei ihr ein und sie begann, sich aus dem Bad zurückzuziehen, bereit, so zu tun, als hätte sie das nie gesehen, als sich seine Augen öffneten und sich ihre Blicke verhakten. Seine Augen leuchteten bernsteinfarben, seine dunklen Wimpern rahmten das Gold und hoben es hervor. Sie sah Qualen auf seinem Gesicht.

Sie holte tief Luft und trat vor. „Darf ich mich dir anschließen?"

* * *

„Raus", knurrte er durch zusammengepresste Zähne.

Sie zuckte zusammen, bewegte sich jedoch nicht. „Ich würde dir gerne dabei helfen", erklärte sie und ihre Augen schnellten zu seinem schmerzenden Schwanz. Ihre Nippel hatten sich zu steifen Spitzen aufgerichtet und ihre nackte Gestalt war beinahe zu hübsch, um sie anzusehen.

Er verkniff sich das sehnsüchtige Stöhnen, das in seiner Kehle aufstieg. Seine Sicht war rasiermesserscharf und seine Zähne wurden länger. Er nahm mehrere Atemzüge, um sich unter Kontrolle zu kriegen. „Raus", krächzte er. „Du spielst mit dem Feuer."

„Vielleicht mag ich Feuer", erwiderte sie keck und machte noch einen Schritt auf ihn zu.

„Ashley", blaffte er, „du weißt nicht, was ich mit dir tun würde."

„Was würdest du tun?" Ihr Blick war sanft und voller Verlangen. Weiche Wellen ihrer dunkelbraunen Haare fielen um ihr gerötetes Gesicht und die blauen Augen bestanden fast nur aus ihren Pupillen. Grundgütiger, dieser Blick ... sein Fleisch kribbelte und das Verlangen, sie zu markieren, überwältigte ihn. Er stellte sich vor, wie er sie beanspruchte, sie grob von hinten nahm, während er seine Zähne in ihr versenkte ...

Er packte seinen Schwanz und drückte ihn fest, während er seine Faust auf und ab bewegte. Guter Gott. Er war noch nie zuvor so außer Kontrolle gewesen. Sein Höhepunkt fegte wie ein Torpedo herbei und bebte durch ihn hindurch. Er verspritzte seine Ladung auf den Fliesen. Sein Sperma fühlte sich heiß an, wo es auf seiner Hand und seinem Schenkel gelandet war.

Ashley starrte ihn mit ihren großen blauen Augen an. Sie zog ihre Zunge über ihre Unterlippe und stürzte ihn in einen zweiten blendenden Orgasmus. Als er vorbei war, lehnte er sich mit schwachen Knien an die Duschwand. „Raus!", blaffte er.

Sie erstarrte und sah unsicher aus.

„Geh", befahl er und keuchte, um wieder Luft zu kriegen.

Ihr Gesicht war gerötet und er wusste, dass er sie verletzt hatte, konnte jedoch nichts anderes tun. Sie hatte keine Ahnung, was geschehen würde, wenn er sein Tier-Selbst bei ihr rausließ. Sie wäre innerhalb von Sekunden markiert, möglicherweise würde sie verbluten und wenn sie überlebte, wäre sie die Gefährtin eines Loser-Wolfs, den jemand tot sehen wollte. Das bedeutete, sie wäre nie wieder sicher.

„Es tut mir leid", murmelte sie, als sie sich umdrehte und aus der Tür schlüpfte, ohne zurückzuschauen.

Er schloss frustriert die Augen. Er war so ein Arschloch. Er rammte seine Faust in die Duschwand neben sich, woraufhin die Fliesen Risse bekamen. Der Schmerz linderte das Verlangen ein wenig, das durch ihn pulsierte. Der Orgasmus hatte ihm nur eine milde Erleichterung verschafft. Der Druck, das berauschende Weibchen im Raum nebenan zu beanspruchen, pulsierte nach wie vor unter der Oberfläche. Es würde eine lange Nacht werden.

Er schaltete das Wasser aus, trocknete sich ab und zog seine Boxershorts und Jeans wieder an. Er brauchte so viele Barrieren zwischen seinem Schwanz und Ashley wie möglich. Als er aus dem Bad kam, waren die Lichter ausgeschaltet und Ashley auf dem Bett in Embryohaltung zusammengekrümmt. Er konnte an ihrem Atem hören, dass sie nicht schlief, ihre Augen waren jedoch geschlossen und sie stellte sich schlafend. Schuldgefühle durchfluteten ihn. Wie konnte er sich erklären?

Er konnte es nicht.

Er schnappte sich ein Kissen vom Bett und machte es sich in dem Sessel am Fenster gemütlich. Er würde dort schlafen, soweit weg wie möglich von dem hübschen Menschen in seinem Bett. Nein, es war nicht sein Bett. Und sie war nicht sein Weibchen.

„Du kannst das Bett mit mir teilen", sagte sie. Sie klang verletzt.

„Nein, ich glaube nicht, dass ich das kann", erwiderte er.

Sie setzte sich auf und spähte durch die Dunkelheit zu ihm. Er wusste, dass Menschenaugen nicht viel erkennen konnten, doch er sah jede Linie ihres verkniffenen Gesichts. „Bitte?", fragte sie mit leiser Stimme.

Wenn sein Inneres ein Geschirrtuch wäre, so hätte sie es gerade verdreht und ihn ausgewrungen. Wie konnte er ihr irgendetwas abschlagen? Er entfaltete seine lange Gestalt von dem Sessel und krabbelte über das Bett.

Er rollte sie so, dass sie mit dem Gesicht abgewandt von ihm dalag, ließ sich in ihrem Rücken nieder und legte einen Arm um ihre Taille. „Ich bin hier", raunte er ihr ins Ohr.

Sie seufzte zufrieden, verschränkte ihre Finger mit seinen und zog seine Hand an ihre Brust. Er zwang sein Gehirn, nicht an ihre Körperhitze zu denken oder daran, wie gut sie zu ihm passte. Überraschenderweise entspannte er sich trotz ihrer Nähe und der Schlaf überkam ihn viel früher, als er es erwartet hatte.

Kapitel Sieben

Er träumte, dass Ashley sich über ihn beugte und etwas Verführerisches in sein Ohr flüsterte. Sie knöpfte seine Jeans auf, ihre Hände glitten in die Öffnung und packten seinen Schaft.

Er stöhnte laut und das Geräusch seiner Stimme schreckte ihn aus dem Schlaf. Er blinzelte, da er noch in dem Nebel des Traums hing. Licht drang durch die Vorhänge des Motelzimmers.

Sein Schwanz war hart und ... oh, Gott.

Ashley hatte ihn in ihrer Hand und streichelte seine Länge.

Er lag auf der Seite und sie presste sich an seinen Rücken. Ihr weicher Körper schmiegte sich an seinen harten. Er stöhnte erneut. „Was machst du?“, krächzte er.

„Wir Menschen nennen es einen Handjob“, neckte sie, wobei ihre Stimme wie ein berauschender Zauber war, der in sein Ohr geflüstert wurde. „Aber ich bin gewillt, den Einsatz zu erhöhen.“ Sie krabbelte über ihn und zog seine Jeans aus.

Er stellte fest, dass er machtlos war und sie nicht

abschütteln oder auch nur bitten konnte, aufzuhören. Es war so falsch, doch er wollte es. Er wollte alles, was sie gewillt war, ihm zu geben.

Sie kehrte zu seinem Schwanz zurück und packte ihn mit einer Hand, während sie ihre Lippen senkte. Er erschauderte, noch bevor sie sein Fleisch berührte, da seine Haut ihre feuchte Hitze herbeisehnte. Er griff nach oben und hielt das Kopfbrett fest, damit er sie nicht berührte, und schloss die Augen, damit er sie nicht sah. Seine Hüften schossen in dem Moment vom Bett, in dem sie ihn mit ihrem Mund berührte.

„Oh, fuuu…" Er verbiss sich den Fluch, weil er nicht vulgär sein wollte. Sie verdiente etwas Besseres. Sie verdiente ein so viel besseres Männchen als ihn.

Ihre Lippen schlossen sich um seine Schwanzspitze und ihre Zunge wirbelte um sie herum.

Seine Zehen spannten sich unfreiwillig an, seine Beine streckten sich und seine Pobacken verkrampften sich, als sich seine Männlichkeit noch stärker aufrichtete und für sie wuchs.

Sie packte ihn mit zwei Händen und ließ sie auf und ab gleiten, während sie seine Schwanzspitze in ihrem Mund rein und raus bewegte, sodass es sich anfühlte, als würde sie seine gesamte Länge in den Mund nehmen.

Ihre Zähne streiften ihn mehr als einmal, da ihr Kiefer zu klein für seinen Umfang war, doch das war ihm egal. Er wollte, dass es nie endete. Er wollte, dass es sofort aufhörte. Er musste sie beanspruchen. *Nein.* Er schüttelte den Kopf und drängte die Bestie zurück.

Ashley fuhr mit ihrer sorgfältigen Folter fort, summte an seiner Haut, leckte und saugte. Seine Fingerknöchel traten am Kopfbrett weiß hervor und seine Muskeln spannten sich an.

Sperma schoss in seinen Schaft. „Oh, Gott", würgte er hervor. „Ich komme."

Ashley nahm den Mund nicht von seinem Schwanz, nahm sein Angebot mit femininer Eleganz an und schluckte mit einem zufriedenen Lächeln.

Er drehte sie auf den Rücken, stürzte sich auf sie und bedeckte ihren Körper mit seinem. Sein Schwanz, der trotz des Höhepunkts noch hart war, fand ihren feuchten Eingang und verlangte bereits Einlass, bevor sich sein Gehirn wieder einschaltete.

Geh von ihr runter.

Er blinzelte und schaukelte mit den Hüften, sodass seine Schwanzspitze tatsächlich in ihre Mitte drang. Oh, Halleluja. Nichts fühlte sich süßer an als dieser Moment, in dem er ihre Schamlippen zum ersten Mal teilte.

Nein.

Er nahm all seine Willenskraft zusammen und riss sich von ihr los. *Reiß dich zusammen, Stone.* Er krabbelte nach unten, riss ihr Höschen zur Seite und leckte sie. Sie spreizte ihre Schenkel und hob ihre Knie, um Platz für ihn zu machen. Ihre Hüften bogen sich vom Bett und ihr flacher Bauch erbebte, als seine Zunge über sie glitt. Sie hatte eine gepflegte Pussy: zierlich und hübsch.

Er hielt inne, da seine Gedanken plötzlich eine Richtung einschlugen, bei der es ihm kalt über den Rücken lief.

„Für wen schneidest du die Haare dieser Pussy?", wollte er wissen und schaffte es nicht, lässig zu klingen.

„Dich", antwortete sie mit belegter Stimme und wackelte mit den Hüften.

Er runzelte die Stirn. „Nein, wirklich. Für wen?"

Sie stützte sich auf ihre Unterarme, ihre Stirn runzelte sich wegen der Unterbrechung oder vielleicht lag es auch daran, dass er kein Recht hatte, diese Frage zu stellen. „Für mich. Ich mag es so, okay?"

Er entspannte sich, berührte ihren Kitzler mit seiner Daumenkuppe und bewegte sie sachte.

Ashley bockte mit den Hüften und stöhnte etwas Unverständliches.

Er fixierte ihre Hüften, teilte ihre Schamlippen und fuhr ihre feuchte Öffnung nach. Sie stieß mit geschlossenem Mund einen Schrei aus, als er in sie glitt – ein bedürftiger Schrei, bei dem sein Schwanz wütend war, dass er so weit weg von ihr war.

Mit seiner Handfläche massierte er ihre empfindliche Perle, ließ seinen Daumen rein und raus gleiten und hielt sie nach wie vor fest, während sie sich wand. Er wechselte die Finger, schob zwei in sie und ließ seine Zunge über ihren Kitzler schnellen.

Sie zog an seinen Haaren, schloss die Knie um seine Ohren und stieß einen kehligen Schrei aus.

Ihre Reaktionsfreudigkeit sandte ihn beinahe über die Klippe – sie sah hübsch aus, während ihre Haare auf dem Kissen ausgebreitet waren, sich ihr gelenkiger Körper wand und seinen Händen entgegenwölbte. Er wirbelte mit der Zunge in einem langsamen Kreis um ihren Kitzler und saugte daran. Anschließend schob er drei Finger in ihre klatschnasse Pussy, bevor er aus seinen Fingern und seinem Daumen einen Kegel formte, den er rein und raus pumpte, um sie weit zu dehnen, damit sie ihn aufnehmen konnte. Sie drehte durch, ihre Augen rollten nach hinten und ihre Fingernägel gruben sich in seine Schultern, als sie kam und ihren Kitzler an seinem Gesicht rieb. Er fuhr fort, in ihre enge Mitte zu dringen, bis das Flattern ihrer Muskeln um seine Finger aufhörte und sie auf dem Bett zusammenbrach.

Er hatte sich anscheinend teilweise verwandelt und war

bereit, sie zu markieren, denn er bemerkte, dass sich sein Sichtfeld verändert hatte. Er krabbelte rückwärts vom Bett und ging wieder zur Dusche, wo er das kalte Wasser aufdrehte. Er schlüpfte aus seinen Kleidern, stieg in die Dusche und drehte sein Gesicht und seinen Schwanz in den eiskalten Strom.

Verdammt. Der Blowjob hatte seine blauen Eier nicht im Geringsten gelindert. Wasser strömte über seinen erhitzten Körper und kühlte seine Haut, aber nicht das innere Brennen. Sein Schwanz beruhigte sich kaum. Er riss den Duschvorhang auf, als er fertig war, und marschierte an Ashley vorbei, die gerade ins Bad kam und errötete.

Er war ein Arschloch. Er wusste nicht einmal, wie man nett zu einer Frau war, vor allem nicht zu einer, die er um den Verstand vögeln wollte. Er hörte, dass die Dusche anging, und ignorierte die Idee seines Schwanzes, zurückzueilen und sich ihr anzuschließen.

Das Klingeln ihres Handys riss ihn aus seinem lüsternen Tagtraum. Er stürzte sich auf ihre Handtasche, zog das Handy heraus und joggte zum Bad. Er schaltete das Wasser in der Dusche aus und reichte ihr das Handy.

Sie packte es mit großen, verängstigten Augen. „H-hallo?“

Er hörte die elektronische Stimme deutlich, da sein Gehör viel besser war als das eines Menschen. „Mitternacht, Parkplatz im Stadtzentrum beim Greyhound Busbahnhof.“

„Oka...“

Die Leitung war tot, bevor sie zu Ende gesprochen hatte. Er wusste nicht, wie es für Zolla funktionierte, doch falls der Anruf eine bestimmte Zeit dauern musste, hatten sie versagt.

Ashleys tropfende Hand zitterte, als sie ihm das Handy mit blassem Gesicht zurückgab.

Er wollte ihr sagen, dass alles gut werden würde, war sich allerdings nicht sicher, ob er das glaubte, und er war noch nie jemand gewesen, der log. Er nickte nur knapp und schloss den Duschvorhang.

* * *

Ashley stocherte in ihrem Essen herum. Sogar das Toastbrot schien für ihren nervösen Magen zu schwer zu sein. Bens Freund Zolla hatte den Standort des Anrufs nicht bestimmen können, weshalb sie Melissas Rettung kein Stück näher waren als gestern Nacht. Ben saß schweigend vor seinem bereits leeren Teller und musterte sie mit einem grüblerischen Blick. Wenn sie es nicht besser wüsste, würde sie denken, dass er sauer auf sie war, doch mittlerweile war sie an seine finsteren Blicke gewöhnt. Was immer in seinem Gehirn vorging, was immer seine mysteriösen Gedanken waren, sie war sich ziemlich sicher, dass er sie mochte. Das bedeutete allerdings nicht, dass sie sich bei ihm sicherer oder selbstbewusster fühlte.

Sie wusste nicht, warum er keinen Sex mit ihr gehabt hatte, oder warum er beinahe verärgert über den Blowjob wirkte, den sie ihm gegeben hatte, aber sie hatte bemerkt, dass sein bestes Stück trotz des Orgasmus noch hart gewesen war. Vielleicht war Sex für Gestaltwandler anders.

„Glaubst du, sie ist okay?", fragte sie.

Er schürzte die Lippen. „Ich weiß nicht, was ich von dem Ganzen halten soll. Ich weiß, dass es gut ist, dass sie meinen Laptop anscheinend noch haben wollen. Ich schätze, wir sollten besser herausfinden warum."

Er hob seine Hand zum Gruß und sie drehte sich,

woraufhin sie seinen Freund Zolla durch das Diner auf sie zukommen sah. Sie rutschte zur Seite, um an ihrem Tisch Platz für ihn zu machen, doch Ben schüttelte sofort den Kopf.

Zolla schien zu verstehen. Er streckte seine Hand wie ein Gentleman aus. „Ich bin mir sicher, du sitzt lieber bei Ben", sagte er.

Ihr Blick huschte von einem Wolf zum anderen, bevor sie mit den Achseln zuckte, von ihrer Bank rutschte und sich neben Ben schob.

„Du hast gesagt, dass wir herausfinden müssen, warum sie deinen Laptop wollen", stellte Zolla fest.

„Wie hast du das von der anderen Seite des Diners gehört?", fragte sie in dem Glauben, dass er ihre Lippen gelesen hatte oder so etwas.

Zolla feixte. „Wolfohren. Damit ich dich besser hören kann."

Sie lachte und Ben schaute sie misstrauisch an, als sollte sie nicht über die Witze eines anderen Mannes lachen.

Eine Kellnerin kam vorbei und Zolla bestellte einen Kaffee.

„Also was ist auf dem Laptop?"

Ben zuckte mit den Schultern. „Er ist mein Zugangspunkt zu allem, aber ich lagere nichts Wichtiges darauf. Ich glaube, sie könnten es auf meine Passwörter abgesehen haben? Könnte ein Hacker diese Information von meinem Computer erhalten?"

Zolla nickte. „Ja. Ich habe die ursprüngliche Security für das System deines Bruders eingerichtet. Ich habe alles so eingestellt, dass es von außen nicht gehackt werden kann. Falls das noch so ist, dann ja, würde ihnen dein Laptop, und zwar nur dein Laptop, alles geben, was sie brauchen, um in das System zu kommen." Er sah grimmig aus. „Nicht einmal Jack hatte einen universellen Zugang, obwohl er mich mehr als einmal darum gebeten hat."

„Er hat mich auch darum gebeten", brummte Ben.

Zolla bedachte ihn mit einem scharfen Blick und Ben neigte den Kopf um den Bruchteil eines Zentimeters. „Es ist möglich", sagte Ben.

„Dass Jack dahintersteckt?", fragte Ashley in dem Versuch, das unausgesprochene Gespräch zu verstehen.

Ben nickte einmal.

„Was hast du über das Nummernschild herausgefunden?"

„Es ist auf einen Dan Walker registriert. Typischer Gangster – mehrere Vergehen und ein Autodiebstahl. Vermutlich nicht der Drahtzieher dieser Sache, sondern ein angeheuerter Handlanger." Zolla schob einen Zettel über den Tisch. „Das ist seine Adresse, allerdings bezweifle ich, dass du ihn dort finden wirst."

„Und keine Informationen zu dem Anruf heute Morgen?", fragte Ashley, obwohl sie die Antwort bereits kannte.

Er schüttelte den Kopf. „Die Standortinformation wurde vom Handy deiner Schwester entfernt und der Anruf war zu kurz, um eine traditionelle Nachverfolgung durchzuführen", erklärte er mitfühlend. „Es tut mir leid."

„Danke. Ich weiß deine Hilfe wirklich zu schätzen."

Ben schien sich neben ihr zu empören, als gefiele es ihm nicht, dass sie mit Zolla sprach.

Zolla wandte den Blick von ihr ab und fragte: „Hast du mit Stanley gesprochen?"

Bens Kiefer spannte sich an. „Ja. Er war ziemlich beleidigt, weil ich einen Gefallen eingefordert habe, obwohl ich theoretisch gesehen kein Mitglied ihres Rudels bin. Ich glaube nicht, dass ich mich bei dem Treffen auf ihre Hilfe verlassen kann."

Zolla sagte eine Weile nichts und klopfte nur mit der Gabel auf den Löffel. Dann atmete er geräuschvoll aus. „Du weißt, dass er will, dass *du* das Rudel anführst, oder?"

Ein Muskel zuckte in Bens Gesicht. „Das kommt nicht infrage."

Zolla zuckte mit den Achseln. „Nun, Stanley verliert eine Menge Wölfe. Er hat mich verloren. Er ist nicht stark genug als Anführer. Niemand will einem Beta folgen. Ich weiß, das hört sich wahrscheinlich blöd an, wenn es von mir kommt."

Ben antwortete nicht.

„Nun, ich habe einen Job in Edgewater, weshalb ich den ganzen Tag unterwegs sein werde, außer du willst, dass ich bleibe."

Ben schüttelte den Kopf.

„Wollt ihr zwei den Tag in meinem Haus verbringen?"

„Vielleicht", antwortete Ben. „Dort würde vermutlich keiner nach uns suchen."

„Nun, falls du beschließt, dass ihr das tun wollt, ist das hier die Adresse und der Code, um in das Haus zu kommen."

„Danke. Ich glaube, wir werden dorthin gehen."

„Okay, dann sehen wir uns dort eine Stunde vor dem Treffen."

„Gut. Ich werde nachfragen, ob Mark Ruhl ebenfalls kommt. Danke schön."

Ben öffnete ihr die Tür, doch anstatt einzusteigen, drehte sie sich zu ihm um. „Was soll dieser komische Vibe, wenn ich Zolla nur anschaue?", wollte sie wissen.

Er wich ihrem Blick aus und schaute über das Auto zu den Flatiron Mountains, die majestätisch im Hintergrund aufragten. Sein Körper sehnte sich danach, sich zu verwandeln, zu dieser Wildnis zu rennen und all diese aufgestaute Anspannung loszuwerden, die ihn so aufregte.

„Du benimmst dich verrückt", informierte sie ihn.

Er wusste, dass sie recht hatte. Sein Verhalten war übertrieben, sogar nach Wolfstandards. Er zwang sich, ihr in die Augen zu schauen. „Ich weiß", gestand er. „Es tut mir leid. Ich scheine in deiner Gegenwart einfach nicht anders zu können."

„Nun, du kannst dich entspannen, denn ich habe nur an dir Interesse", verkündete sie und legte eine Hand auf seine Brust.

Ihre Berührung verbrannte ihn wie ein Brandeisen und sorgte dafür, dass er wegen der Elektrizität zusammenzuckte, die zwischen ihnen knisterte. Doch obwohl er sie vergötterte und wollte, konnte er sie nicht haben. Etwas anderes vorzuspielen, wenn sie ihre Gefühle so deutlich ausdrückte, wäre grausam.

„Ashley ... ich kann nicht." Er sah sich um, als stünden die richtigen Worte auf einem Schild in der Nähe. „Ich kann das nicht mit dir tun."

Sie versteifte sich. „Warum nicht?", fragte sie, wobei ihre Stimme angespannt klang.

Er fuhr mit den Fingern durch seine Haare. „Ich kann einfach nicht. Es tut mir leid. Es ist nicht möglich. Ich hätte nicht", er schluckte, „tun sollen, was ich gestern Nacht getan habe ... oder heute Morgen. Ich weiß, ich bin ein Arschloch. Du verdienst das nicht."

Ihr Gesicht verwandelte sich in Stein und sie zuckte mit den Achseln, als spielte es keine Rolle, bevor sie ins Auto stieg. Er zögerte mit einer Hand auf dem Türgriff. Doch was gab es noch zu sagen? Die Markierungssache zu erklären, würde ihr nur Angst einjagen. Außerdem konnte er sich nicht auf sie einlassen, selbst, wenn das Markieren kein Problem wäre. Er konnte keine weitere Person, die ihm wichtig war, unter seiner Aufsicht sterben lassen. Er schloss ihre Tür und ging zur Fahrerseite.

Sie fuhren zwanzig Minuten lang schweigend, bis sie fragte: „Gibt es eine andere Frau?"

„Nein", blaffte er, obwohl er nicht so harsch klingen wollte.

Sie zuckte zusammen und wandte sich ab, um aus ihrem Fenster zu schauen.

Er wartete auf ihre nächste Frage, die nicht kam. Sie fuhren zu Zollas Haus, ohne ein weiteres Wort zu sprechen. Er bog auf die Einfahrt und tippte den Code ein, den ihm Zolla gegeben hatte, um die Garagentür zu öffnen. Als er zum Auto zurückkehrte, um es in die Garage zu fahren, war Ashley auf den Fahrersitz geklettert.

„Wir sehen uns später", murmelte sie und versuchte, die Tür zu schließen, die er hatte offen stehen lassen.

Er schob seine Hand in die Lücke und schaffte es, die Tür zu verlangsamen, bevor sie seine Hand einklemmte.

Entsetzen breitete sich auf Ashleys Gesicht aus und sie drückte die Tür wieder auf, um ihn zu befreien. Er nutzte die Gelegenheit, um seinen ganzen Körper zwischen die Tür und das Auto zu drängen, hineinzugreifen und sie herauszuzerren.

„Hör auf", kreischte sie und wehrte sich.

Aus Angst, dass seine Finger Blutergüsse auf ihren Armen hinterlassen würden, wirbelte er sie herum und schlang einen Arm um ihre Taille, um sie hochzuheben. „Wo dachtest du, würdest du hingehen?"

„Ich weiß es nicht ... weg von hier! Was interessiert es dich? Ich werde bei dem Treffen sein."

Sein Verlangen, sie zu beschützen, sorgte dafür, dass seine Zähne scharf wurden und ein Knurren aus seiner Kehle hervorbrach.

Sie erstarrte und ihre Schultern krümmten sich leicht, doch ihre Stimme kam kräftig und mutig heraus. „Also bin ich noch immer deine Gefangene, hm?"

„Ja", brummte er. „Du bist noch meine Gefangene." Er drückte sie über die Motorhaube des Autos und begann, harte und schnelle Schläge auf ihren zappelnden Hintern regnen zu lassen.

„Ben!", kreischte sie und die Panik vor einer öffentlichen Demütigung war offenkundig in ihrer Stimme.

„Denk nicht einmal daran, ohne mich irgendwo hinzugehen", knurrte er. Er fuhr fort, ihr den Hintern zu versohlen, nicht weil er dachte, dass sie die Bestrafung verdiente, sondern um seine Dominanz zu verdeutlichen. Er erwartete allerdings nicht, ihre Unterwerfung zu verdienen. Zur Hölle, er besiegelte vermutlich für immer das Ende ihrer Beziehung, was genau das sein sollte, was er wollte. Doch ... er konnte sie auf keinen Fall gehen lassen.

„Okay, stopp!", brüllte sie, drehte sich um und schaute ihn über ihre Schulter an. Auf ihrem Gesicht zeichnete sich eine Mischung aus Emotionen ab – ihre Augen waren dunkel und glasig, ihre Zähne gebleckt und ihre Brauen waren vor Wut gesenkt.

„Du kannst nicht gehen", knurrte er. „Es ist nicht sicher."

Sie antwortete nicht, weshalb er ihr mehrere harte Hiebe verpasste.

„Ashley? Verstehst du?"

„Ja, *Sir*", erwiderte sie voller Sarkasmus.

Er drehte sie um und drückte seine Schulter gegen ihre Hüften, um sie sich über den Rücken zu werfen, wobei er aus Versehen ihren Rock hochhob. Als er die Hand ausstreckte, um ihn nach unten zu ziehen, streifte er ihr Höschen und fand es klatschnass vor. Obwohl sie wütend auf ihn war, sagte ihr Körper ja. Sein Schwanz wurde steinhart. Wie konnte er daran zweifeln, dass sie seine Gefährtin war? Ihre Chemie war nicht von dieser Welt.

Sie schlug mit der Hand auf seinen Rücken. „Setz mich ab, du großer Idiot. Ich habe die Nase voll von deiner Neandertaler-Art. Ich habe genug von dir."

„Ich bin mir sicher, dass du das hast", entgegnete er, trug sie in die Garage und öffnete die Tür zum Haus. „Leider bleibt dir nichts anderes übrig, als mich noch einen Tag lang zu ertragen." Er setzte sie auf das Sofa. „Muss ich Klebeband suchen?"

Sie sprang mit einem wilden, trotzigen Gesichtsausdruck auf. „Ja!"

Er verkniff sich ein überraschtes Lächeln. *Ja?* Was sollte das bedeuten? Verruchte Gedanken schlichen sich in sein Gehirn. „Okay", entgegnete er und zog sie wieder auf die Füße. Er wirbelte sie herum und fixierte ihre Handgelenke in ihrem Rücken. Anschließend drängte er sie zum Ende des Sofas, über dessen gepolsterte Armlehne er sie drückte.

„Musst du gefesselt werden, Ashley?", fragte er mit tiefer und heiser Stimme.

Ihr Atem wurde zu einem hörbaren Keuchen.

Er beugte seinen Körper über ihren und seine Erektion

presste sich an ihren weichen Po. „Gefällt es dir, meine Gefangene zu sein?", raunte er ihr ins Ohr.

Sie antwortete nicht, aber ihre Hüften drängten sich nach hinten und die Hitze ihres Fleischs versengte seinen harten Schwanz. Mit großer Willenskraft brachte er seine Hüften in sichere Entfernung von ihr. Er konnte sie nicht beanspruchen. Er sollte das hier nicht tun – nicht, nachdem er ihr gerade erzählt hatte, dass sie keine Beziehung führen konnten. Der berauschende Duft ihrer feuchten Pussy jagte seine Vernunft jedoch in den Wind.

Ihre Handgelenke mit einer Hand fixierend hob er ihren Rock mit der anderen hoch und zog ihr Höschen nach unten. Ihre Pobacken waren von dem Spanking gerötet, das er ihr gerade verpasst hatte, und sie verkrampfte sich, als wollte sie weitere Hiebe abwehren.

Er testete sie, um sicherzugehen, dass er sie richtig las. „Spreiz deine Beine, Ashley."

Ihre Füße glitten auseinander.

Sein Schwanz drängte sich schmerzhaft hart gegen seinen Reißverschluss.

Er führte seine Hand zwischen ihre Beine und schlug ihre Pussy.

Sie kreischte und versuchte, ihren Oberkörper zu heben, doch er ließ es nicht zu. Er bemerkte, dass sie ihre Beine nicht schloss.

Er schlug sie erneut und ihr natürliches Gleitmittel überzog seine Finger. Er versohlte ihre kleine Pussy immer wieder, bis sie anfing, zu wimmern und zu flehen: „Bitte ... Ben ... bitte."

„Bitte was?"

„Ich ... bitte ... fick mich."

Er war nicht auf die Reaktion seines Körpers auf diese Bitte vorbereitet. Seine Haut wurde warm und kribbelte, seine Fangzähne wurden länger und sein Sichtfeld änderte sich.

Markiere. Sie. Nicht.

Er zwang sich, mehrere Male durch seine Nase einzuatmen. Die Anstrengung, die Kontrolle zu behalten, war überwältigend. Als sich seine Sicht wieder trübte, schob er ihre Füße noch weiter auseinander. Mit der Kuppe seines Mittelfingers streichelte er über ihre feuchte Spalte, glitt zwischen ihre Schamlippen, sammelte Feuchtigkeit und zog sie zu ihrem Kitzler hoch.

Sie stöhnte zittrig.

Er schnipste gegen ihre empfindsame kleine Perle, woraufhin ihre Knie einknickten und ihre Füße unter ihr wegrutschten. Das Sofa trug ihr Gewicht und er presste ihre fixierten Handgelenke nach unten, um sie festzuhalten, während er fortfuhr, ihr empfindlichstes Organ zu foltern.

Ihr Stöhnen wurde lauter und ein bedürftiger, verzweifelter Unterton schlich sich hinein.

Er schob zwei Finger in sie.

Sie wimmerte und bäumte sich in dem Griff auf, mit dem er ihre Handgelenke festhielt.

Er pumpte seine Finger rein und raus. Es brauchte nur wenige Bewegungen, bis sie aufschrie, ihre Muskeln seine Finger packten und mit einem rhythmischen Pulsieren drückten.

„Ben", würgte sie hervor und der Klang seines Namens von ihren Lippen ließ ihn beinahe wild werden.

Irgendwie schaffte er es, seine Finger rauszuziehen, ohne sich auf sie zu stürzen und sie für immer zur Seinen zu machen. Er schlug ihre Pussy noch einmal, als er sich zurückzog. Die Verwandlung drohte ihm immer noch – sein ganzer Körper zitterte vor Anstrengung, sie zurückzuhalten.

Er musste sich verwandeln und laufen gehen – er musste seinen angestauten Frust loswerden.

„Versprich mir, dass du hierbleiben wirst", befahl er mit rauer Stimme.

Sie sagte nichts.

Er schlug auf ihren nackten Po und sie schrie: „Ich verspreche es!"

Er ließ ihre Handgelenke los und zog ihr Höschen hoch, bevor er sie zu sich umdrehte, ihren Nippel zwischen Daumen und Zeigefinger zwickte und zwirbelte, während ihre Augen groß wurden. „Du bringst mich um", brummte er, obwohl er wusste, dass er derjenige war, der das Umbringen übernahm. Er war der König der gemischten Signale und drehte sie und ihr Herz – falls er ihr wichtig war und er hoffte verzweifelt, dass es so war – durch den Fleischwolf.

* * *

Nachdem er ihren Nippel gezwickt hatte, ging Ben zum Schlafzimmer und zog sein T-Shirt aus. Er war ein Bild maskuliner Kraft, die Muskeln seines nackten Oberkörpers kräuselten sich bei seinen Bewegungen. Sie hatte die Wölbung seiner Erektion gesehen, aber er hatte wieder keinen Sex mit ihr gehabt. Trotz ihres Orgasmus vor wenigen Augenblicken dachte ihr Körper nur daran, unter ihm zu sein, dass sein riesiger Schwanz sie penetrierte und sie zum Schreien brachte, während er sie grob nahm.

Sie wusste nicht, was sie davon halten sollte, was zwischen ihnen los war. Nachdem er ihre Wunden im Auto geleckt hatte, wusste sie, dass sie keinen Grund hatte, aufgebracht zu sein. Er hatte ihr nie irgendwelche Versprechen gemacht. Sie war enttäuscht, verletzt und es gefiel ihr nicht, dass sie sich fühlte, als wäre sie abserviert worden. Allerdings war sie sich sicher, dass Ben Stone etwas für sie empfand. Vielleicht war es nur eine körperliche Anziehungskraft, vielleicht war es mehr.

Sie wusste nur, dass er ihr das Gefühl gab, begehrenswert und sexy zu sein. Er ließ sie auch andere Dinge fühlen, die sie noch nie zuvor gefühlt hatte. Verrückte Dinge – als würde sie ihm freiwillig erlauben, ihre Handgelenke an die Decke zu binden und erneut mit seinem Gürtel auszupeitschen, wenn ihn das antörnte. Denn im Nachhinein musste sie sich eingestehen, dass es sie wahnsinnig antörnte. Sie spannte ihre Pobacken an und spürte das Brennen, das noch von seinem Spanking übrig war. Sie vergötterte seine Dominanz und fand seine Macht berauschend. Bei dem Gedanken, dass er sie erneut bestrafen könnte, wurde sie ganz feucht. Sie verstand es nicht, wollte jedoch definitiv mehr.

Sie hätte ihn stärker bedrängen und fragen sollen, warum er nicht mit ihr zusammen sein konnte. Sie hatte Angst vor seiner Antwort gehabt und sich dafür entschieden, es persönlich zu nehmen, anstatt einen kühlen Kopf zu bewahren und zu versuchen, ihn zu verstehen. Jetzt hatte ihr Verstand eine Million Möglichkeiten heraufbeschworen. Vielleicht konnten Menschen und Gestaltwandler nicht miteinander schlafen. Oder vielleicht verstieß es gegen ihre Regeln, mit einem Menschen zusammen zu sein.

Allerdings hatte Zolla etwas darüber gesagt, dass Ben sie markieren sollte, was andeutete, dass Gestaltwandler menschliche Liebhaber nehmen konnten. Was bedeutete es, sie zu markieren?

Sie hörte die Schlafzimmertür knallen und der größte schwarze Wolf, den sie jemals gesehen hatte, trottete heraus. Sie holte tief Luft, hielt sie an und ihre Haut kribbelte. Obwohl sie wusste, dass es Ben war, fand sie die Bestie furchterregend. Er war höher als ihre Taille, hatte dichtes, schwarzes Fell und einen riesigen Kiefer. Er trottete zur Rückseite des Hauses, wo eine Hundeklappe installiert wurde. Bevor er ging, drehte er sich zu ihr um und sah sie warnend an.

„Ich weiß, ich weiß. Ich bleibe hier."

Das Maul des Wolfs öffnete sich und enthüllte eine Reihe bösartig aussehender Zähne, aber sie hätte schwören können, dass er sie anlächelte. Es erinnerte sie an ihren ersten Tag, an dem sie für ihn gearbeitet hatte, und sie erwiderte das Lächeln trotz ihres Stolzes. Der Wolf senkte sich zu Boden, um sich durch die Tür zu quetschen, die zu klein für ihn war, und rannte raus.

Sie rollte sich auf dem Sofa ein und vertiefte sich in ein Buch, das sie in Zollas Regal gefunden hatte. Zuerst hatte sie gedacht, sie könnte sich nicht konzentrieren, doch ihr Verstand war so begeistert von der Ablenkung – von allem, was sie von ihren Sorgen um Melissa und ihrer Situation mit Ben ablenkte – dass sie sich dabei ertappte, wie sie auf einen fremden Planeten transportiert wurde.

Sie tauchte erst ein paar Stunden später aus der Geschichte auf, als ihr Magen zu knurren begann. Sie tapste zur Eingangstür, öffnete sie und sah sich nach Ben um. Der Wolf saß auf der Eingangstreppe. Er drehte sich um und bleckte seine Zähne.

Sie erstarrte, da ihr Körper automatisch auf die Gefahr reagierte, die ein gewaltiger, knurrender Wolf darstellte. Die Vernunft übernahm und sie zwang sich, nach draußen zu treten und sich neben ihn auf die Stufe zu setzen.

Ben stand auf und schob seine Schnauze unter ihren Schenkel, als wollte er, dass sie ebenfalls aufstand. Als sie das nicht tat, sah sie erneut Zähne. Er biss in den Stoff ihres Rocks, zerrte daran und machte Knurrlaute. Sie weigerte sich, sich von ihm einschüchtern zu lassen, obwohl er furchterregend war, und kraulte seinen Kopf. „Okay, okay, ich gehe wieder rein. Aber ich habe Hunger. Du nicht?"

Er lehnte seinen Körper an ihre Beine und schob sie durch die Tür.

Sie lachte. „In Ordnung, ich bin drin. Möchtest du, dass ich nachschaue, ob es hier etwas zu essen gibt?"

Der Wolf schaute zur Küche.

„Okay. Lass uns schauen, was dein Freund Zolla in seinen Schränken aufbewahrt."

Sie lief zur Küche und öffnete den Kühlschrank, der nur einige Take-out-Behälter, Bier und Würzsaucen enthielt. Sie öffnete die Küchenschränke. Er hatte eine Menge haltbarer Lebensmittel: Suppendosen, Bohnen, Makkaroni und Käse Packungen. Sie holte ein paar Dosen Chili raus. „Du willst wahrscheinlich Fleisch, oder?"

Sie durchsuchte die Schublade nach einem Dosenöffner und öffnete die Dose, nachdem sie einen gefunden hatte.

Sie fragte sich, ob sich Ben zurückverwandeln würde. In gewisser Weise war es einfacher mit ihm, wenn er in Wolfgestalt war. So nahm sie keinen Anstoß an seiner mangelnden Gesprächsbereitschaft. Und es war schwer, auf einen Wolf wütend zu sein.

Sie schüttete das Chili in zwei Schalen und wärmte es in der Mikrowelle auf. „Ich bin tatsächlich eine gute Köchin, auch wenn du das anhand dieser Mahlzeit nicht erkennen kannst. Vielleicht wirst du mir eines Tages erlauben, für dich zu kochen. Was sollte das eigentlich, dass weder du noch Karen mein Bananenbrot gegessen habt? Das war wirklich unhöflich."

Das Maul des Wolfs öffnete sich wieder und sie glaubte, dass er sie auslachte.

„Was? Das war es. Was läuft zwischen dir und Karen?"

Als der Wolf tatsächlich die Augen verdrehte, kicherte sie. „Nein? Nichts?"

Er trat um sie herum, woraufhin sie instinktiv zurückwich und nervös lachte. Die Küche wirkte winzig, da sein riesiger vierbeiniger Körper so viel Raum einnahm. „Es ist schwer, sich nicht von dir einschüchtern zu lassen", sagte sie. Sie zwang sich, ihre Angst in den Griff zu kriegen, trat vor und hielt ihm ihre Hand zum Schnuppern hin.

Sie dachte, er würde sie wieder auslachen. Sie vergrub beide Hände in seinem Fell, streichelte seine weichen Ohren und das dichte Fell in seinem Nacken. „Du bist wunderschön."

Er hielt still, sie konnte allerdings nicht erkennen, ob ihm die Streicheleinheiten gefielen oder nicht. Vielleicht war es unter der Würde eines Werwolfs, wie ein Haustier gestreichelt zu werden.

Die Mikrowelle piepte, weshalb sie ihre Schalen rausholte und seine zu seinen Pfoten auf den Boden stellte. „Es tut mir leid, falls du nicht so isst. Das Ganze ist neu für mich."

Es schien in Ordnung zu sein, denn er leerte seine Schale innerhalb einer Minute. Sie hatte nur wenige Bissen in der Zeit gegessen, die er zum Fressen gebraucht hatte. „Möchtest du mehr?"

Er prustete leise, was sie als Bestätigung auffasste. Daher öffnete sie noch eine Dose Chili und wärmte sie für ihn auf. Sie starrte seine riesige Gestalt an, während er fraß. Er war so groß wie eine Dogge – die Art von Hund, bei der man scherzt, dass man auf ihr reiten könnte wie auf einem Pferd.

Wenn sie gemeinsam Kinder hätten, könnten diese auf ihm reiten. Guter Gott, woher war dieser Gedanke gekommen? Sie würden keine gemeinsamen Kinder haben. Sie waren nicht einmal ein Paar. Sie brachten einander zum Orgasmus und das war das Ende der Geschichte.

* * *

Obwohl er es hasste, in Wolfgestalt in einem Gebäude zu sein, blieb er an diesem Nachmittag bei Ashley.

Er war zu Ashleys Haus gerannt, als er nach draußen gegangen war, und hatte dort herumgeschnüffelt. Es waren definitiv Leute dort gewesen. Er hatte sich ihre Gerüche eingeprägt. Selbst wenn sie es schafften, ihre Schwester zurückzuholen, glaubte er nicht, dass Ashley in Sicherheit wäre. Nicht, bis sie herausfanden, wer hinter alldem steckte. Doch wo konnten sie und ihre Schwester hingehen? Und wer würde auf sie aufpassen? Es könnte Wochen oder sogar Monate dauern, bis dieser Komplott ausgehoben wurde.

Er glaubte wirklich, dass Zollas Haus der sicherste Ort war, und er vertraute dem Wolf.

Ashley las eine Weile, doch als die Dämmerung hereinbrach, wurde sie ruhelos und tigerte durch den Raum.

„Glaubst du, sie hatten jemals die Absicht, Melissa zurückzuschicken?", fragte sie ihn.

Er hielt das für eine rhetorische Frage, da er nicht sprechen konnte. Er zog das ohnehin vor.

Sie musterte ihn und ein verkniffener Ausdruck spannte ihr Gesicht an. „Ich glaube es irgendwie nicht. Sie hatten keine Masken oder so etwas an. Das bedeutet, dass sie entweder wirklich dumm sind und ihnen egal ist, ob wir sie identifizieren können, oder dass sie vorhatten, uns beide zu töten.“

Er war zu dem gleichen Schluss gelangt, weshalb er Ashley nicht aus den Augen lassen würde.

Sie tigerte wieder hin und her. „Ich hätte wahrscheinlich die Polizei anrufen sollen, als ich die erste Nachricht erhalten habe.“

Er schaute sie böse an.

„Nein?“ Ihre Schultern fielen herab. „Ich schätze nicht. Du kannst es nicht gebrauchen, dass die Polizei in deinen Angelegenheiten herumschnüffelt, doch ich glaube allmählich ... Nun, wir sind irgendwie in der Unterzahl, obwohl du ein Wolf bist, der kein Problem mit Schusswunden hat. Ich meine, Melissa und ich sind nicht kugelsicher.“ Ein dunkler Schatten huschte über ihr Gesicht. „Falls Melissa noch am Leben ist.“

Er trabte zu ihr und drückte seine Schnauze an ihr Bein, um ihr seinen Schutz und Trost anzubieten.

Sie streichelte seinen Kopf, sank auf das Sofa, nahm sein Gesicht zwischen ihre Hände und kraulte seine Ohren. „Ich habe Angst, Ben“, flüsterte sie und Tränen schimmerten in ihren Augen.

Er leckte ihre Hand ab. Zum Teufel damit. Er würde nicht zulassen, dass sie immer größere Angst bekam, während sie sich hier sechs weitere Stunden verkrochen. Er trottete zum Schlafzimmer und verwandelte sich im Gehen. Als er sich umdrehte, um die Tür zu schließen, bemerkte er, dass Ashley den Hals reckte, um ihn zu beobachten und einen Blick auf seine nackte Gestalt zu erhaschen. Verdammt, er hatte noch immer eine Erektion wegen ihr. Ihr Mund öffnete sich, als sich ihre Blicke verhakten, und er grinste schief, während er beobachtete, wie ihre

Augen groß wurden und sich Röte auf ihren Wangen ausbreitete.

Er schloss die Tür und schlüpfte in seine Kleider. „Komm", sagte er, ging mit flotten Schritten aus dem Raum und nahm ihre Hand, um sie vom Sofa zu ziehen.

„Wohin gehen wir?"

„Raus", antwortete er und zog sie zur Garage. „Du hast es satt, hier eingesperrt zu sein, und mir geht es genauso."

Er öffnete ihr die Tür. Sie sah verwirrt zu ihm auf.

„Am Ende der Straße gibt es ein Taco-Restaurant, das gut riecht. Kannst du in diesen Schuhen laufen?" Er wünschte, er hätte irgendwie veranlasst, dass sie heute neue Klamotten bekam. Die arme Frau trug noch immer ihren Arbeitsrock, die High Heels und das malvenfarbene T-Shirt von Shayla.

Sie zog den Rock nach unten, als würde er so mehr von ihren langen, nackten Beinen bedecken. „Ja, definitiv. Wie weit?"

„Nur ein Block. Ich werde dich tragen, falls du müde wirst."

Sie leckte sich über die Lippen, woraufhin sein Schwanz in der Hose zuckte. Errötend wandte sie den Blick ab. „Das wird nicht nötig sein", entgegnete sie mit heiserer Stimme als üblich.

Plötzlich ertappte er sich dabei, wie er sie gegen das Haus drängte und seinen Körper an ihre weichen Kurven presste. Er umfing die Seite ihres Gesichts und hob es an, als würde er sie küssen. Er hielt gerade noch rechtzeitig inne und erstarrte, als er erkannte, wie unangemessen seine Taten waren. Er hatte ihr gerade erzählt, dass er keine Beziehung mit ihr führen konnte. Was zur Hölle tat er nur?

Er strich mit den Lippen über ihre Stirn, dann über ihre

Schläfe und ihre prallen Lippen. „Ashley ... ich bedeute große Schwierigkeiten. Schau dir nur an, was du dir eingebrockt hast, indem du für mich gearbeitet hast ...“ Er unterbrach sich und wollte zurückrudern. Er wollte nicht, dass sie aufhörte, für ihn zu arbeiten, ganz gleich, was geschah. Bei dem Gedanken, ohne sie zu Stone Technologies zurückzukehren, wurde ihm schlecht. „Was ich zu sagen versuche, ist ...“ Nun, was zur Hölle versuchte er, zu sagen? Ihr so nah zu sein, ihren Körper an seinem zu spüren, ihren Duft in seinen Nasenflügeln zu haben, erschwerte es ihm, einen klaren Gedanken zu fassen.

Er streichelte ihre Wange mit dem Daumen und ein Gefühl von Sehnsucht und Verlust verlieh ihm eine Zärtlichkeit, die normalerweise nicht in ihm steckte. „Ashley, es ist so kompliziert. Und es tut mir einfach ... leid.“

Sie reckte ihr Kinn in einem niedlichen Anflug von Trotz. „Was ist es? Warum kannst du nicht mit mir zusammen sein? Sag es mir einfach.“

„Es ist zu gefährlich. Du bist ein Mensch und ich bin ... keiner.“

Sie blinzelte schnell, stieß ihn von sich und wandte ihr Gesicht ab.

„Es tut mir leid“, wiederholte er, trat zurück und streckte seinen Arm aus, damit sie an ihm vorbeigehen konnte.

* * *

Sie gingen nebeneinander die Straße entlang. Ihr war schwindlig, weil er seinen harten Körper an ihren gepresst hatte. Die aggressive Art, mit der er sie fixiert hatte, hatte berauschende Lust durch ihren Körper gejagt. Ihre Emotionen schwankten zwischen Wut und

Akzeptanz. Sie glaubte, dass es Ben leidtat, sie wollte allerdings keine Entschuldigung, sie wollte ihn.

„Ben?"

Wie es für ihn üblich war, antwortete er nicht, schaute sie jedoch an.

„Vermisst du Venezuela?", fragte sie.

Das war die falsche Frage. Seine Maske rutschte wieder an Ort und Stelle und sein Gesicht nahm harte Züge an. „Nein", antwortete er, es wirkte allerdings wie eine Lüge – sie konnte den Schmerz an seiner Miene ablesen. Sie erinnerte sich zu spät daran, dass sein Bruder und Vater dort getötet worden waren. Wenn sie die richtigen Informationen erhalten hatte, war es ein grotesker Tod gewesen ... als wären sie von einem wilden Tier getötet worden ... Oh. Natürlich, es war ein Wolf gewesen.

„Was ist dort passiert?", fragte sie leise. Sie hielt die Luft an und rechnete eigentlich nicht mit einer Antwort.

Zu ihrer Überraschung sprach er. „Ein Rudel – ein Drogenkartell aus Gestaltwandlern – hatte gedroht, das meines Vaters zu übernehmen. Mein Bruder war eingeflogen, um ihm bei dem Kampf zu helfen, aber ..." Er schluckte und verstummte.

„Es tut mir leid", sagte sie. „Und deine Mutter? Lebt sie noch?"

Er schüttelte den Kopf. „Nein. Als ich zwölf Jahre alt war, starb sie an Krebs. Der sich eigentlich nicht auf Wölfe auswirken sollte", entgegnete er verbittert.

Ausnahmsweise fiel ihr keine Erwiderung ein. Sie wusste, dass er ihr Mitleid nicht wollte. Sie streckte die Hand aus und berührte seine. Er verflocht seine Finger sofort mit ihren.

„Ich glaube ...", begann er, bevor er sich räusperte. „Ich glaube, sie wollte einfach nicht mehr mit meinem Dad zusammenleben. Er war ein erstklassiges Arschloch, so wie ich."

Ihre Brust zog sich zusammen, ihre Nase kitzelte und Tränen traten um seinetwillen in ihre Augen. „So bist du nicht. Du spielst diese Rolle zwar, aber ich weiß, dass es nicht dein wahres Ich ist."

Er hob die Augen und wirkte verblüfft. Sie begegnete seinem Blick ruhig und übermittelte ihm auf diese Weise, wie sicher sie sich ihrer Aussage war. Als könnte er es nicht ertragen, schüttelte er die Worte ab, so wie ein Hund Wasser aus seinem Fell schüttelt.

„Ich meine es ernst. Klar, du bist manchmal ein Arsch ... okay, die meiste Zeit, doch unter alldem bist du lieb."

„Nein", protestierte er. „Das bin ich wirklich nicht. Und du bist die einzige Person auf dem Planeten, die mich jemals so beschrieben hat."

„Weil ich die Wahrheit kenne", erklärte sie, reckte das Kinn und forderte ihn heraus, ihr zu widersprechen.

Sein Gesichtsausdruck flackerte kurz und er sah unsicher oder verloren aus. Dann wiederholte er die gleiche Schüttelbewegung wie vor wenigen Minuten. „Nein, die kennst du nicht", entgegnete er bitter.

„Was wäre nötig, damit du etwas annimmst, was ich dir anbiete? Musst du immer alles zurückweisen?" Sie hätte beinahe *mich zurückweisen* gesagt, denn das war die Wahrheit.

Er antwortete nicht. Sie hatten den Taco-Laden erreicht, in den er sie führte. Dabei las er die große Speisekarte an der Wand. „Weißt du, was du möchtest?"

Es war ein authentisches mexikanisches Restaurant, dessen Karte hauptsächlich auf Spanisch verfasst worden war. Sie zuckte mit den Achseln. „Überrasche mich."

Ben bestellte auf Spanisch und sie reichten ihm zwei Dos Equis Biere, in deren Flaschenhals Limettenstücke steckten. Er reichte ihr eines und sie setzten sich an einen Tisch.

„Was hast du bestellt?"

„Einen *carne asada* Buritto. Ist das okay?"

„Ja", antwortete sie und lachte leise.

„Du weißt nicht, was das ist, oder?"

Sie grinste verlegen. „Irgendein Buritto."

„Es ist ein mariniertes Rindersteak. Ich glaube, es wird dir schmecken."

Es war dumm, aber sie beugte sich vor und bat: „Kannst du bitte auf Spanisch mit mir sprechen?"

Seine Augenbrauen schnellten in die Höhe.

Sie zuckte mit den Schultern. „Ich mag, wie es sich anhört."

„*Como qué?*"

„Mach weiter."

„*Si pudiera decirte la verdad, deciré que tu eres... mi todo mundo.*"

Seine Worte rollten in ihre Ohren, als wären sie von Don Juan persönlich gesprochen worden. „Was hast du gesagt?"

Er zögerte so lange, dass sie realisierte, dass er ausnahmsweise einmal etwas Ehrliches gesagt hatte. Etwas, was er auf Englisch nicht sagen konnte oder würde. Sie versuchte, die Silben in ihrem Kopf erneut abzuspielen, um ihre Bedeutung zu entziffern, doch ihr Highschool-Spanisch reichte dazu nicht aus. Ging es darum, die Wahrheit zu sprechen und dann, *du bist meine ganze Welt?* Sie klammerte sich an diesen Gedanken und legte ihn in ihr Herz wie ein kleines Juwel, das sie beim nächsten Mal

herausholen und ins Licht halten würde, wenn er sie
zurückwies.

142

Kapitel Acht

Sie trafen sich mit Mark und Zolla bei Zollas Haus. Ashley ging zum Bad, um sich umzuziehen. Er beobachtete die Form ihres Hinterteils in dem roten Rock, als sie mit schwingenden Hüften verschwand. Gott, wie sehr er sich doch danach sehnte, in ihr zu sein, diese reizenden Pobacken zu versohlen und sie von hinten zu ficken. Oder vielleicht sogar ihren Hintern zu nehmen.

„Du solltest sie wirklich markieren", meinte Zolla.

Er machte ein finsteres Gesicht. „Was interessiert dich das?"

Man musste dem Omega lassen, dass er Bens schmalem Blick nicht ängstlich auswich. „Es würde dich beruhigen. Du könntest klar denken, wenn sie in der Nähe ist."

Seine Lippe kräuselte sich ungläubig. Er hatte das noch nie in Bezug auf die Paarung mit einem Weibchen gehört. Außerdem war es ein Ding der Unmöglichkeit. „Sie ist ein Mensch."

„Das bedeutet bloß, dass du vorsichtig sein musst. Beiße in ihre Schulter anstatt in ihren Hals. Meide große Arterien. Sie wird heilen. Sie sieht gesund genug aus."

Sein Sichtfeld veränderte sich und ein Knurren brach aus seiner Kehle hervor. Er mochte es nicht, dass Zolla darüber sprach, wie sie aussah. Er mochte es nicht, dass er über sie sprach.

Zolla hielt die Hände hoch, hob das Kinn und entblößte seine Kehle, um seine Unterwürfigkeit zu zeigen. „Hey, genau davon spreche ich. Wenn sie erst einmal markiert ist, wirst du nicht so versessen darauf sein, uns allen mitzuteilen, dass sie zu dir gehört."

„Fick dich", schimpfte er. An Mark gewandt sagte er: „Hast du die Weste für sie mitgebracht?"

„Ja", antwortete Mark und öffnete einen Seesack. „Ich habe mehrere Kevlar-Westen und Feuerwaffen dabei für den Fall, dass du in Menschengestalt bleiben willst."

„Das will ich nicht. Ich mache mir bloß um Ashley Sorgen." Er stellte fest, dass er das Thema, Ashley zu markieren, nicht aufgeben konnte. Er wandte sich wieder an Zolla und fragte: „Wenn du an meiner Stelle wärst – ein Wolf mit mehr als einem Feind, der ihm den Tod wünscht – würdest du ein Weibchen markieren?"

Zolla legte den Kopf auf die Seite. „Vielleicht nicht, allerdings könntest du dir wahrscheinlich besser einen Ausweg aus dieser Sache überlegen, wenn du nicht mit ihren Pheromonen vollgepumpt wärst."

Ashley kehrte zurück und aufgrund ihrer schlanken Figur wirkte sie so verletzlich und menschlich. Sein Blut pumpte kräftig durch seinen Körper, da er sie unbedingt beschützen wollte. Ihr Schutz bedeutete in diesem Fall jedoch, sie von sich fernzuhalten.

Er hielt ihr eine geöffnete Weste entgegen. „Du musst das hier bei dem Treffen tragen", informierte er sie.

„Kugelsicher?", fragte sie und schaute von ihm zu Mark.

„Ja, Ma'am", antwortete Mark. „Aber dein Kopf ist noch

verletzlich, weshalb du ihn senken musst, falls Schüsse abgefeuert werden.“

„Es wird folgendermaßen ablaufen“, mischte sich Ben ein. „Du wirst dorthin fahren und den Tausch vornehmen. Ich habe ihn letztes Mal offensichtlich zu früh unterbrochen und das tut mir leid“, erklärte er.

Ashleys Augenbrauen hoben sich vor Überraschung. Er wusste, dass es ungewöhnlich für ihn war, sich für irgendetwas zu entschuldigen.

„Sobald deine Schwester freigelassen wurde, steigt ihr zwei in dein Auto und fahrt schnurstracks hierher zurück. Behalte den Rückspiegel im Auge und vergewissere dich, dass ihr nicht verfolgt werdet.“

„Was wirst du tun?“

„Wir werden angreifen“, antwortete er und sah die zwei Männer an, um sicherzugehen, dass sie damit einverstanden waren. Sie nickten beide zustimmend.

„Wenn irgendetwas schiefgeht und wir gezwungen sind, uns zu zeigen, bevor der Austausch vorgenommen wurde – und ich hoffe, dass es dazu nicht kommen wird –“, fügte er bei ihrem entsetzten Blick hinzu, „steigst du in deinen Wagen und fährst davon. Ich werde sicherstellen, dass wir deine Schwester kriegen, und jedem einzelnen ihrer Entführer die Kehle rausreißen.“

Sie schluckte.

„Verstehst du?“

„Ja, Sir“, bestätigte sie.

„Was passiert, wenn ein Kampf ausbricht?“, fragte er sie.

„Ich steige ins Auto und fahre hierher zurück.“

„Braves Mädchen.“

* * *

Sie fuhren ins Stadtzentrum. Er fuhr bei Ashley mit und wies sie an, ihn einige Blöcke entfernt vom Busbahnhof rauszulassen. „Erinnerst du dich an den Plan?", fragte er.

Ihr Gesicht war blass und angespannt, aber sie nickte, ohne zu zögern.

„Was wirst du tun?"

„Ich hole Melissa und fahre so schnell wie möglich weg."

„Und wenn etwas schiefgeht?"

„Steige ich ins Auto und fahre weg."

„Ganz egal, was geschieht. Bleib nicht, um zuzuschauen." Er schrieb eine Telefonnummer auf ein Stück Papier und reichte es ihr. „Falls irgendetwas wirklich schiefgeht und wir nicht zum Haus zurückkehren, ruf Shayla an. Erzähl ihr, was passiert ist, und sie wird dir helfen. Verstanden?"

Ashleys Augen waren ganz rund geworden und ihre Lippen zitterten.

Er umfasste ihr Gesicht mit beiden Händen und sein Daumen streichelte ihre Lippen. „Nein, nein. Schh. Es wird nichts Derartiges passieren. Ich gebe dir nur eine Rücksicherung, das ist alles. Ich werde mich um diese Angelegenheit kümmern."

„Okay", sagte sie und ihre Stimme brach.

„Das ist mein mutiges Mädchen." Er beugte sich vor, weil er ihre Stirn küssen wollte, doch sein Instinkt, sie zu beanspruchen, übernahm. Er verschloss ihren Mund mit einem stürmischen Kuss und glitt mit der Zunge über den Saum ihrer Lippen, bis sie ihm Einlass gewährte. Er ließ seine Hand von ihrem Gesicht in ihren Nacken gleiten und hielt sie gefangen, während er ihre Lippen küsste und an ihnen saugte, als wären sie seine einzige Rettung. Es fühlte sich an, als wären sie das. Als sie sich endlich atemlos voneinander lösten, starrte sie mit einem benommenen Blick zu ihm auf. Er gab ihr einen letzten Kuss und noch einen, bevor er sich zwang, sich abzuwenden.

„Ich werde meine Kleider im Auto lassen", erklärte er, öffnete die Tür und richtete sich auf, um seine Kleider abzulegen. Er ließ sie auf den Sitz fallen, schloss die Tür, verwandelte sich und ignorierte das Geschrei in seinem Gehirn, dass ihn warnte, Ashley nicht in die Gefahr fahren zu lassen.

* * *

Unter der kugelsicheren Weste war ihr Shirt feucht von kaltem Schweiß, als sie das Auto auf den Parkplatz des Busbahnhofs lenkte. Ihr ganzer Körper zitterte und ihre Hände am Lenkrad waren eiskalt. Sie parkte auf einem Platz, schnappte sich den Laptop und stieg aus. Sie sah sich um. Der Parkplatz war voller Autos, sie sah jedoch weder Bewegungen noch hörte sie Stimmen.

Sie wandte sich wieder ihrem Auto zu und steckte die Schlüssel locker in die Zündung, damit es notfalls jederzeit zur Abfahrt bereit war. Die Tür ließ sie ebenfalls einen Spaltbreit offen stehen. Dann marschierte sie zur Mitte des Parkplatzes.

Die Zeit verstrich quälend langsam. Wo waren die Wölfe? Sie spähte in die Schatten und suchte nach den leuchtenden Augen, sah allerdings nichts. Dennoch spürte sie, dass Ben irgendwo in der Nähe war. Sie tigerte über den Parkplatz, aber niemand erschien.

Vielleicht sollte sie im Auto warten.

Sie drehte sich um und machte sich auf den Rückweg.

147

Da fuhr ein Auto auf den Parkplatz und blendete sie mit seinen Scheinwerfern. Sie verdeckte ihre Augen und beobachtete, wie es an ihr vorbei zum Hauptgebäude fuhr. Eine Frau stieg auf der Beifahrerseite aus, rannte die Treppe hoch und versuchte, die abgeschlossene Bahnhoftür zu öffnen. Sie drehte sich um, trottete die Treppe wieder hinab, stieg in den Wagen und sagte etwas zu dem Fahrer. Das Auto wendete und fuhr davon.

Sie atmete aus. Das waren nicht die Entführer. Nun, wo zur Hölle waren sie? Sie zog ihr Handy heraus und warf einen Blick auf die Uhr. 00:15 Uhr. Es fühlte sich an, als wäre bereits eine Stunde vergangen. Sie zwang sich, bis vier zu zählen und tief Luft zu holen, ehe sie diese anhielt, bis sie dachte, ihre Lunge würde explodieren. Als sie den Atem ausstieß, entspannte sich ihr Körper geringfügig. Sie versuchte es ein zweites Mal.

Drei Paar Scheinwerferlichter schwangen gleichzeitig auf den Parkplatz. Es waren schicke Autos – nicht wie beim letzten Mal in der Stone-Tiefgarage. Zwei schwarze 4Runner und ein dunkelblauer Mercedes. Das waren keine Autos, die auf einen Greyhound-Busbahnhof passten. Ihr Herz hämmerte hektisch in ihrer Brust. Sie drehte sich im Kreis, bevor sie sich zwang, einfach stillzustehen und zu warten.

Sie umzingelten sie und parkten. Ihre Augen glitten zu ihrem Fahrzeug, das jetzt mindestens dreißig Meter entfernt war. Verdammt. Sie hätte einfach in ihrem Auto warten sollen. Warum war sie so dumm?

Sie betrachtete die Autos und versuchte, zu sehen, ob ihre Schwester in einem war, die Scheinwerfer blendeten sie allerdings und sie konnte nichts sehen.

Die Tür des 4Runners vor ihr schwang auf. „Leg den Laptop auf den Boden und weiche zurück", befahl jemand.

„Wo ist Melissa?", wollte sie wissen und wünschte sich, ihre Stimme würde nicht so hoch und zittrig klingen.

Sie hörte den Laut einer Waffe, die entsichert wurde, als der Mann seinen Arm ausstreckte und mit der Pistole in der Hand auf sie zielte. „Tu es jetzt."

„Wo ist Melissa?", wiederholte sie. „Ich gebe dir gar nichts, bis ich meine Schwester sehe."

Der Mann feuerte seine Pistole ab und die Kugel schlug in der Nähe ihrer Füße ein. Ein Schrei brach aus ihrer Kehle hervor und sie machte einen Satz. Dabei ließ sie beinahe den Laptop fallen und ihr ganzer Körper zitterte so heftig, dass sie sämtliche Koordination verlor. Sie fragte sich, ob die Schüsse die Polizei anlocken würden.

Sie bemerkte einen Schatten, der sich zwischen den Autos bewegte. Ben. Das verlieh ihr Mut. „Zeig mir Melissa und ich gebe dir den Laptop."

Der Mann begann, mit bedrohlichen Schritten zu ihr zu gehen. Mehrere andere Gestalten stiegen aus den Autos und kamen näher. Ein Knurren zerriss die Luft und ein Mann schrie, als Ben ihn zu Boden riss.

„Da ist ihr Hund! Erschießt ihn", brüllte der erste Mann, der immer noch auf sie zielte und entschlossen weitermarschierte.

Sie wich zurück, doch er war bei ihr. Er schoss mit der Pistole direkt auf ihre Brust, ein Stück oberhalb der Stelle, wo sie den Laptop festhielt. Sie flog nach hinten und landete von der Wucht des Schusses auf ihrem Rücken. Ein sengender Schmerz über ihrem Herzen raubte ihr den Atem. Der Laptop flog ihr aus den Händen und schlitterte über den Asphalt.

„Hey, pass auf den Laptop auf, du Idiot", brüllte einer der Männer den Schützen an, als er ihn aufhob.

Sie rang nach Luft, die sie komplett verlassen hatte.

Getroffen, aber nicht verletzt. Sie erinnerte sich daran, dass sie die Weste trug, rollte sich auf die Seite und verzog vor Schmerz das Gesicht.

Ein hellgrauer Wolf segelte über ihren Körper und sprang den Angreifer an. Er warf den Mann um und riss mit einem entsetzlichen Knurren an seiner Kehle. Es war ein kleinerer Wolf – nicht klein, aber in normaler Wolfgröße. Sie bemerkte einen riesigen hellbraunen Wolf, der sich in der Nähe des Mercedes durch die Luft katapultierte und einen Mann umwarf, obwohl eine Kugel in ihn sank. Zolla und Mark.

Sie erhob sich schwankend, ihr Atem rasselte noch immer schmerzhaft in ihrem Brustkorb. Die Pistole war auf den Asphalt gefallen und sie hob sie mit zittrigen Fingern auf. Den Griff umklammernd zog sie den Kopf ein und humpelte zu dem 4Runner.

Sie musste Melissa finden.

Sie riss die Hintertür auf, als das Geräusch von Schüssen und Knurren die Luft füllte. Das Fahrzeug wirkte leer. Sie betrat es, um in den Kofferraum zu spähen. Niemand.

Sie stieg aus. Ein hohes tierisches Winseln erklang und Entsetzen durchfuhr sie. Das Herz schlug ihr bis zum Hals, als sie die Pistole in Richtung des Lauts richtete. Ben kämpfte mit einem Mann, während mehrere andere Schüsse auf ihn abfeuerten. Sie betätigte den Abzug.

Sie schoss daneben, doch die Männer drehten sich um und richteten ihre Pistolen auf sie. Sie ging in die Hocke und rannte zum nächsten Auto. Ein Fahrer saß noch hinter dem Lenkrad, was vermutlich bedeutete, dass Melissa dort drin war. Gebückt rannte sie um den Wagen herum, sprang auf und hielt den Lauf der Pistole durch das geöffnete Fenster an seine Schläfe.

„Wo ist sie?"

Nervigerweise schien den Mann die Pistole nicht zu stören, mit der sie auf seinen Kopf zielte. „Nicht hier", antwortete er.

„Wo?", zischte sie durch zusammengepresste Zähne und klopfte mit der Pistole gegen seinen Schädel.

Er schüttelte den Kopf. „Sie ist nicht hier." Er schenkte ihr ein schmieriges Lächeln. „Pech für dich."

Sie wollte ihn erschießen. Sie dachte darüber nach, den Abzug zu betätigen, doch ihre Moral gewann. Sie war nicht bereit, ein Leben zu nehmen, selbst wenn sie ihre Schwester getötet hatten.

Sie wich langsam zurück, wobei sie weiterhin mit der Pistole auf seinen Kopf zielte. Schreie und Knurren bebten durch die Luft. Sie ging rückwärts zu dem dritten Auto, doch der Mann, den sie bedroht hatte, zog seine eigene Pistole und schoss auf sie. Zum Glück verfehlte er sie.

Schwarzes Fell flog wie ein Blitz über sie, Ben stürzte sich auf den Mann in dem Fahrzeug und riss ihn aus dem Fenster, wobei er sich jedoch mindestens fünf Schüsse in den Bauch einfing.

„Nein", kreischte sie und rannte zu den beiden.

Der graue Wolf verpasste ihr einen Seitenhieb und schubste sie in die Richtung ihres Autos. Als sie anfing, zu Ben zu gehen, bleckte er die Zähne und verstellte ihr den Weg.

„Zolla?", fragte sie ängstlich, obwohl sie wusste, dass er ein Freund war.

Er sprang vor, stieß mit dem Kopf gegen ihre Beine und trieb sie erneut zu ihrem Wagen.

„Ich muss Melissa finden", sagte sie und huschte in die andere Richtung um ihn herum zu dem dritten Auto. Sie zog die Tür auf und spähte hinein. Leer. Wenn ihre

Schwester nicht im Kofferraum lag, hatte der Mann die Wahrheit gesagt – sie war nicht hier.

Ein leises verzweifeltes Stöhnen schwoll in ihrer Kehle an, als ihre Beine sie im Laufschritt zu ihrem Auto trugen. Was war Melissa zugestoßen? Lag sie irgendwo tot in einem Graben? Hatten diese Leute für sie das gleiche Schicksal vorgesehen?

Sie sprang in ihren Wagen, ließ ihn an und fuhr mit quietschenden Reifen davon. Sirenen erklangen in der Ferne, woraufhin sie das Gaspedal durchtrat und vom Parkplatz schoss, bevor die Polizei auftauchte. Während sie davonfuhr, klingelte ihr Handy in der Handtasche. Sie holte es mit zitternden Händen heraus und blickte auf das Display.

Melissa.

* * *

Als die Polizeiautos mit quietschenden Reifen um die Ecke bogen und auf den Parkplatz fuhren, verschwanden er und die anderen zwei Wölfe im Schutz der Schatten. Er hatte keinen der Männer erkannt, weshalb er immer noch nicht wusste, wer hinter diesem Angriff steckte. Außerdem hatten sie Melissa nicht gerettet. Und verdammt, Ashley wäre beinahe mehrere Male umgebracht worden. Er hatte sich nicht auf den Kampf konzentrieren können, weil er sich zu große Sorgen um ihre Sicherheit gemacht hatte.

Sie hatte einfach seine Anweisungen missachtet. Das würden sie noch besprechen, bevor diese Sache erledigt war.

Zolla und Mark folgten ihm und schlichen durch die Dunkelheit, bis sie Zollas Auto erreichten, wo sie sich verwandelten. Alle drei waren mit Blut bedeckt, das teils ihr eigenes und teils das der Männer war. Er bereute die Verletzungen der beiden und es war ihm wichtig, sich zu vergewissern, dass es ihnen gut ging, da sie auf seinen Befehl gehandelt hatten.

Zolla öffnete die Tür seines Autos und verteilte Kleider. Ben schüttelte den Kopf. „Ich werde zurücklaufen. Ich brauche die frische Luft. Wie geht es euch beiden?"

Mark blickte auf die Schusswunden, von denen Blut auf seinen Oberkörper rann. „Gut", antwortete er knapp.

„Du?", fragte Ben Zolla.

Der kleinere Wolf keuchte und war geschwächt von seinen Verletzungen. „Nichts Ernstes", erklärte er.

„Bist du dir sicher? Kannst du fahren?"

„Ich werde fahren", verkündete Mark bestimmt, denn sein Status übertraf Zollas. Er wandte sich an Ben und fragte: „Hast du jemanden erkannt?"

Ben schüttelte den Kopf. „Keinen einzigen. Irgendeine Spur von Ashleys Zwillingsschwester?"

„Es war kein Weibchen dort außer Ashley", antwortete Zolla bestimmt. „Ich habe an allen drei Autos geschnuppert. Sie haben sie nicht mitgebracht."

Ben fluchte leise.

„Glaubst du, dass sie tot ist?", fragte Mark.

Er begegnete Marks Blick und sein Magen verknotete sich, als er an Ashley dachte. „Es macht den Anschein", erwiderte er schwer. Wie zur Hölle sollte er ihr das beibringen? Glühend heiße Wut durchflutete ihn. „Ich werde jeden Einzelnen von ihnen umbringen", knurrte er.

Die Blicke, mit denen die zwei Männer ihn bedachten, verrieten ihm, dass sie ihm den Rücken freihalten würden. Dankbarkeit durchströmte ihn so heftig, dass es ihm beinahe den Atem raubte. Er war es nicht gewohnt, sich auf andere zu verlassen oder sich um jemand anderen als sich selbst zu kümmern. Anstelle der Bürde von Verantwortung traf ihn die Ehre ihrer Loyalität heftig. Er brauchte sie und sie stellten sich ihm freiwillig zur Verfügung und vertrauten seiner Führung.

Er packte jeden Mann im Nacken und neigte den Kopf. „Danke, Brüder", bedankte er sich barsch. Unfähig, mehr zu sagen, ließ er sie los und räusperte sich.

„Haben sie den Laptop bekommen?", fragte Zolla.

„Ja", bestätigte er. „Kannst du die Daten schützen? Ich hätte einen falschen Laptop mitbringen sollen."

„Nein, aber das wird uns die nötigen Informationen liefern. Ich werde denjenigen verfolgen, der deine Passwörter benutzt, und seinen Standort in Erfahrung bringen. Wenn das Mädchen noch am Leben ist, können wir sie holen. Und falls Jack dahintersteckt, wirst du es wissen und kannst angemessene Vorkehrungen treffen", erklärte Zolla.

„In Ordnung, lasst uns zurückgehen, damit du mit dem Aufspüren beginnen kannst. Wir treffen uns bei dir. Ashley sollte bereits dort sein." Er nahm wieder seine Wolfgestalt an und begann, zu rennen. Er genoss das Gefühl des Laufens und der Luft in seinem Fell, welche die Hitze seiner mörderischen Instinkte abkühlte.

Kapitel Neun

Ashley bog an der Ecke Platte Street und 15th Street ab. Das war die Adresse, die ihre Schwester ihr gegeben hatte. Sie fuhr an den Rand und spähte in die Schatten. Sie sah eine Bewegung und Melissa rannte hinter dem Gebäude hervor, gefolgt von einem jungen Mann. Sie riss die Autotür auf und beeilte sich, ihrer Schwester entgegenzulaufen. Die beiden fielen sich in die Arme.

„Oh, mein Gott, Melissa. Gott sei Dank. Gott sei Dank geht es dir gut. Oh, mein Gott", schluchzte sie und heiße Tränen rannen über ihre Wangen, während sie ihre Schwester vor und zurück schaukelte. Sie war noch nicht gewillt, sie aus der Umarmung zu entlassen.

„Komm schon", meinte Melissa. „Lass uns von hier verschwinden."

„Bist du okay?", fragte Ashley, trat zurück und musterte sie. Melissa sah blass und müde aus. Ein gelber Bluterguss prangte auf ihrem Wangenknochen und ihre Lippe war aufgeplatzt und geschwollen.

„Mir wird es viel besser gehen, wenn wir bei deinem Haus sind."

„Wer ist das?", fragte sie und wandte sich dem Mann zu.

Melissa packte sie am Ärmel und zog sie eindeutig nervös zum Auto. „Jeremy. Er hat mir bei der Flucht geholfen. Komm schon, gehen wir."

Sie stiegen in den Wagen und Ashley fuhr zu Zollas Haus. „Also erzähl mir, was passiert ist."

Melissa atmete tief ein, schloss die Augen und lehnte den Kopf nach hinten. „Ich werde dir alles erzählen, aber kann das warten? Ich will einfach nur an einen Ort, an dem ich atmen kann."

Ashley streckte die Hand zur Seite aus und drückte die ihrer Schwester. „Ich kann nicht fassen, dass du entkommen bist. Ich hatte solche Angst, dass ich dich nie wieder sehen würde", erklärte sie und Tränen stiegen erneut in ihre Augen.

Melissa erwiderte den Druck und drehte sich, um über ihre Schulter zu schauen, als hätte sie Angst, dass sie verfolgt wurden. Jeremy, der sich auf den Rücksitz gesetzt hatte, griff nach vorne und legte seine Hand auf die Schulter ihrer Schwester.

Ashley fuhr so schnell sie konnte, ohne Aufmerksamkeit zu erregen, zu Zollas Haus und betrat es, indem sie den Code für das Garagentor eingab, den Ben ihr gegeben hatte. „Kommt rein, dieser Ort ist sicher. Ben sollte bald zurückkommen." Sie sprach voller Zuversicht, doch ihr Magen verkrampfte sich vor Furcht, als sie sich an das tierische Winseln erinnerte, das jedes Mal erklungen war, wenn auf einen der Gestaltwandler geschossen worden war. Waren sie unbesiegbar? Oder konnten sie getötet werden, wenn sie oft genug oder an den richtigen Stellen getroffen wurden? Nein, so durfte sie nicht denken. Ben würde kommen.

Sie führte die beiden ins Haus und Melissa zum Bad, wo sie sich frisch machen konnte. Sie brachte ihrer Schwester ein wenig Eis für ihren Bluterguss. „Das ist für dein Gesicht.“

Ihre Schwester berührte ihre geschwollene Wange. „Ich glaube nicht, dass das noch viel nutzen wird. Der Bluterguss ist vom Freitag.“

Ashley hob ihr eigenes Shirt, um die Stelle zu inspizieren, an der die Kugel in die Weste eingeschlagen war. Ein riesiger Bluterguss war bereits erschienen, die Oberfläche war geschwollen und tat bei der Berührung weh.

Melissa starrte sie mit großen Augen an. „Woher stammt der?“

„Eine Kugel. Aber ich trug eine kugelsichere Weste.“

„Gott sei Dank“, hauchte Melissa.

Sie schlang die Arme um den Hals ihrer Schwester und klammerte sich eine Weile an sie. „Mel ... Ich dachte, du wärst womöglich tot.“

Melissa umarmte sie fest. „Ich weiß“, erwiderte sie mit erstickter Stimme. „Es war schrecklich. Gott sei Dank, war Jeremy da. Andernfalls wäre ich vielleicht tot.“

Sie gab ihrer Schwester einen Kuss auf die Wange, bevor sie sie allein ließ, damit sie sich waschen konnte. Jeremy stand im Wohnzimmer und wirkte, als sei ihm unbehaglich zumute.

„Danke, dass du meine Schwester gerettet hast“, bedankte sie sich.

Seine Augen huschten durch den Raum und sie hatte den Eindruck, dass er schuldbewusst wirkte.

Melissa erschien wieder.

„Habt ihr Hunger? Es gibt hier nicht viel, aber ich kann euch etwas machen."

„Ja, ich bin am Verhungern."

Sie ging zur Küche, wobei ihr Melissa und Jeremy folgten. „Also rede", forderte sie ihre Schwester auf, während sie in den Küchenschrank griff und ein paar Dosen Hühnerfleisch, ein Glas Mayonnaise und eine Cajun-Gewürzmischung herausholte. „Ich glaube, im Kühlschrank gibt es ein Glas Essiggurken", sagte sie und sah Jeremy an.

Er öffnete die Kühlschranktür und holte es heraus.

„Also ich habe diese zwei Kerle am Donnerstagabend bei der Arbeit getroffen", erzählte Melissa und blickte zu Jeremy, der erneut schuldbewusst aussah. Melissa arbeitete als Managerin in einer angesagten Bar/Nachtclub in Colorado Springs. „Sie haben mich zu einer After-Party nach Ladenschluss eingeladen. Also bin ich mitgegangen."

Ashley hörte zu, während sie die zwei Dosen Fleisch öffnete, den Inhalt in eine Schüssel löffelte und mit der Mayonnaise vermischte.

„Wir haben eine Weile getanzt und dann ..."

„Warte", unterbrach Ashley sie. „War er einer von ihnen?", fragte sie und sah Jeremy an.

„Ja. Die Hausparty hat geendet und Jeff, der andere Kerl, hat mich zu sich nach Hause eingeladen ... mit ihnen beiden", berichtete sie und lief rot an.

Ashley errötete ebenfalls, da sie wusste, dass die Zwei-Männer-Sache die größte Fantasie ihrer Schwester war. Sie senkte den Kopf, um ihre roten Wangen zu verbergen, und holte einige Essiggurken aus dem Glas, das Jeremy ihr gereicht hatte. Sie nahm ein Messer in die Hand und begann, sie klein zu schneiden.

„Aber er fuhr uns stattdessen zu dieser widerlichen Lagerhalle, wo ein Haufen Kerle mit Pistolen waren."

„Warte kurz", unterbrach Ashley sie, wirbelte herum und deutete mit der Messerspitze auf Jeremy. „*Du* hast meine Schwester entführt?" Sie machte einen bedrohlichen Schritt vorwärts und schaute ihn böse an.

Er hob die Hände. „Ich wusste nicht, was vor sich ging. Jeff ist ein Freund ... nicht einmal ein besonders guter Freund. Ich weiß nicht, warum er mich mitgenommen hat."

„Vermutlich, weil du bei den Frauen besser ankommst", brummte Melissa ironisch.

Ein Laut erklang aus dem Wohnzimmer und Ben erschien in Wolfgestalt. Seine Lippen hoben sich bei einem wütenden Knurren, als er Jeremy sah.

Melissa kreischte und Jeremy erstarrte. Das Weiß seiner Augen zeigte sich.

Ben knurrte und näherte sich Jeremy langsam.

Jeremy wich zurück, bis er gegen die Theke knallte und von dem riesigen Wolf in die Ecke gedrängt wurde.

„Ist das ein Hund?", flüsterte Melissa.

Sie zögerte. Sie wollte Melissa alles erzählen, aber nicht vor Jeremy. „Ähm, ja, er ist der Hund meines Freundes Zolla. Ich glaube, er mag Jeremy nicht. Immer mit der Ruhe, Junge", sagte sie zu Ben, der keine Anstalten machte, zurückzuweichen. „Er hat Melissa bei der Flucht geholfen, allerdings glaube ich, dass er sie auch entführt hat. Also solltest du ihn vielleicht beißen", berichtete sie.

„Was? Meine Fresse!", protestierte Jeremy mit bleichem Gesicht. „Nimm ihn weg von mir."

„Komm, Wolfie", lockte sie, ging zur Küchentür und klopfte sich auf den Schenkel. Sie bezweifelte, dass Ben gehorchen würde, wusste jedoch nicht, was sie sonst tun sollte. „Komm, Junge. Ist dein Herrchen hier?", fragte sie bedeutungsvoll.

Ben wich zu ihr zurück, ließ Jeremy jedoch nicht aus den Augen und bleckte nach wie vor die Zähne.

Sie zerrte an der lockeren Haut in seinem Nacken, um ihn wegzudrehen.

„Sei vorsichtig", keuchte Melissa.

„Es ist okay", versicherte sie und zog mit all ihrem Gewicht an ihm. „Er wird mir nicht wehtun." Obwohl sie das glaubte, sprang sie aus dem Weg des riesigen Tieres, als es sich plötzlich umdrehte. Es warf ihr einen unheilvollen Blick über seine Schulter zu, bevor es zu Zollas Schlafzimmer ging.

Zugleich hörte sie, dass ein Auto auf die Einfahrt bog.

Sie folgte Ben und beobachtete, wie er elegant wieder seine Menschengestalt annahm. Sein nackter Körper war mit Schusswunden übersät, die nur leicht bluteten, und sein Schwanz ragte steif empor.

„Ben", heulte sie und Emotionen durchfluteten sie. Sie rannte los und warf sich ihm um den Hals.

Er sah überrascht aus, schlang jedoch seine Arme um sie und presste seine Lippen an ihre Haare. „Bist du okay?", fragte er.

Sie nickte an seiner Brust. „Bist du es?"

„Ja." Er wich zurück, um sie anzuschauen, hielt ihren Hinterkopf und blickte mit einer Intensität auf sie hinab, wegen der sie von einem Fuß auf den anderen trat. „Ashley, du hast mir nicht gehorcht."

Die Worte *nicht gehorcht* sorgten zusammen mit seinem brennenden dunklen Blick dafür, dass Schmetterlinge in ihrem Bauch flatterten. Der emotionale Aufruhr des gesamten Treffens brach wieder über sie herein. Druck baute sich hinter ihrem Gesicht auf und Tränen drohten, hervorzubrechen. Es kamen keine Worte über ihre Lippen.

„Wir werden später darüber reden", kündigte er bedeutungsvoll an.

Sie schluckte. Bedeutete das ein Spanking? Ihre Pussy verkrampfte sich, obwohl ihre Hände vor Furcht klamm wurden.

„Wo hast du deine Schwester gefunden?"

Sie nahm ihre fünf Sinne zusammen. „Sie rief mich an, als ich vom Busbahnhof weggefahren bin. Sie sagte, Jeremy hätte ihr bei der Flucht geholfen. Ich habe noch nicht die ganze Geschichte gehört."

„In Ordnung, dann wollen wir sie uns jetzt anhören", verkündete er, wandte sich ab und zerrte eine Jeans über seine gewaltige Erektion.

„Passiert das immer, wenn du dich verwandelst?", fragte sie und beäugte seinen Schwanz.

„Nein", brummte er. „Nur in deiner Nähe."

Sie biss sich auf die Lippe, um ihr Lächeln zu verbergen.

Ben zog ein T-Shirt an, als das Geräusch der sich öffnenden Eingangstür an ihre Ohren drang. „Komm", sagte er und führte sie zurück zur Küche, wo sie Zolla fand, der eine Pistole auf Jeremy richtete. Anscheinend hatte er die gleichen Instinkte wie Ben.

Jeremys Hände schnellten in die Luft. „Whoa, immer mit der Ruhe, Mann. Wir gehören zu Ashley."

Zolla deutete mit dem Lauf in Melissas Richtung. „*Sie* gehört zu Ashley. Wer bist du?"

„Bist du Ben Stone?", quiekte Melissa.

„Nein, der bin ich", antwortete Ben und drängte sich hinter Zolla vor, um sich vor Jeremy aufzubauen. „Wer bist du?"

* * *

Das Gesicht von Ashleys Schwester verzerrte sich und sie begann, zu weinen. Er bereute sofort sein mangelndes Feingefühl. Der Dreckskerl namens Jeremy griff nach ihr, zog sie an seine Seite und Ben entspannte sich geringfügig. Die zwei hatten eindeutig eine echte Verbindung geschmiedet, was auch immer zwischen ihnen vorgefallen war.

„Es ist okay, Melissa", sagte er. „Warum kommt du nicht ins Wohnzimmer, setzt dich und erzählst uns deine Geschichte?"

„Ich werde das Essen reinbringen", erklärte Ashley und drängte sich durch die überfüllte Tür zur Küchentheke, wo sie irgendein Essen vorbereitet hatte.

„Ja, in Ordnung", stimmte Melissa zu.

Die Gruppe betrat das Wohnzimmer und Melissa erzählte ihre Geschichte, wie sie von Jeremy und seinem Freund mitgenommen und zu irgendwelchen anderen Verbrechern gebracht worden war. Anscheinend hatte Jeremy nicht gewusst, was vor sich ging. Als er es realisiert und versucht hatte, sie dort rauszubringen, war er ebenfalls zu einem Gefangenen geworden. Sie hatten drei Nächte in einer alten Scheune zwischen Denver und Colorado Springs verbracht. Laut Jeremy war seinem Freund der Befehl erteilt worden, ihn an diesem Nachmittag zu töten. Dieser hatte ihn jedoch freigelassen, woraufhin Jeremy zurückgegangen war, um Melissa zu retten, bevor die Entführer sie zu dem Treffen nach Denver bringen konnten. Die zwei waren per Anhalter in die Stadt gefahren.

Ben und Zolla befragten sie über eine Stunde lang, bis Ashley seine Schulter berührte. „Ben, bitte. Ich glaube, sie haben dir alles erzählt, was sie wissen. Ich bin mir sicher, Melissa könnte jetzt eine heiße Dusche und ein bequemes Bett vertragen."

„Sie können hierbleiben", bot Zolla an. „Wenn du denkst, dass er okay ist", fügte er hinzu und nickte zu Jeremy.

Ben schaute Jeremy böse an, hob allerdings irgendwann die Schultern. „Er hat am Ende das Richtige getan, schätze ich."

„Das Sofa ist ein Ausziehbett und ihr zwei könnt in meinem Bett schlafen", meinte Zolla und sah Ben an. „Ich kann auf dem Boden schlafen."

Er wusste, dass Ashley wahrscheinlich bei ihrer Schwester sein wollte, doch nachdem er in jener Nacht solche Angst gehabt hatte, sie zu verlieren, musste er sie einfach festhalten. „Ashley und ich werden uns ein Motelzimmer in der Nähe nehmen. Melissa und Jeremy können hier auf dem Sofabett bleiben ... nur bis wir den Rest dieses Schlamassels geklärt haben und wissen, dass es für Ashley und Melissa sicher ist, in ihr Zuhause zurückzukehren."

Ashley stand ohne einen Protest auf.

Zolla zuckte mit den Achseln. „Natürlich. Mein Haus ist deines, solange du es brauchst."

„Danke", bedankte er sich. Er verstand nicht, warum der Wolf ihm helfen wollte, war jedoch nicht in der Position, seine Hilfe abzulehnen. Er brauchte alle Hilfe, die er kriegen konnte.

* * *

Ben saß auf der Bettkante des Motels, stützte seine Unterarme auf die Knie und den Kopf in die Hände. Er hatte seinen Gürtel ausgezogen und neben sich gelegt, aber er war sich nicht sicher, ob er Ashley tatsächlich bestrafen würde. Sie war immerhin ein Mensch. Es gehörte nicht zu ihrer Kultur, Dinge auf eine körperliche

Art zu lösen. Doch wenn sie seine Gefährtin werden sollte ...

Aber das konnte sie nicht werden, oder?

Und obwohl sie ein wenig Dominanz von ihm zu genießen schien, bedeutete das nicht, dass sie ein richtiges Spanking hinnehmen würde. Zur Hölle, er wusste nicht einmal, ob er es ertragen konnte, ihr eines zu verpassen – bei dem Gedanken, ihr wehzutun, wurde sein Magen zu Blei. Wie disziplinierten Wölfe ihre Gefährtinnen? War es nicht ihre Rolle, sie zu beschützen?

Doch genau aus diesem Grund – weil ihr Ungehorsam es ihm erschwerte, sie zu beschützen – musste er sichergehen, dass sie diese Lektion lernte.

Sie kam aus dem Bad, blieb stehen und schaute zu ihm. „Worüber denkst du nach?"

Er seufzte. „Du und ich haben einige unerledigte Angelegenheiten zu besprechen."

Sie holte langsam Luft, da sie eindeutig damit gerechnet hatte. Sie blieb stehen, wo sie war, und musterte ihn misstrauisch.

„Ich habe dir ausdrücklich gesagt, dass du geradewegs zum Auto gehen und wegfahren sollst. Hast du mir gehorcht?"

„Ich ..." Sie hielt inne, als würde sie realisieren, dass Ausreden oder Ausflüchte vergeblich wären. „Nein, Sir", antwortete sie leise.

Dass sie das Wort *Sir* benutzte, verlieh ihm das Selbstvertrauen, weiterzumachen – sie akzeptierte seine Autorität. „Weil du in Gefahr warst, konnte ich an nichts anderes als deinen Schutz denken. Ich habe die Situation aus dem Blick verloren und einige von ihnen sind mit dem Laptop entkommen."

Sie atmete scharf ein. „Es tut mir leid." Ihre Augen

huschten zu seinem Gürtel, der neben ihm auf dem Bett lag. „Wirst du den bei mir einsetzen?"

„Ich habe mich noch nicht entschieden. Was denkst du, sollte ich tun, Ashley?" Er wollte ihre Einwilligung.

Sie hob ihre schmalen Schultern. „Du bist der Boss", flüsterte sie.

Er nahm an, dass er nicht viel mehr Zustimmung erhalten würde. Sie würde ihn nicht bitten, ihr den Hintern zu versohlen. Er war der Alpha; es war seine Pflicht, die Führung zu übernehmen. „Zieh deine Kleider aus", befahl er und legte eine gewisse Schärfe in seine Stimme.

Ihre Wangen färbten sich rot, doch sie begann beinahe sofort, sich auszuziehen, öffnete den Reißverschluss des zerknitterten Rocks und ließ ihn zu ihren Füßen fallen. Sie zog das T-Shirt über ihren Kopf, bevor sie den Verschluss ihres BHs öffnete und ihre Brüste herauspurzelten. Sie waren perfekt geformt, rund und hoch, blass mit pfirsichfarbenen Brustwarzen, die sich zu eifrigen Spitzen aufgerichtet hatten. Ein leuchtender Bluterguss hob sich von ihrem Brustbein ab, wo eine Kugel ihre Weste getroffen hatte. Bei dessen Anblick spannte er sich an, sein Körper war bereit, sich zu verwandeln und für ihren Schutz zu kämpfen. Das Mal unterstrich jedoch bloß, wie wichtig diese Diskussion war.

Seine Jeans wurde in seinem Schritt zu eng. Er bewahrte eine ausdruckslose Miene. „Das Höschen ebenfalls", befahl er und räusperte sich.

Sie hakte ihre Daumen in den Bund, schob das Höschen über ihre Schenkel und bückte sich, um es auszuziehen.

Als sie sich splitterfasernackt aufrichtete, unterdrückte er ein Knurren.

Sie ließ ihre Hände über ihre Schenkel gleiten, bevor sie

sie ausschüttelte, als wäre sie sich plötzlich bewusst, was sie tat. Dabei bemerkte er jedoch das Zittern in ihren Fingern.

„Komm her", befahl er.

Sie trat einige Schritte auf ihn zu, blieb allerdings außer Reichweite stehen. Er roch den metallischen Geruch von Furcht vermischt mit dem berauschenden Parfüm ihrer Erregung.

„Ashley", sagte er mit warnender Stimme. „Komm her."

Sie schluckte, bewegte sich aber nicht. Stattdessen huschten ihre Augen erneut zu dem Gürtel auf dem Bett.

„Ich weiß, dass du Angst hast. Vertraust du mir genug, um eine Bestrafung zuzulassen?"

Sie fing seinen Blick auf und ihre blauen Augen sahen suchend in seine. Er wusste, dass sie keinen Grund hatte, ihm zu vertrauen, doch er hielt die Luft an, während er auf ihre Antwort wartete.

Sie leckte sich über die Lippen, nickte und überwand die Distanz zwischen ihnen.

Die Wärme ihres Vertrauens breitete sich in seinem Körper aus. Er öffnete seine Knie, packte ihre Hüften und zog sie zwischen seine Beine. Ihre Lippen teilten sich und ihre Brust hob und senkte sich schnell.

Der Konflikt in ihm riss an seiner Brust. *Sein zu beschützen.* Was, wenn sie weinte? Würde er weitermachen können? Er bezweifelte es. Er knirschte mit den Zähnen. Es war besser, sich direkt mit dieser Situation zu befassen und es hinter sich zu bringen. Er zog sie mit dem Gesicht nach unten über ein Knie und legte sein anderes Bein über ihre, damit sie nicht austrat. Anschließend hob er seine Hand und ließ sie auf eine Pobacke fallen, dann auf die andere. Sie keuchte zuerst, gab jedoch ansonsten keinen Laut oder Protest von sich. Er versohlte ihr mit genug Kraft den Hintern, um Handabdrücke auf ihrem cremefarbenen

Fleisch zu hinterlassen. Sie bot ihm ihre Unterwerfung so mühelos an, wie sie sich ihm hingegeben hatte – sie begab sich mit einem Vertrauen in seine Hände, das er nicht verdiente.

Er setzte die Bestrafung fort und versohlte ihre Pobacken, bis sie rosafarben wurden.

Sie hatte angefangen, zu zappeln und bei jedem lauten Schlag leise Schreie auszustoßen, hatte sich aber noch immer nicht gewehrt. Während er sie schlug, wackelte ihr Hintern, ihre Pobacken wurden flach gepresst und federten wieder hoch. Ihre Pussy glänzte feucht zwischen ihren Beinen. Er wollte das Spanking beenden und mit dem Daumen über ihre glänzende Spalte fahren. Er wollte sie mit seinen Fingern und seiner Zunge befriedigen.

Doch nein. Zuerst die Bestrafung. Und selbst wenn ihr Körper auf seine Dominanz reagierte, bedeutete das nicht zwangsläufig, dass sie in der Stimmung sein würde, nachdem er ihren Hintern derart gründlich versohlt hatte.

Er hielt inne und fuhr mit der Hand über ihre heißen Pobacken. Er hatte nicht erwartet, dass sie das Spanking so gut hinnehmen würde. Er hob sie von seinen Knien und richtete sich mit ihr auf, wobei er seinen Körper fest an ihren presste.

Sie hob ihre Hände an seine Brust.

Noch nicht.

„Stell dich in die Ecke."

Sie hob ihren erschrockenen Blick zu seinen Augen. Sie hatte offensichtlich gedacht, dass die Bestrafung vorbei war.

„Dies ist eine Lektion, die du unbedingt lernen musst, Baby", sagte er. „Zeig mir Gehorsam", befahl er und deutete mit dem Kinn zur Ecke.

„Ja, Sir", erwiderte sie, errötete und senkte den Blick.

Während er beobachtete, wie sie zur Ecke ging, und

sich der Beweis seiner Dominanz rot von ihrer blassen Haut abzeichnete, verspürte er eine Woge einer starken Emotion. Vielleicht war es Liebe. Stolz darauf, dass sie sich ihm unterworfen hatte. Er empfand auch das Verlangen, sie zu beschützen und sich um sie zu kümmern, genauso wie das Bedürfnis, sie zu beanspruchen, doch ausnahmsweise trat das in den Hintergrund.

Sie wandte sich wie angewiesen der Wand zu – ihr hübscher Hintern war rot, ihr Kopf gesenkt und die Säfte ihrer Erregung rannen über ihre Innenschenkel. Er ließ sie nicht länger als zwei Minuten stehen, bevor er sie zurückrief.

„Komm", befahl er.

Sie drehte sich um und sah verletzlicher aus, als er sie jemals gesehen hatte, weshalb sein Herz sie erneut beschützen wollte. Sie ging zu ihm.

„Beug dich vornüber, Ash", befahl er und deutete auf das Bett.

Sie schaute zu ihm, ihr Blick huschte über sein Gesicht und die Falte zwischen ihren Brauen vertiefte sich. Er wartete. Langsam faltete sie ihren Oberkörper über das Bett.

„Braves Mädchen."

Er wickelte sich das Ende des Gürtels um seine Hand, bis er nur noch ungefähr fünfundvierzig Zentimeter lang war. Anschließend nahm er ihre Handgelenke und fixierte sie mit einer seiner Hände in ihrem Kreuz. „Ich verlange jederzeit deinen Gehorsam, Ashley", erklärte er und schwang den Gürtel. Das Wusch aufgewirbelter Luft erklang, kurz bevor das Leder ihre nackte Haut traf.

Sie schrie.

Er hielt inne und versuchte, zu beurteilen, ob er zu hart oder zu sanft zugeschlagen hatte.

„Es tut mir leid, Ben", quiekte sie.

„Danke für deine Entschuldigung", erwiderte er und senkte den Gürtel zwei weitere Male. Sie keuchte bei jedem Schlag, protestierte allerdings nicht. Er peitschte sie langsam und gezielt aus. Er legte einen Takt aus Schlägen und Stille vor, die von ihren leisen Schreien durchbrochen wurde, die mit jedem Hieb lauter wurden. Ashley vergrub das Gesicht in der Bettwäsche.

Er verpasste ihr fünf weitere Hiebe, bevor er den Gürtel fallen ließ und ihre Handgelenke freigab.

Als sie aufsprang, dachte er, sie würde von ihm weglaufen, doch stattdessen tanzte sie auf der Stelle und rieb mit schmerzerfüllter Miene über ihr Hinterteil.

Es war so niedlich, dass er sich ein Lächeln verkneifen musste, und als sie ihn dabei erwischte, stürzte sie sich auf ihn. Ihre Arme schlangen sich um seinen Hals und ihre Lippen krachten auf seine.

Er fing sie überrascht auf, zog ihren Körper an seinen und drückte das heiße Fleisch ihres Hinterns. Er erwiderte ihren Kuss, drang mit der Zunge in ihren Mund und eroberte ihn. Das Tier in ihm erwachte brüllend zum Leben und sein Schwanz schwoll an. Die Vernunft begann, seinem Verstand zu entfliehen.

Ihre Finger wanderten zum Saum seines Hemds, das sie hochhob und von ihm zu schälen begann.

„Was machst du?", krächzte er und versuchte, die Kontrolle zu bewahren.

Sie wich stirnrunzelnd zurück. „Wag es ja nicht, mich erneut von dir zu stoßen, Ben Stone", drohte sie. „Nicht nach allem, was passiert ist", verkündete sie. Die Tränen, die während des Spankings nicht gefallen waren, traten jetzt in ihre Augen und sorgten dafür, dass sich sein Herz schmerzhaft zusammenzog.

Natürlich hatte sie recht. Wie konnte er ihr die Nähe verwehren, nach der sie sich sehnte, wenn sie sich ihm gerade mit Verstand, Körper und Seele unterworfen hatte?

„Ashley", raunte er. Sein Körper war bereits schmerzhaft nah dran, sie zu markieren. „Ashley ..." Er versuchte, sich Worte einfallen zu lassen, mit denen er erklären konnte, warum er ihr nicht geben konnte, was sie zu brauchen schien, doch sein Körper hatte eine ganz andere Idee. Er hatte sie bereits an sich gerissen und ihre weiche, nackte Gestalt schmiegte sich an seine.

Sie schlang ihre Beine um seine Taille und ihre nackte Pussy drückte sich heiß an seinen Bauch. Er ging mit ihr zum Bett und legte sie auf den Rücken, wo er an ihrem Hals biss und saugte, bis er ihren linken Busen erreichte.

„Fick mich, Ben", bettelte sie in einem gutturalen Ton.

„Ich kann nicht", krächzte er und krabbelte zwischen ihre Schenkel. Er spreizte ihre Knie und leckte in sie.

Der Geschmack ihrer Erregung traf ihn wie ein Lichtblitz, ein Schock bebte durch seinen Körper und schrie ihn an, sie zu beanspruchen.

Markiere sie. Markiere sie jetzt.

Ihre Finger gruben sich in seine Haare und zogen grob an ihnen, während sie mit dem Becken auf und ab schaukelte und ihre Spalte über seine Zunge gleiten ließ.

Sie riss an seinen Haaren. „Warum fickst du mich nicht?"

„Ich will dir nicht wehtun, Ash", brachte er hervor und schob zwei Finger in sie, um sie abzulenken.

Ihre Scheidenwände spannten sich sofort um seine Finger herum an. Er schob seine Finger tiefer in sie und suchte ihre empfindliche Stelle. Als er sie fand, krümmte er die Finger, streichelte ihre innere Wand und spürte, wie das Gewebe unter seinen Fingerspitzen dicker wurde.

„Ich weiß, dass du riesig bist, aber ich glaube, ich werde mich dehnen“, keuchte sie.

Er schluckte ein Lachen. „Du glaubst, dass ich riesig bin? Nein, beantworte die Frage nicht ... das habe ich nicht gemeint. Es ist so ... Wölfe sind grob, wirklich grob.“

Sie stöhnte lustvoll und er schloss die Augen. Ihr Geruch füllte seine Nase und flutete all seine Sinne. Er musste sich beruhigen, sonst würde er die Kontrolle verlieren und sie markieren.

Ashley schaukelte jedoch mit ihrem kleinen Becken und stieß ihre Brüste zur Decke. Dass sie sich seiner Strafe und seiner Lust bereitwillig unterwarf, machte sie unleugbar zur *Seinen*. Sein Verlangen, sie zu befriedigen und zu beschützen, sie zu verehren und sich auf jede Weise um sie zu kümmern, schwoll so heftig in ihm an, dass es ihn beinahe blendete.

Hitze durchflutete seinen Körper, nicht die Hitze der Verwandlung, um sie zu markieren, sondern etwas anderes. Etwas Tieferes und Emotionaleres. Er hatte noch nie in seinem Leben die Bedürfnisse anderer vor seine eigenen gestellt.

Sein Dad hatte Egoismus vorgelebt und er war seinem Beispiel gefolgt. Leon hatte die entgegengesetzte Richtung eingeschlagen und sich ohne Beschwerden um hunderte Angestellte, sein Rudel und seine Familie gekümmert. Jetzt, während er beobachtete, wie sein Weibchen vor Lust errötete und ihr sinnlicher Mund bei einem Stöhnen aufklappte, wusste er, dass er alles für sie tun würde – selbst, wenn er nie Befriedigung erhalten würde. Ihr Lust zu verschaffen, war wichtiger geworden, als diese zu erhalten.

Er umkreiste ihren Kitzler mit seinem Daumen,

während er sie weiterhin langsam mit zwei Fingern penetrierte und schließlich mit dreien.

„Dreh dich um", wies er sie an.

Sie rollte auf den Bauch und schaute mit glasigen Augen über ihre Schulter. Er fand ihre Spalte und glitt von hinten mit zwei Fingern in sie. Zugleich massierte er ihre Rosette mit seinem Daumen. Sie schrie auf und die Muskeln ihrer Pussy verkrampften sich um seine Finger herum.

Er nahm mit dem Daumen ein wenig von ihrem natürlichen Gleitmittel auf, umkreiste ihren Anus und massierte das zuckende Loch, während er in ihre Pussy pumpte.

„Bitte", wimmerte sie und presste sich an das Bett.

Er drückte beharrlicher gegen ihren Anus. „Öffne dich für mich", befahl er mit dem Timbre eines Befehls in der Stimme. Ihr Muskel entspannte sich und er durchdrang den Eingang. Er massierte die Öffnung und drang bis zu einem Knöchel in sie, ehe er bis zum nächsten vordrang.

Sie schrie auf und bog den Rücken wie einen Bogen durch. Er fingerte sie und bewegte seine Finger in ihrem hinteren Loch und ihrer Pussy. Als sie anfing, zu zappeln, stieß er härter zu und schaffte es irgendwie, sich von den Reaktionen seines eigenen Körpers abzulenken.

Er zog seine freie Hand unter ihr hervor und rieb über ihren Kitzler. Sie kam, ihr ganzer Körper bockte und ihre inneren Muskeln drückten seine Finger. Er stöhnte und sein Schwanz pochte schmerzhaft, da er ebenfalls Erleichterung wollte. Er fuhr fort, seine Finger in beiden Löchern zu bewegen, bis sich ihre Muskeln entspannten und sie als schlaffer Haufen unter ihm zusammenbrach.

„Oh, wow", hauchte sie.

Er zog seine Finger aus ihr und bemühte sich, nicht

daran zu denken, wie dringend er sie mit brutaler Gewalt nehmen wollte.

Sie drehte sich, blickte zu ihm auf und ein zufriedenes Lächeln umspielte ihre Lippen. „Warum tust du das?"

„Was?"

Sie errötete. „Du weißt schon. Deinen Finger dort reinstecken."

Er grinste wegen ihrer Scham. „Weil ich gerne sehe, wie du kommst."

Die Röte auf ihren Wangen vertiefte sich.

Er beugte sich vor und streifte einen Nippel mit den Zähnen. „Kleines, wenn ich dich jemals wieder dafür bestrafen muss, dass du dich in Gefahr gebracht hast, werde ich mehr als meinen Finger dort einführen. Ich werde deinen Arsch mit meinem großen, harten Schwanz ficken, bis du Sterne siehst."

„Oh Gott", schrie sie und griff nach unten, um ihre Pussy zu packen, während ihre Hüften bei einem weiteren Orgasmus bockten.

* * *

Ashley wachte auf und spürte Bens beachtliche Erektion, die sich gegen ihren Rücken presste, so wie sie das getan hatte, als Ben sich gestern Nacht neben sie gelegt hatte. Er trug seine Kleider, während sie vollkommen nackt dalag, was eine Metapher für ihre gesamte Beziehung zu sein schien.

Sie spannte ihren Hintern an, um zu testen, ob sie noch wund war. Überhaupt nicht. Warum enttäuschte sie das? Sie erinnerte sich mit einem Flattern im Bauch an Bens Strafe. Auch wenn das merkwürdig war, liebte sie es, wenn er ganz streng wurde, und sie liebte es, dass er sie körperlich bestrafte. Er war die Verkörperung jeder Fantasie, die sie jemals gehabt hatte.

Melissa hatte ihr stets erklärt, dass sie autoritäre Personen mochte. Ashley hatte in ihrer Teenagerzeit auf Lehrer und Trainer gestanden und auf dem College für mehrere Professoren geschwärmt. Es ergab Sinn, dass sie sich Hals über Kopf in ihren heißen Chef verliebt hatte, als sie für ihn zu arbeiten begonnen hatte. Außerdem war er so viel mehr als ein heißer Chef. Er war ein Alphawolf – streng, dominant und in jeder Hinsicht sexy. Und er nahm sie sich zur Brust.

Sie wusste, dass all ihre Alarmglocken schrillen sollten, weil er ihr mit einem Gürtel den Hintern versohlt hatte – nicht zu einem kinky Vergnügen, sondern als echte Bestrafung – doch sie hatte es geliebt. Nun, sie hatte den Schmerz nicht geliebt, als sie die Strafe erhalten hatte, liebte es allerdings, dass er es getan hatte und ihr mit weiteren Strafen drohte. Außerdem war sie sich ziemlich sicher, dass er aufgehört hätte, wenn sie das verlangt hätte. Es schien einen Moment zu geben, in dem er ihr Einverständnis eingeholt hatte. Zudem hatte er zuvor traurig oder bedrückt gewirkt – er hatte nicht aus Wut zugeschlagen, sondern eher so, als hätte er es mit einer schwierigen, jedoch notwendigen Aufgabe zu tun gehabt. Er würde ein guter Anführer sein, falls er sich jemals entschied, der Alpha für sein Rudel zu werden.

Sie war zu dem Schluss gelangt, dass die anderen Wölfe enttäuscht von seinem Widerwillen waren, ihr Anführer zu werden. Sie wollten ihm folgen und sie verstand warum. Er besaß eine gewaltige Präsenz und geistige Kraft. Wenn er doch nur an seine Fähigkeit, zu führen, glauben würde.

Sie drehte sich um, worauf er seine Position im Schlaf änderte, um sie weiterhin in den Armen zu halten und an seinen muskulösen Oberkörper zu drücken. Sie war ihm immer noch etwas für letzte Nacht schuldig. Sie war eingeschlafen, während er mit dem vermutlich schlimmsten Fall von blauen Eiern neben ihr gelegen hatte.

Sie schlüpfte aus dem Bett, um zum Bad zu gehen, und kehrte mit einem Kondom zurück. Sie hatte keinen zwanglosen Sex, aber Melissas letzter Freund hatte vor einer Weile als Witz einige in ihre Handtasche gestopft und sie hatte sie nie rausgenommen. Jetzt war sie dankbar, dass sie sie hatte. Sie setzte sich neben Ben, fuhr mit der Hand über seinen Arm und staunte über seine wohlgeformten Bizepse. Sie ließ ihre Hand über seine Seite gleiten, schlüpfte unter sein Oberteil und spürte die Hitze seiner goldfarbenen Haut.

Er regte sich, griff nach ihr und zog sie wieder nach unten neben sich, ohne seine Augen zu öffnen. Als gehörte sie dorthin. Sie lächelte, zog am Knopf seiner Jeans und öffnete sie. Anschließend rutschte sie nach unten außer Reichweite, setzte sich rittlings auf seine Beine und öffnete den Reißverschluss seiner Hose. Er trug keine Boxershorts oder Retropants – vermutlich war das den Aufwand nicht wert, so oft wie er sich verwandelte. Senkte es nicht ohnehin die Spermienzahl von Männern, wenn sie Unterwäsche trugen? Als müsste Ben Stone noch männlicher sein. Nichtsdestotrotz erleichterte ihr das, seine Länge zu befreien, die mit ihrer beeindruckenden Größe herausfederte.

Sie packte die Wurzel und drückte sie, woraufhin er stöhnte, sich im Schlaf regte und etwas murmelte. Sie senkte ihre Lippen, um von ihm zu kosten. Sowie sie seine Spitze in den Mund nahm, öffneten sich seine Augen. Sein Schwanz schien auch doppelt so groß zu werden, was sie nicht für möglich gehalten hatte. Sie leckte unter dem Rand entlang, während Ben mit verblüffter Miene auf sie hinabstarrte. Ein Lusttropfen erschien und sie leckte ihn mit der Zunge auf, bevor sie über ihre Lippen leckte, während sie seinen Blick hielt.

Ein Schauder durchlief seinen gesamten Körper. Zufrieden mit der Wirkung schloss sie die Lippen um seinen Schaft und senkte ihren Kopf über ihn. Ihr Kiefer fühlte sich viel zu klein an, aber sie gab ihr Bestes, ihren Würgereflex zu entspannen und ihn tief in ihre Kehle aufzunehmen.

Er stieß einen Laut aus, als hätte er Schmerzen.

Sie tat es noch einmal.

Sein Gesicht verzog sich und seine Augen lagen unverwandt auf ihr. „Ashley ...“, stöhnte er.

„Mmm hmm“, sagte sie, wobei sie seine Länge weiterhin mit ihrem Mund verwöhnte und ihre Antwort summte in dem Wissen, dass ihn die Vibration in den Wahnsinn treiben würde.

Wie beim ersten Mal, als sie seinen Schwanz geblasen hatte, packte er das Kopfbrett, als hätte er Angst, sie zu berühren.

„Warum tust du das?“, krächzte er.

Sie lächelte und entließ seinen Schwanz aus ihrem Mund. „Ich will, dass du dich gut fühlst“, säuselte sie, bevor sie mit der Zunge von seinen Hoden über die Unterseite seines Schwanzes bis zum Frenulum leckte, wo sie ihre Zunge erneut wirbeln ließ.

„Ohh“, stöhnte er.

„Tut es das?“, fragte sie.

„Was?“, grunzte er.

„Sich gut anfühlen?“

„Nein! Ja, oh, Gott. Ahhh-uh ... es ist zu viel. Es ist zu gut.“

Ermutigt nahm sie ihn wieder tiefer in ihrer Kehle auf.

„Neiiin." Er klang erneut, als hätte er Schmerzen.

„Nein?", fragte sie unschuldig und setzte sich auf. Sie riss die Kondomverpackung auf und rollte das Kondom über seinen Schwanz, bevor er fragen konnte, was sie tat.

Sie verstand, dass er sich Sorgen machte, er würde zu grob mit ihr umgehen, aber sie wollte sich ihm hingeben. Und obwohl sie noch nie einen groben Liebhaber gehabt hatte, klang es wundervoll. Sie bewegte sich rasch und setzte sich rittlings auf ihn.

„Nein, nein, nein, nein", protestierte er, hob ihre Hüften hoch und hielt ihr Becken in die Luft.

„Ben", sagte sie mit ihrer sexyesten Stimme. „Ich brauche dich in mir. Ich brauche dich jetzt in mir."

Sein Schwanz streckte sich, um sie zu erreichen. Er war gewaltig, dick, pulsierte und war nur Zentimeter von ihrer Pussy entfernt.

Ein Tropfen ihrer Erregung fiel auf ihn und Ben atmete scharf ein. Seine grünen Augen flackerten einmal, zweimal bernsteinfarben auf, bevor sie gelb blieben und ein unmenschliches Knurren aus seiner Kehle hervorbrach. Er riss sie nach unten und spießte sie mit seinem Schwanz auf. Obwohl sie bereit für ihn war, dehnte seine Größe sie weit und trieb ihr Schmerzenstränen in die Augen.

Sie schrie auf und hatte Mühe, sich an das plötzliche Eindringen zu gewöhnen, doch er zog und zerrte ihre Hüften bereits vor und zurück. Ihr Kitzler rieb über seine Schwanzwurzel und jagte Lustblitze durch ihre Innenschenkel. Ihre Zehen krümmten sich und ihre Pussy stieß einen frischen Schwall Feuchtigkeit aus, sodass sie leichter gedehnt werden und ihn tiefer aufnehmen konnte.

Sie stöhnte und bäumte sich in seinen Händen auf. Seine Finger spannten sich um ihre Hüften an. Ein weiteres Knurren kam über seine Lippen und er riss härter und schneller an ihr. Sie gab sich ihm hin, da sie wusste, dass ihr Widerstand Schmerzen bereiten könnte. Ihre Muskeln erschlafften, als wäre sie bereits zum Orgasmus gekommen, und entspannten sich, sodass er sie wie eine Stoffpuppe bewegen konnte.

Seine Lippe krümmte sich und er knurrte. Seine Fingerspitzen bohrten sich in ihren Hintern, als er zur gleichen Zeit nach oben stieß, in der er sie nach vorne riss.

Sie schrie auf und frische Tränen brannten in ihren Augen, obwohl die Lust den Schmerz überwog.

Mit einer einzigen Bewegung hob er sie komplett von seinem Schwanz, drehte sie auf ihren Bauch, fixierte sie und positionierte sich rittlings über ihren Beinen. Ein weiteres Knurren erreichte ihre Ohren. Er vergrub eine Faust in ihren Haaren und zog ihren Kopf zurück, bis sie den Rücken durchbog, während er sich in sie rammte. Sie fühlte sich wie eine Jungfrau, die bis aufs Äußerste gedehnt wurde. Sie war schockiert von dem Schmerz und der Wonne der Erfahrung.

Ben hämmerte sich immer wieder mit einer Dringlichkeit und Gewalt in sie, die sie verblüffte. Dennoch wollte ihr Körper alles, er wollte sogar mehr, bis sie ihre Stimme zu einem fortwährenden, leidenschaftlichen Schrei erhob.

Bens Atem keuchte heiß in ihr Ohr, sein Bedürfnis nach Erlösung war daran zu erkennen, wie seine Hand das Bettlaken unter ihr zerriss und sogar den Matratzenbezug hochriss in dem Bemühen, sich in ihr zu vergraben.

Er brüllte und sein Samen war so heiß, dass sie ihn sogar durch das Kondom hindurch spürte.

Und dann fegte ein sengender Schmerz durch ihre Schulter und blendete sie.

* * *

Es war der salzige Geruch ihrer Tränen, der ihn in seine komplett menschliche Gestalt zurückbeförderte. Ihr Blut war in seinem Mund und ihr Schrei klingelte in seinen Ohren. Er lockerte seinen Kiefer und sprang entsetzt von ihr.

Blut rann über ihren Rücken und durchtränkte das Bett.

Er schrie alarmiert auf und seine Stimme vermischte sich mit ihrem Schluchzen. *Oh, nein.* Sein Herzschlag erreichte arrhythmische Höhen und seine Handflächen wurden kalt und schwitzig. „Ashley?", krächzte er mit heißerer Stimme.

Sie hatte sich aufgerappelt und kauerte mit vor Entsetzen großen Augen am Kopfende des Betts. Er griff nach ihr und sie zuckte zusammen.

„Fass mich nicht an", kreischte sie. Ihre Lippen zitterten, Tränen strömten über ihr Gesicht und vermischten sich mit dem Blut auf ihrem Schlüsselbein.

Oh, Gott. *Was hatte er getan?*

Er stolperte rückwärts und seine Glieder wurden kalt. „Ashley ..."

Sie kauerte sich aufs Bett und hielt ihre Hand hoch, als wollte sie ihn abwehren.

Heiße Tränen traten in seine Augen. „Bitte", flüsterte er, obwohl er nicht wusste, worum er bettelte. *Hasse mich nicht. Sei nicht ernsthaft verletzt.*

„Nicht", heulte sie und presste sich an die Wand, als wollte sie sich durch diese drücken, um von ihm wegzukommen.

„Ich werde es nicht tun", versprach er und eine Träne rann über seine Wange, während er zurückwich. „Ich werde dich nicht anfassen. Ich werde dir nie wieder wehtun." Er drehte sich um und rannte weg, riss die Tür auf und verwandelte sich, ohne seine Kleider umzuziehen, weshalb sie an den Säumen zerrissen und zu Boden fielen, als er wegrannte.

Er schluckte die kühle Morgenluft und ignorierte die vereinzelten Jogger, die entsetzt darüber aussahen, einen riesigen Wolf vorbeirennen zu sehen. Er rannte schnell und hart, ohne ein Ziel im Kopf. Er folgte einem Bachbett, rannte durch Parks und tötete nur zum Spaß eine Gans.

Als er sich vor Zollas Hintertür wiederfand, nahm er an, dass ihn ein Instinkt hierhergeführt haben musste, und folgte diesem ins Haus. Er platzte durch die Hundeklappe und rannte an Melissa und Jeremy vorbei, die noch auf dem Sofabett schliefen. Zolla öffnete die Schlafzimmertür, gerade als er sie erreichte. Wahrscheinlich hatte er ihn gehört oder gerochen.

Er sah nicht überrascht von seiner Ankunft aus, als hätte er auf sein Erscheinen gewartet. „Es ist Jack", verkündete er, sobald Ben seine Menschengestalt annahm. Zolla deutete auf seinen Computerbildschirm und die dort aufgeführte IP-Adresse. „Alle Server von Stone sind vor fünfzehn Minuten abgestürzt. Stone Gaming ist überall auf der Welt ausgeschaltet. Ich weiß nicht, was sein Plan ist, aber ich weiß mit Sicherheit, dass der Computer, der sich vor dreißig Minuten mit deinem Passwort angemeldet hat, auf einen Jack Laden registriert ist. Hier ist seine Adresse."

Ben riss ihm das Papier aus der Hand und prägte sich die Adresse ein.

„Ist das Blut auf deinem Gesicht?", fragte Zolla und schnupperte in der Luft.

Er versuchte, zu atmen, und versagte. „Ja", brachte er hervor. Zu wissen, dass ihre Schwester im Raum nebenan war und ihn ebenfalls für das hassen würde, was er getan hatte, vergrößerte seine Scham noch. „Ich habe sie markiert. Es ist schlimm. Wirklich schlimm. Du musst zu ihr gehen." Es war ein Zeichen seiner Verzweiflung, dass er ein anderes Männchen losschickte, damit es sich um seine Gefährtin kümmerte.

Zollas Kinnlade klappte herunter, doch zum Glück sagte er nichts. „Wo?"

Er gab ihm den Namen des Motels und die Zimmernummer. „Wirst du jetzt gehen?"

„Natürlich. Wohin gehst du?"

„Ich kümmere mich um Jack."

„Du solltest nicht allein gehen. Ruf Mark an oder warte auf mich."

Er schüttelte den Kopf. „Nein, ich kann es mit ihm aufnehmen. Stell du sicher, dass Ashley ..." Er schluckte. „Geh einfach zu ihr. Jetzt."

Zolla setzte eine Rockies-Kappe auf. „Ich gehe."

Ben verwandelte sich wieder in einen Wolf, folgte Zolla nach draußen und rannte zu dem Ort, an dem er sein Auto Freitagnacht versteckt hatte. Er betätigte den versteckten Knopf, um seinen Kofferraum zu öffnen, und fischte eine Hose, Shirt und Schuhe heraus. Mit dem Ersatzschlüssel ließ er den Wagen an und fuhr zu der Adresse von Jacks Residenz an den Ausläufern der Rockies. Sein Gehirn war wie leergefegt – oder besser gesagt, er hatte nur eines im Sinn: Jack eliminieren. Nachdem er sich mit ihm auseinandergesetzt hatte, würde er die Kiste öffnen, in die er seinen Kummer wegen Ashley gestopft hatte.

Er parkte vor einem protzigen Haus mit einer Pflastersteineinfahrt und einem riesigen Springbrunnen. Anschließend stieg er aus und ging den Gehweg entlang. Er probierte es zuerst an der Tür, die er verschlossen vorfand.

Daher rammte er das dicke Holz mit der Schulter. Das Holz bog sich unter seiner Gestaltwandlerkraft. Er warf sich mit seinem ganzen Gewicht dagegen, dann noch einmal, bevor die Tür in den Angeln knackte.

Sie schwang auf und er fand sich Jack gegenüber, der mit einem Revolver auf ihn zielte.

Ben hob die Hände. „Wie sieht dein Plan aus, Jack?", fragte er, betrat das Haus und schloss die Tür hinter sich.

Jacks Nasenflügel blähten sich und seine kleinen Augen huschten an Ben vorbei zur Tür.

„Du hast eine Bombe in meinem Laptop platziert, sie aber noch nicht aktiviert. Du hast Ashleys Schwester entführt. Du hast gerade jeden einzelnen unserer Server abstürzen lassen. Versuchst du, unseren Bestand zu reduzieren, damit du die Firma aufkaufen kannst und ich nicht mehr im Bild bin? Glaubst du, Shayla würde das zulassen?"

Jacks Gesicht war erbleicht und der Muskel unter seinem rechten Auge zuckte, wie er es immer tat, wenn er Ben herausforderte. Die Hand mit dem Revolver zitterte leicht, sein Gesicht war jedoch eine spöttische Fratze.

Ben näherte sich langsam. „Das FBI weiß alles über die Entführung und die Bombe", verkündete er, wobei er nur teilweise bluffte. Mark wusste immerhin Bescheid und würde sich darum kümmern, dass die richtigen Leute bestraft und jegliche Erwähnungen von Wölfen ausgelassen wurden, falls oder wenn die Dinge bei den Behörden herauskamen. „Sie haben den Serverzusammenbruch bereits zu deiner IP-Adresse zurückverfolgt."

Jack feuerte die Waffe ab und traf ihn in den Magen.

Ben gab sein Bestes, nicht zusammenzuzucken, obwohl es brannte, und lachte freudlos. Seine Oberlippe kräuselte sich. Er ging lässig weiter, als würde ihn die Kugel nicht stören. „Mit wem arbeitest du zusammen? Dem Sandoval-Kartell?"

Jack starrte ihn mit offenem Mund an. Seine Augen sanken zu der blutenden Wunde, bevor sie sich zu Bens Gesicht hoben. Der Spott verblasste und Verwirrung setzte ein. „Ich weiß nicht, was das ist." Er schoss erneut und traf Ben dieses Mal direkt im Brustbein.

Es verschlug ihm den Atem, doch er taumelte nicht rückwärts. „Wer dann?"

Jacks Hand zitterte heftig, als er schließlich verstand, dass Ben nicht so mühelos ausgeschaltet werden konnte, wie er gedacht hatte. „Was bist du?"

Er grinste. „Ich kann nicht getötet werden, Jack", log er. „Was stellt das mit deinen Plänen an?"

Jacks Augen huschten durch den Raum und er begann, zurückzuweichen.

„Deine Idee war klug, das gebe ich zu", sagte er in der Hoffnung, ihn zum Reden zu bringen. Er musste wissen, wer noch involviert war und was Jacks Motivation gewesen war. „Und ziemlich ausgeklügelt. Wäre es nicht einfacher gewesen, mich von Anfang an zu erschießen?"

Jacks Augen fielen wieder auf die Schusswunden. „Ja, aber ich wollte, dass der Serverzusammenbruch unter deiner Aufsicht passiert."

„Du wolltest, dass mich der Vorstand feuert?"

Sein Mund verzog sich zu einer bitteren Grimasse. „Ich wollte, dass nichts mehr von Stone Technologies übrig ist", spuckte er aus. „Damit mich meine Aktienteile des Ange-stellten-Pakets bei Suma Games reich machen."

„Du bist bereits reich", brummte Ben und schüttelte den Kopf. Warum diskutierte er mit einem Verrückten?

Ein Schweißtropfen rann über Jacks Gesicht, doch er

grinste verschlagen. „Es ist das, was ich verdiene. Ich habe den NE3 erfunden, nicht Leon."

Wut um Leons Willen brachte ihn dazu, vorzuspringen.

Jack schoss erneut. Dieses Mal erwischte er Ben in den Rippen, weit unterhalb seines Herzens. Der Aufprall brannte und warf ihn kurz zurück, er behielt jedoch eine ausdruckslose Miene bei und riss die Pistole aus Jacks Händen. Ben drehte sich um und schlug Jack mit dem Griff gegen den Kopf.

Jack brach stöhnend auf dem Teppichboden zusammen.

Ben trat ihn in die Rippen. „Hey, Jack ... du bist gefeuert."

Er drehte die Waffe um, deutete auf den Kopf des kleinen Wiesels und drückte ab.

* * *

Ashleys Kopf schwamm, als hätte sie drei Margaritas auf einen leeren Magen getrunken. Das Schwindelgefühl schien sich von einer Schwäche zu unterscheiden, die von Blutverlust verursacht wurde – sie verspürte auch eine angenehme, jedoch desorientierende Empfindung. Irgendwie hatte sie es geschafft, sich anzuziehen, und drückte ein Handtuch auf die Wunden. Blut war durch ihr Shirt und das Handtuch gesickert und von dem Anblick wurde ihr übel. Ihre Emotionen waren ebenfalls ein heilloses Durcheinander. Sie konnte nicht aufhören, zu weinen – nicht wegen der Schmerzen, auch wenn diese nach wie vor schrecklich waren, sondern vor Scham und dem Gefühl, verraten worden zu sein. Warum hatte er sie gebissen? Sie hatte ihm vertraut, sich ihm hingegeben und er war wild geworden. Hatte sie ihn irgendwie verärgert? Ein Stück aus ihrer Schulter zu reißen, war sicherlich nicht das, was er gemeint hatte, als er erzählt hatte, Wölfe wären beim Sex grob. Oder war das die ‚Markierung‘, über die sie die Wölfe hatte reden hören? War dies der Grund, aus dem er so große Angst gehabt hatte, Sex mit ihr zu haben?

Vielleicht, doch warum hatte er sie danach einfach im Stich gelassen? Er war gegangen, während sie nackt und blutend auf dem Bett gekauert hatte, und war nicht zurückgekehrt. Obwohl sie sich schwor, sie würde ihm das niemals verzeihen, wartete ihr liebeskrankes Herz darauf, dass er zurückkam und sich erklärte. Doch das hatte er nicht getan.

Ein Klopfen erklang an der Tür.

Sie erstarrte. Ben würde nicht anklopfen. Wer konnte das sein?

„Ashley? Ich bin's, Zolla. Ben hat mich geschickt, damit ich dir helfe. Kannst du mich reinlassen?“

Er hatte Zolla geschickt? Ihr war übel. Sie verdiente es nicht einmal, dass Ben persönlich kam? Sie stand von der Bettkante auf, auf der sie gesessen hatte, und schwankte zur Tür, um sie zu öffnen.

Zolla betrachtete das blutige Handtuch ohne Überraschung. Er kam herein und schloss die Tür rasch hinter sich. Anschließend zog er einen Stuhl raus und deutete darauf. „Darf ich mir deine Wunden ansehen?“

„Wo ist Ben?“, fragte sie, während sie zu dem Stuhl ging.

„Er verfolgt Jack.“

Das machte sie noch wütender. Sie bedeutete ihm eindeutig nichts – er hatte sie seinem Freund aufgehalst, um sich seiner Rache zu widmen. Es machte den Anschein, als hätte er sie nur in seiner Nähe behalten, um den Tausch mit seinem Laptop vorzunehmen. Sie war eine Närrin gewesen, weil sie gedacht hatte, er hätte Gefühle für sie.

Zolla riss ihr Shirt am Ausschnitt auf, um ihre Schulter freizulegen.

„Hey", protestierte sie. „Du hättest mich einfach bitten können, es auszuziehen. Das ist das einzige Shirt, das ich momentan habe, weißt du."

„Ich werde Ben nicht erklären, warum du dein Shirt ausgezogen hast", brummte er.

„Ben hat keinen Anspruch auf mich", erwiderte sie bitter.

Zolla hob die Augenbrauen und schürzte die Lippen, als wollte er zeigen, dass er anderer Meinung war, jedoch nicht protestieren würde. Er inspizierte die Wunden in ihrer Haut und ging zum Badezimmer, wo er einen Waschlappen im Waschbecken befeuchtete. Als er zurückkehrte, säuberte er die Wunden.

Sie holte tief Luft. „Warum hat er mir das angetan? Tun ... Wölfe das, wenn sie Sex haben?"

„Nein. Er hat dich markiert. Weißt du, was das bedeutet?"

Sie schüttelte den Kopf, hielt inne und verzog das Gesicht, als Schmerzen durch ihren Trapezmuskel schossen.

„Ich glaube nicht, dass er es tun wollte, aber sein Instinkt hat wahrscheinlich die Oberhand gewonnen. Es bedeutet, dass er dich als Gefährtin gewählt hat. Wenn ein Gestaltwandler seine Gefährtin markiert, überzieht ein spezielles Sekret seine Zähne. Du fühlst dich momentan vermutlich ein wenig benommen, oder?"

„Ja", bestätigte sie.

„Das Sekret ist in deinem Fleisch eingebettet und sein Geruch bleibt für immer an dir haften, um anderen Wölfen mitzuteilen, dass du von ihm beansprucht wurdest."

Empörung durchflutete sie. Wie konnte er es wagen, sie dauerhaft zu markieren? Sie würde lebenslang vernarbt sein und er hatte vorher nicht einmal gefragt. Und dann war er einfach gegangen und hatte Zolla geschickt, als wäre sie ein Schlamassel, das jemand anderes beseitigen musste.

„Das ist beschissen", verkündete sie und drehte sich, um Zolla böse anzustarren, als wäre es seine Schuld, dass sein Rudelkollege ein Arschloch war. „Er reißt einfach ein Stück aus meiner Schulter, verschwindet und schickt dich, damit du alles in Ordnung bringst? Kannst du seinen Duft von mir entfernen, denn ich werde auf keinen Fall bleiben und mich so behandeln lassen."

Zolla hatte sich näher gebeugt, um die Male unterhalb ihres Schlüsselbeins zu inspizieren. „Ashley ... heilst du immer so schnell?", fragte er.

„Was meinst du?" Sie stand auf und ging zum Badezimmer, um in den Spiegel zu schauen. Die Wunden, die vor fünfundvierzig Minuten so schrecklich gewesen waren, hatten sich größtenteils geschlossen und die Blutung aufgehört.

„Ich weiß nicht", antwortete sie schließlich. „Ist das schnell?"

Zolla wartete auf ihre Rückkehr. „Ja. Die meisten Menschen müssten mit mehreren Stichen genäht werden und würden noch immer bluten. Dein Blut ist schon geronnen und das Fleisch hält zusammen, als wäre diese Wunde einen Tag und nicht bloß eine Stunde alt."

Sie berührte ihre Schulter und versuchte, zu verstehen, was er ihr erzählte.

„Hast du Gestaltwandlerblut in der Familie?"

Sie starrte ihn mit offenem Mund an. „Du meinst ...?" Ihr Verstand raste und landete sogleich bei Oma Jane, die ihren Vater außerehelich geboren hatte. Es war ein skandalöses Familiengeheimnis gewesen und ihr Vater war in dem Glauben aufgewachsen, dass Abe Bell, sein Stiefvater, sein echter Vater war, bis er seine Geburtsurkunde gesehen hatte, als er aufs College gegangen war. Das Feld für den Vater war mit ‚Unbekannt' ausgefüllt worden. Er hatte seine Mutter konfrontiert und sie hatte sich geweigert, ihm irgendetwas zu erzählen, abgesehen davon, dass Abe Bell ihn wie seinen eigenen Sohn liebte und nichts anderes zählte.

Hatte Oma Jane eine Affäre mit einem Gestaltwandler gehabt?

Ashley dachte daran, dass ihr Vater immer damit angegeben hatte, dass weder er noch seine Töchter jemals krank wurden. Es stimmte, dass ihre Mutter Erkältungen und Grippen bekommen hatte, Ashley und Melissa sich jedoch selten etwas eingefangen hatten. Waren sie doch einmal krank geworden, war die Krankheit im Vergleich zu der anderer Leute sehr mild verlaufen.

„Möglicherweise heile ich schnell", räumte sie langsam ein und erinnerte sich an die Zeiten, in denen sie oder Melissa gedacht hatten, sie hätten sich etwas verstaucht, und in denen die Schwellung und der Schmerz bis zum Morgen verschwunden waren. „Ich glaube, ich dachte einfach immer, ich hätte Glück."

„Das würde Bens Faszination von dir erklären."

Sie verengte die Augen zu Schlitzen. „Was meinst du?"

Er wedelte mit den Händen, als wollte er ihre Wut abwehren. „Ich wollte dich damit nicht beleidigen. Du bist umwerfend und klug, jeder kann das sehen. Es ist nur so, dass Alphas normalerweise keine Menschen als Gefährtinnen wählen. Die Biologie verlangt, dass sie das stärkste oder geeignetste Weibchen zur Fortpflanzung wählen."

Sie schnaubte und ihre Wut auf Ben kehrte mit voller Kraft zurück.

„Hör zu ... es geht mich nichts an, aber ..." Er unterbrach sich, als sie herumwirbelte und ihn böse ansah.

„Was?", wollte sie wissen.

„Geh ... einfach nicht zu hart mit ihm ins Gericht. Er sah heute Morgen erbärmlicher aus, als ich ihn jemals gesehen habe. Ich glaube, er wollte dir nicht wehtun, und ich weiß, dass er sich deswegen schrecklich fühlte."

Ein Teil ihrer Wut verrauchte, woraufhin sie aus irgendeinem Grund wehmütig wurde. Sie holte mehrmals tief Luft, um sich unter Kontrolle zu kriegen. „Nun, warum zur Hölle ist er dann gegangen?"

Zolla zuckte mit den Achseln. „Ich weiß es nicht. Ich vermute, dass er eine Menge Schuldgefühle mit sich herumschleppt ... etwas, was mit Leons Tod zu tun hat. Er fühlt sich aus irgendeinem Grund verantwortlich. Und ich glaube, jemand anderen zu verletzen, den er liebt, sorgte dafür, dass er den Schwanz einzog und floh."

Zu hören, dass Zolla glaubte, Ben wäre in sie verliebt, brachte ihre Nase zum Brennen. Sie rieb über sie.

„Ehrlich, Ashley. Ich weiß, dass er dir nicht wehtun wollte."

Sie wandte den Blick ab, um die Emotionen auf ihrem Gesicht zu verbergen.

Sein Handy klingelte und er nahm den Anruf an. „Wie ist es gelaufen?" Er hörte kurz zu. „Brauchst du jemanden, der sauber macht?"

Sie spitzte die Ohren, um die andere Person reden zu hören, da sie sich fragte, ob es Ben war.

Ihre Frage wurde mit Zollas nächster Erwiderung beantwortet. „Ihr geht es gut. Keine großen Arterien, die Wunden heilen gut ... Nein, sie muss nicht zum Arzt, außer sie möchte es." Er hob fragend die Augenbrauen und sie schüttelte den Kopf. „Okay." Zolla reichte ihr das Handy. „Er will mit dir reden."

Sie verschränkte die Arme vor der Brust und schüttelte den Kopf.

Zolla sprach ins Handy: „Hey Mann, sie fühlt sich dem noch nicht gewachsen." Er wandte sich ab, als würde er ein privates Gespräch mit Ben führen. „Gib ihr ein wenig Zeit. Es war etwas schockierend für sie, das ist alles."

„*Etwas?*", schimpfte sie.

Zolla legte auf und wandte sich wieder ihr zu. „Er denkt, es ist sicher für dich und Melissa, nach Hause zurückzukehren."

„Was ist mit Jack passiert?"

„Ben hat sich um ihn gekümmert. Er hatte einen Job bei Suma Games angenommen und wollte Stone ruinieren und den Code stehlen, bevor er ging."

„Was hat Ben getan?"

„Die Angelegenheit beendet", antwortete er mit einer Endgültigkeit, bei der ihr ein Schauder über den Rücken lief. „Er denkt, es ist jetzt sicher für dich und Melissa, nach Hause zu gehen."

Obwohl es unlogisch war, ließ die Enttäuschung darüber, erneut von Ben zurückgewiesen zu werden, Galle in ihrer Kehle aufsteigen. „Klasse", erwiderte sie mit erstickter Stimme. „Ist Mel noch in deinem Haus?"

„Ja, ich werde zurückgehen und ihr Bescheid geben. Möchtest du, dass sie dich anruft oder so etwas?"

„Sag ihr, wir treffen uns bei mir", bat sie, nahm ihre Handtasche und fischte die Schlüssel heraus.

„Werde ich machen", versprach Zolla, öffnete die Tür und wartete darauf, dass sie als Erste hindurchging.

„Danke", sagte sie, drehte sich um und umarmte Zolla.

Er erstarrte und tätschelte unbeholfen ihren Rücken. Er räusperte sich. „Äh, kein Problem. Du musst vermutlich nichts auf den Biss tun ... kein Wasserstoffperoxid oder Antibiotika. Das Serum wird dich vor einer Infektion schützen. Kannst du fahren oder fühlst du dich noch benommen?"

„Ich kann fahren", antwortete sie. Sie fühlte sich merkwürdig, das Schwindelgefühl war jedoch verflogen. „Ist es okay, nass zu werden? Ich könnte eine lange Dusche gebrauchen."

„Das sollte in Ordnung sein. Lass es heute einfach langsam angehen. Speichere meine Nummer in deinem Handy und ruf mich an, falls du Fragen hast oder dich schlechter fühlst. Oder falls du etwas brauchst."

Sie speicherte seine Nummer in ihrer Kontaktliste und schenkte ihm ein schwaches Lächeln. „Danke noch mal, Zolla."

„Gerne. Sei nett zu deinem Wolf, Ashley. Es tut ihm wirklich leid."

Sie zuckte mit den Achseln. „Das muss er mir erst noch selbst sagen." *Nicht, dass sie ihm die Gelegenheit dazu gegeben hatte.*

Sie war dankbar, dass Zolla nicht anmerkte, dass das unmöglich für Ben gewesen war, da sie sich geweigert hatte, seinen Anruf anzunehmen. Sie wusste, dass sie sich unvernünftig verhielt. Dass Ben sie im Stich gelassen hatte, war jedoch der Tropfen der das Fass aus emotionalen Ausschließungen zum Überlaufen brachte, die von Anfang an in ihrer Beziehung vorgekommen waren.

Sie hatte die Nase voll. Sie wusste nicht, wie sie jetzt

weitermachen würden, doch sie war sich verdammt sicher, dass es nicht so weitergehen würde. Sie konnte sich nicht ständig derart unsicher fühlen. Sie gab sich nicht einem Mann hin, nur damit er jedes Mal verschwand, wenn es ernst wurde.

Kapitel Zehn

An diesem Nachmittag saß Ben in seinem Büro, in dem die Stille ohrenbetäubend war. Zolla war gekommen, um sich mit Bens IT-Angestellten zu besprechen, die Server wieder zum Laufen zu bringen und die Security wiederherzustellen.

Sein Magen blieb den ganzen Tag lang verknotet, da er an Ashley dachte. Dass sie seinen Anruf nicht angenommen hatte, bedeutete eine frische Quelle der Qualen für ihn. Er versuchte danach mehrere Male, sie anzurufen, doch die Anrufe landeten jedes Mal auf der Mailbox, als hätte sie ihr Handy ausgeschaltet oder ihr Akku wäre leer.

Er betete, dass sie nicht litt. Er hegte Zweifel daran, wie gut sich Zolla um sie gekümmert hatte. Vielleicht hätte er darauf bestehen sollen, dass er sie zur Notaufnahme brachte, damit sie genäht werden konnte. Hatte er ihr Schmerzmittel gegeben? Würde sie jemals wieder mit ihm sprechen?

Als er zu seinem Auto lief, probierte er erneut, sie anzurufen. Abermals landete er auf der Mailbox. Die anderen Male hatte er keine Nachricht hinterlassen, doch jetzt versuchte er es. „Ashley", begann er. Sein Verstand war wie leergefegt. Was zur Hölle sagte man in so einer Situation? Gab es eine Grußkarte für so etwas? *Es tut mir leid, dass ich dir fast die Kehle aufgerissen habe, möchtest du meine Verabredung zum Valentinstag sein?* Oder vielleicht *Ich bin bereit, den nächsten Schritt mit dir zu machen ... hast du etwas dagegen, wenn ich dein Fleisch dauerhaft vernarbe, um meinen Geruch darin einzubetten?* Nein, noch besser: *Ich würde dich gerne in Gefahr bringen, indem ich sicherstelle, dass all meine Feinde wissen, wie wichtig du mir bist. Ich hoffe, dich stören die Narben nicht.*

Verdammt. Er war wirklich das größte Arschloch, oder?

Er holte tief Luft und atmete aus. „Bitte ruf mich an. Ich muss wirklich mit dir reden. Es ... tut mir leid Ashley. Ich muss dich sehen ..." Er begann, *bitte ruf mich an* zu sagen, realisierte jedoch, dass er bereits darum gebeten hatte, weshalb er auf ,Beenden' drückte und sich über die Stirn rieb.

Was, wenn sie nicht anrief? Sollte er zu ihrem Haus gehen? Oder warten, um sie bei der Arbeit zu sehen? Gott, würde sie überhaupt zur Arbeit kommen? Bei dem Gedanken, Stone Tech ohne sie zu führen, fühlte er sich ganz leer. In weniger als einer Woche war sie sein Ein und Alles geworden. Wegen ihr wollte er Stone Technologies in Ordnung bringen, sich zusammenreißen und der Anführer sein, den sein Bruder von ihm erwartet hatte. Leon verdiente das. Ashley hatte ihn irgendwie aus der Benommenheit gerissen, in der er sich seit dem Tod seines Bruders befunden hatte.

Er stieg in sein Auto und fuhr zu ihrem Haus. Das Licht brannte und er konnte Ashley und Melissa gemeinsam auf dem Sofa sitzen sehen. Er saß eine Weile untätig im Auto und dachte nach. Beide Frauen hatten sich wahrscheinlich viel zu erzählen. Vielleicht war es besser, wenn er sie ihre Wunden gemeinsam lecken ließ, ohne sie zu stören.

Er legte den Gang seines Mustangs wieder ein und fuhr nach Hause.

* * *

Indem sie ihr Handy ausschaltete, solange sie wütend auf Ben war, weil er sie im Stich gelassen hatte, schnitt sie sich ins eigene Fleisch. Wahrscheinlich wollte ein Teil von ihr ihn bestrafen. Und vielleicht war der andere Teil noch nicht zum Reden bereit. Sie musste ihre Gefühle hinsichtlich der ganzen ‚Markierungs‘-Sache sortieren.

Nachdem sie Mel die gesamte Geschichte erzählt hatte, begann sie, das Ausmaß des Ganzen zu verstehen. Es ging nicht nur darum, dass sie von der Gewalt schockiert und wütend war, weil er sie allein gelassen hatte. Ben hatte sie für immer als seine Gefährtin markiert. Sie musste zugeben, dass ihr Herz einen Freudentanz aufführte, als ihr das bewusst wurde. Sie hatte recht gehabt – er stand auf sie. Es war ihm ernst, so wie es sich anhörte. Sie wusste nicht, was es bedeutete, die Gefährtin eines Wolfs zu sein, doch wenn sie gemeinsam die Mauern überwinden konnten, die Ben errichtet hatte, wollte sie es auf jeden Fall versuchen.

Vor dem Schlafengehen hatte sie ihr Handy wieder angeschaltet und war zufrieden gewesen, Bens Nachricht zu hören. Er hatte schrecklich geklungen. Sie war noch immer nicht bereit gewesen, mit ihm zu sprechen, hatte sich allerdings viel besser gefühlt. Heute konnte sie sich ihm auf der Arbeit stellen. Sie würden reden und konnten nach vorne blicken.

Sie fuhr früh zur Arbeit und fand einen Platz in der Parkgarage in der Nähe des Aufzugs. „Warten Sie", rief sie, als sich die Aufzugtüren vor einem Mann schlossen, den sie nicht kannte. Sie schob ihre Hand zwischen die Türen, um sie zu öffnen, und quetschte sich hindurch. „Fünfunddreißigste Etage bitte", sagte sie.

Er drückte den Knopf, ohne sie anzuschauen. Sie bemerkte seine glänzenden Schuhe, bevor sie seinen faltenfreien, sauberen Designeranzug entdeckte. Er hatte dunkle Haare, die an den Schläfen grau wurden, und olivfarbene Haut, die dunkler war als Bens. Sein Blick begegnete ihrem und er rümpfte die Nase, als er in der Luft schnupperte.

Sie erstarrte bei der eindeutig wölfischen Tat.

Ihre Anspannung schien die Bestätigung zu sein, die er brauchte, denn seine Lippen verzogen sich zu einem hässlichen Lächeln. „Du wurdest vor kurzem markiert", bemerkte er in einem starken spanischen Akzent.

Sie riss den Blick von ihm los und schaute zu den leuchtenden Stockwerkzahlen über den Türen. „Ich weiß nicht, was Sie meinen."

Mit einer fließenden Bewegung zog er eine Pistole aus seiner Jackentasche und richtete sie auf sie. „Wenn der Aufzug das Ziel erreicht, bleibst du hier, schließt die Türen und lässt ihn wieder runter zur Parkgarage fahren."

Sie hielt die Luft an und versuchte, ihre Gedanken zu sortieren. Wer war dieser Mann? Jemand aus Südamerika … Leon war in Venezuela gestorben. Was hatte Ben ihr darüber erzählt?

Die Türen öffneten sich und die Pistole verschwand in seiner Jackentasche, durch die er mit der Waffe direkt auf sie deutete. „Schließe die Türen. *Jetzt*", knurrte er.

Sie drückte auf den Knopf, um die Türen zu schließen. Der Aufzug fuhr weiter zu Bens Etage. Bitte, betete sie, lass ihn bei Karens Schreibtisch sein, von wo er sie bei dem Wolf sehen konnte, der vermutlich sein Feind war.

Das Glück war ihr nicht vergönnt. Die Türen glitten auf und zeigten einen leeren Empfangsbereich. Karen war nicht bei ihrem Schreibtisch und Bens Tür war geschlossen.

„Schließe die Türen und drücke P1."

Sie zögerte.

„Tu es!", knurrte er.

Sie gehorchte. „Wer sind Sie?"

Die Lippe des Gestaltwandlers kräuselte sich. „Ich bin Sandoval."

Sie sah ihn ausdruckslos an.

„Er hat dir nicht von mir erzählt?", fragte er, wobei er beleidigt klang.

Sie zuckte mit den Achseln und versuchte, unbesorgt auszusehen.

„Ich bin der Wolf, der deinen Lover bezahlen lassen wird."

„Was hat er Ihnen getan?"

Die Türen glitten bei der Parkgarage auf und der fiese Wolf schubste sie aus dem Aufzug. „Tomás Solís hat meine Frau und Kinder ermordet."

Sie atmete scharf ein, da der Hass des Mannes beinahe greifbar war. Sie wusste nicht, wer Tomás Solís war, glaubte allerdings nicht, dass jetzt der richtige Zeitpunkt war, um danach zu fragen.

Er marschierte los und seine Finger bohrten sich in ihren Oberarm. Zwei jüngere Männer sprangen aus einem dunklen Auto und einer hielt Sandoval die Tür auf. „Steig ein", blaffte er und schubste sie vor.

„Wer ist das?", fragte einer der jüngeren Männer. Er ähnelte ihrem Entführer – vielleicht war er sein Sohn oder Neffe.

Sandoval drängte sich in den Wagen, um sich neben sie zu setzen. „Die Gefährtin von Solís Welpen."

„Was wollen wir mit ihr?", fragte der andere Mann.

„Fahr einfach das Auto", blaffte Sandoval. „Zurück zum Haus."

Das Auto fuhr rückwärts von dem Parkplatz und raste aus der Parkgarage. Sie scannte die hereinfahrenden Autos, da sie dachte, sie könnte vielleicht versuchen, Hilfe herbeizuwinken, doch sie realisierte, dass die Fenster so stark getönt waren, dass niemand sie sehen würde.

Der Sohn des älteren Wolfs drehte sich auf dem Vordersitz um und sah sie an, bevor er seinen Vater musterte. Er sagte etwas auf Spanisch.

Der ältere Mann antwortete etwas, bevor er sich mit einem fiesen Lächeln im Gesicht an sie wandte.

„Ich habe Solís zu schnell getötet. Ich hätte ihn zuschauen lassen sollen, während ich seine Welpen vor seinen Augen folterte." Er nahm eine ihrer Haarsträhnen und zwirbelte sie zwischen seinen Fingern. „Doch jetzt kann ich das korrigieren." Seine dunklen Augen funkelten. „Sein Sohn kann zuschauen, wie seine Gefährtin geschändet und getötet wird. Dann, wenn ich den jüngsten Solís umbringe, wird meine Rache komplett sein."

War Ben der jüngste Solís?

„Ich ... bin gar nicht Bens Gefährtin. Es war ein Fehler ... er wollte mich nicht markieren. Ich bin ein Mensch."

„Was dich umso zerbrechlicher macht." Der Mann lächelte. „Einen Menschen zu quälen, ist so lohnenswert."

Sie erschauderte.

Das Auto fuhr vor ein Ferienhaus im Villenstil – ein separates, zweistöckiges Gebäude, dessen Grundstück von einer Mauer umgeben war.

Entsetzen durchfuhr sie und ihr Körper wurde eiskalt. Sie machte tiefe Atemzüge in dem Versuch, nicht den Kopf zu verlieren. Sie hatte ihr Handy. Vielleicht konnte sie eine Möglichkeit finden, Ben oder Zolla eine Nachricht zu schicken. Zolla könnte in der Lage sein, ihren Standort aufzuspüren.

Sandoval schubste sie aus dem Auto und zerrte sie in das Haus, wo er sie auf einen Stuhl setzte und ihre Knöchel an die Stuhlbeine klebte. Er fesselte ihre Handgelenke so eng hinter ihr, dass sich das Holz des Stuhls in ihre Arme bohrte. Anschließend durchwühlte er ihre Handtasche, fischte ihr Handy heraus und scrollte hindurch. „Wo ist die Nummer deines Lovers?", fragte er, schien allerdings keine Antwort zu erwarten. „Ah, hier ist sie." Er wählte die Nummer und hielt ihr das Handy ans Ohr. „Sag Hallo zu ihm."

Ben antwortete beim zweiten Klingeln. „Ashley", krächzte er und klang erleichtert. Sie erinnerte sich mit einem schmerzhaften Stich in der Brust daran, dass sie momentan miteinander stritten und sie ihn nicht zurückgerufen hatte. Tränen der Reue brannten in ihren Augen.

„Ben ..."

Sandoval nahm ihr das Handy weg und sagte etwas auf Spanisch.

„Ben, komm nicht ... Es ist eine Falle", brüllte sie.

Sandoval schlug sie mit dem Handrücken, wodurch ihr Kopf nach hinten flog. Sie schmeckte Blut, als Schmerzen in ihrem Mund, Kiefer und Hals explodierten.

„Komm nicht", wiederholte sie, als Sandoval mit dem Handy ging, in das er noch immer sprach.

* * *

Sandoval hatte Ashley. Bens Sichtfeld wölbte sich und seine Sinne wurden rasiermesserscharf. Er brauchte nur drei Sekunden, um seine nächsten Schritte zu entscheiden. Er rief Zolla an, während er zu der Adresse fuhr, die Sandoval ihm gegeben hatte.

„Bist du verrückt?", wollte Zolla wissen. „Du kannst dort nicht allein hingehen ... Du wirst nie wieder rauskommen. Sag mir, wo es ist, und ich komme."

„Nein. Ich gehe wie angewiesen allein und unbewaffnet hin. Ich gehe kein Risiko ein, wenn es um Ashley geht." Er legte auf, bevor Zolla seine Argumente aufzählen konnte, und drückte das Gaspedal durch.

Er parkte bei der Adresse und verließ seinen Wagen. Ausnahmsweise war sein Verstand vollkommen klar, wenn es um Ashley ging. Ein eigenartiger Friede hatte sich wie ein Umhang auf ihm niedergelassen und verlieh ihm ein ruhiges Gefühl der Macht. Er ging zur Tür und klopfte.

Die Vorhänge bewegten sich und ein Schatten huschte vor dem Türspion vorbei. Die Tür öffnete sich einen Spaltbreit und der Lauf einer Pistole erschien. „*Pásale.*"

Er betrat das Haus und wartete, während er mit den Händen auf dem Kopf nach einer Waffe abgesucht wurde. Zwei Schlägertypen aus Sandovals Rudel flankierten ihn und brachten ihn ins Wohnzimmer, wo sein Weibchen an einen Stuhl gefesselt war. Sie so zu sehen – ein Bluterguss auf ihrem ansonsten blassen Gesicht, die Augen weit aufgerissen – sorgte beinahe dafür, dass er seine ruhige Entschlossenheit verlor.

„Ben", flüsterte sie. „Ich habe gesagt, dass du nicht kommen sollst."

„Es wird alles gut werden, Ashley", versprach er. Die Hände nach wie vor auf dem Kopf trat er vor und sank vor Sandoval auf die Knie.

Der Erzfeind seines Vaters kräuselte die Lippen und Zufriedenheit funkelte in seinen Augen.

„Nimm mich", sagte er. „Nimm deine Rache ... Gott weiß, du verdienst sie. Aber lass sie gehen."

Ein hässliches Lächeln breitete sich auf Sandovals Gesicht aus. „Schau dir das an, Rodrigo, er bettelt schon und wir haben noch nicht einmal angefangen."

Ein Teil von Bens Klarheit verflüchtigte sich. Er schüttelte den Kopf, auf dem seine Hände lagen. „Du hast nichts zu beweisen", versprach er dem Drogenboss. „Ich weiß, dass dir ein Unrecht zugefügt wurde. Ich habe gehört, was deiner Familie zugestoßen ist", erklärte er, womit er sich auf den Tod von Sandovals Frau und Töchtern bezog. „Wenn ich ändern könnte, was passiert ist, würde ich es tun. Ich würde viele der Vergehen meines Vaters ändern."

Sandoval sah jetzt wütend aus, als würde ihn allein die Erwähnung von Tomás Solís erzürnen.

Ben sprach weiter, bevor Sandoval ihn aufhielt. „Ob es nun hilfreich ist oder nicht, ich glaube, es war ein Unfall ... dass du das eigentliche Ziel warst ... aber ich kann mir ehrlich nicht sicher sein. Mein Vater war ein echtes Arschloch. Er wollte dich loswerden und hat den Weg eines Feiglings gewählt, anstatt dich herauszufordern. Er hat seine Ehre verloren und ich bin nicht stolz darauf, sein Sohn zu sein." Seine Augen wanderten an Sandoval vorbei zu dessen Sohn, der neben ihm saß. „Ich bin nicht zu seiner Hilfe gekommen, als er mich zurückrief, um gegen euch zu kämpfen. Aber ich werde mich jetzt anbieten. Verletzt Ashley nicht. Sie hat nichts mit dieser Sache zu tun."

Sandovals Lächeln erlosch und er musterte Ben mit schmalem Blick. Sein Sohn sah unbehaglich aus.

Ben hätte an Sandovals Ehrgefühl appelliert, doch der Mann hatte noch weniger Skrupel, als sie sein Vater gehabt hatte. Er schaute zu Ashley, über deren Gesicht Tränen strömten. Sie schüttelte den Kopf, als wollte sie ihm mitteilen, dass man Sandoval nicht trauen konnte.

Sandoval erhob sich und ging zu ihm. „Ich habe wegen dir meine Frau und meine beiden Töchter verloren", verkündete er.

„Nicht wegen mir", widersprach Ben. „Ich war nicht einmal im Land. Ich wusste nichts davon."

Sandoval deutete mit einem zittrigen Finger auf ihn. „Du hättest ihn aufhalten sollen", brüllte er.

Ben schloss die Augen. Sandovals Verstand schien zu verschwinden, was nichts Gutes für seinen Plan verhieß, sich zu opfern, um Ashley zu retten. „Du hast recht", stimmte er zu. „Ich hätte ihn aufhalten sollen. Hätte ich davon gewusst, hätte ich es getan", versicherte er, obwohl es eine Lüge war. Er hatte sich seinem Vater nie widersetzt und war vor dem missbräuchlichen, kontrollierenden Elternteil nur geflohen.

Sandoval ging zu Ashley, schnitt das Klebeband von ihren Knöcheln und riss sie auf die Füße.

Ben spannte sich an.

„Ich will, dass du so leidest, wie ich gelitten habe. So wie Mia, Sofi und Ana gelitten haben." Sandoval beugte Ashley über den Tisch und hob ihren Rock.

Ben verkrampfte sich, sein Sichtfeld änderte sich und ein Brüllen setzte in seinen Ohren ein.

Wie aus weiter Ferne hörte er Sandoval sagen: „Du wirst zusehen, während jeder Einzelne von uns seinen Spaß mit deiner Frau hat und dann wirst du ihr beim Sterben zuschauen."

Ben verwandelte sich, bevor Sandoval den Satz beendet hatte, und stürzte sich auf seine Kehle. Sandoval schoss eine Kugel in Ashleys Wade und sie kreischte. Zwei Wölfe fingen Bens Sprung in der Luft ab und zerrten ihn knurrend zu Boden.

„Beweg dich nicht, sonst stirbt sie", brüllte Sandoval und hielt die Pistole an Ashleys Schläfe.

Ein zweiter Schuss erklang im gleichen Moment, in dem das Glas in jedem Fenster des Raums zerbrach. Ben sprang erneut zu Sandoval, der jedoch in einem verwirrenden Haufen aus Blut und Körpern auf dem Boden lag. Ashley befand sich unter ihm und schrie. Wölfe flogen durch die Fenster herein, knurrten und griffen das südamerikanische Rudel an. Er erkannte Zolla und Mark, Stanley und andere.

Er riss Sandoval von Ashley und stellte fest, dass er von einem Schuss in den Hinterkopf getötet worden war. Er kauerte sich über Ashley, um sie zu beschützen, bleckte die Zähne und knurrte, doch es näherte sich keine Gefahr. Obwohl noch Mäuler schnappten und Körper miteinander rangen, hatte das Denver-Rudel die Kontrolle übernommen. Einige Augenblicke später unterwarfen sie die südamerikanischen Wölfe, die nur noch wimmerten und ihre Schwänze einklemmten.

Er winselte und leckte über Ashleys blutiges Gesicht. Sie drehte es von ihm weg, wirkte allerdings nicht, als wäre sie ganz bei Bewusstsein. Das Herz schlug ihm bis zum Hals.

Die Wölfe ringsum begannen, wieder ihre Menschengestalt anzunehmen. Er war sich schwach bewusst, dass Mark die Kontrolle über die Situation an sich riss, die Behörden alarmierte und einen Krankenwagen anforderte, während Sirenen in der Ferne erklangen.

Ben verwandelte sich ebenfalls und blinzelte, um Ashley zu betrachten. Sie war mit Blut bedeckt und er konnte nicht erkennen, wie viel von ihr und wie viel von

Sandoval stammte. Ihre Augen öffneten sich flatternd, ihr Gesicht war jedoch blass. „Ashley, oh Gott. Wo wurdest du getroffen?"

„Reiß mir nicht die Kleider vom Leib", bat sie mit einem schwachen Lächeln. „Es ist nur mein Bein. Ich komme schon klar."

Er hob sie in seine Arme, drückte sie fest an seine Brust und wiegte sie wie ein Baby.

„Bring das Rudel von hier weg", befahl Mark Stanley.

„Alle raus", blaffte Stanley, woraufhin sich sein Rudel verwandelte, durch die Türen und Fenster schlüpfte und verschwand, bevor die Polizei erschien. Die südamerikanischen Wölfe verschwanden ebenfalls und Mark ließ sie gehen. Wenn es darum ging, sich mit den menschlichen Gesetzeshütern auseinanderzusetzen, zogen es Wölfe vor, die Dinge unter sich zu klären.

Mark und Zolla hatten bereits Kleider angezogen. Seine waren zerrissen und hingen von seinem Körper, weil er sich in ihnen verwandelt hatte. Zolla reichte ihm eine Hose und nahm Ashley aus seinen Armen, während er sich anzog.

„Wie hast du das Haus gefunden? Ich habe dir die Adresse nicht gegeben."

„Ich habe den Standort von Ashleys Handy aufgespürt", erklärte er.

Er nahm Ashley wieder entgegen. „Danke schön", bedankte er sich mit erstickter Stimme.

Mark sah sich um und betrachtete die zerbrochenen Fenster und Blutflecken auf dem Boden. „Das wird schwer, zu erklären, werden."

Ashleys Körper hatte angefangen, zu zittern, da der Schock einsetzte. Ihr Gesicht wurde noch blasser und sie schien das Bewusstsein zu verlieren.

„Ashley!", rief er.

„Hört mir alle zu", sagte Mark scharf. „Ashley wurde entführt, um Ben herzulocken. Er kam, benachrichtigte vorher jedoch Zolla, der mich anrief. Als ich ankam, war ein Kampf zwischen den Südamerikanern entbrannt ... einige kämpften, um Ben zu helfen, andere waren gegen ihn. Die Fenster wurden dabei zerbrochen. Ich erschoss Sandoval, nachdem er auf Ashley geschossen hatte, und der Rest von ihnen entkam. Kapiert?"

„Ja, okay", stimmte Ben zu und sein Herz zog sich zusammen, als er beobachtete, wie sich Ashleys Augen erneut schlossen. Die Polizei und der Krankenwagen fuhren gleichzeitig vor und er rannte mit Ashley in den Armen nach draußen.

„Whoa, whoa, whoa. Man bewegt niemals das Opfer. Legen Sie sie hier ab", blaffte einer der Rettungssanitäter und deutete aufs Gras.

„Nein", widersprach er mit harter Stimme, ging geradewegs zum Krankenwagen und betrat diesen, um sie auf die Liege zu legen. „Sie müssen ihr jetzt helfen", befahl er.

„Wir werden uns um sie kümmern", versicherte ihm einer der Rettungssanitäter.

„Sir, treten sie bitte von ihr zurück", verlangte ein Polizist mit gezogener Waffe.

Mark erschien mit gezückter FBI-Marke an seiner Seite, nahm seinen Ellenbogen und führte ihn weg. Als Ben ihn abschüttelte, flüsterte Mark: „Reiß dich zusammen, Stone. Das hier wird ohnehin schon schwierig genug werden."

* * *

Der Chirurg kam herein und schenkte ihr ein freundliches Lächeln. „Nun, Sie sind ein Glückspilz, junge Dame", verkündete er. „Ihre ursprünglichen Röntgenbilder zeigten einen schlimmen Knochenbruch, doch als wir dort rein sind, um den Knochen wieder zusammenzusetzen, fand ich bloß Haarrisse. Also haben Sie keinerlei Platten oder Metall in sich. Die Kugel ist draußen und Sie werden diesen Gips sechs Wochen und einen Verband für vier weitere Wochen tragen", erklärte er und klopfte mit den Fingerknöcheln auf den Gips an ihrem Fuß.

„Was? Keine Farbe?", neckte sie. „Ich wollte einen pink-farbenen."

Er grinste. „Ich könnte ihn nur für Sie pink färben lassen."

Sie schenkte ihm ein schwaches Lächeln. „Danke."

„Die Polizei möchte mit Ihnen sprechen und Ihre Schwester ist hier. Es wartet auch ein sehr besorgter Mann dort draußen, der behauptet, er sei Ihr Verlobter", erzählte er mit einem Zwinkern.

„Wann darf ich gehen?", fragte sie und schwang ihre Beine über die Bettseite.

„Ich kann Ihre Entlassungspapiere jetzt unterschreiben. Ich glaube allerdings, dass die Polizei eine Aussage von ihnen will, bevor Sie gehen dürfen."

„Darf ich Ben als Erstes sehen?"

„Mir fällt kein Grund ein, warum das nicht möglich sein sollte", erwiderte er und nickte der Medizintechnikerin zu, die hinter ihm stand. Sie nickte, ging und kehrte mit Ben zurück.

Ben kam, blieb jedoch im Türrahmen stehen und sah unsicher aus. Sie erinnerte sich daran, wie die Dinge zwischen ihnen geendet hatten, und ihre Hand flog zu den Wunden an ihrer Schulter, die beinahe verheilt waren. Sie hatte ihm vergeben, würde den Vorfall allerdings nicht ziehen lassen, ohne ihre Gefühle auszudrücken.

Sie rappelte sich auf und marschierte zu ihm. „Wag es nie wieder", sagte sie und schlug ihm auf die Brust, „mich einfach", sie schlug seine Schulter, „allein zu lassen." Sie drückte und schubste seine regungslose Gestalt. „Du kannst nicht jedes Mal verschwinden, wenn es schwierig wird", erklärte sie und trommelte immer wieder auf seine Brust ein.

Seine Hände legten sich auf ihre Taille, machten ihre Hüften bewegungsunfähig und streichelten sie sanft. „Das werde ich nicht tun. Das werde ich nicht tun", murmelte er.

Seine mangelnde Reaktion auf ihre Tirade ließ es wirken, als würde er sie nicht ernst nehmen, weshalb sie ihre Hand zurückzog und ihm eine Ohrfeige verpasste. Zu spät fiel ihr ein, wie Wölfe Dominanz etablierten.

Dieses Mal erhielt sie jedoch keine Alphareaktion. Er sah nur mit gequälter Miene auf sie hinab.

„Warum hast du mich verlassen?", fragte sie und ihre Augen füllten sich plötzlich mit Tränen.

Zu ihrem Schock entdeckte sie, dass seine Augen ebenfalls feucht wurden, bevor er rasch blinzelte. „Es tut mir leid, dass ich dich verletzt habe, Ash. Das wollte ich nicht." Er schüttelte den Kopf, als wäre er von sich selbst angewidert. „Ich wollte dich nur beschützen, doch wie üblich habe ich alles vermasselt."

Sie schluckte. „Du stößt mich ständig von dir", klagte sie und ihre Stimme brach.

Ben schwang sie in seine Arme und ging zum Bett, auf das er sich mit ihr auf seinem Schoß setzte. „Heißt das, dass du mich behältst?", fragte er sanft.

Sie verkniff sich ein Lächeln, während eine Träne über ihr Gesicht rann. „Ich werde darüber nachdenken."

Er knabberte an ihrem Ohr. „Ich bin mir nicht sicher, ob du verstehst, wie die Dinge funktionieren", meinte er. Seine Stimme war ein tiefes neckendes Grollen, bei dem sich ihre Zehen krümmten. „Du bist jetzt die Meine. Ich habe Anspruch auf dich erhoben. Das bedeutet, dass du mich niemals loswerden wirst, weshalb ich vorschlage, dass du dich an die Vorstellung gewöhnst." Er wich zurück und sah ernst aus. „Ich hoffe, du kannst mich ertragen. Ich weiß, dass ich ein riesiges Arschloch bin, aber ich verspreche, ich werde alles in meiner Macht Stehende tun, um dich glücklich zu machen. Du bist das Einzige, was für mich zählt. Das meine ich ernst."

Unerklärlicherweise brach sie in Tränen aus und all ihre angestauten Emotionen flossen heraus.

Ben wirkte alarmiert. „Es tut mir so leid, Ashley. Ich kann es nicht rückgängig machen, dass ich dich markiert habe, aber wenn es dich am glücklichsten macht, mich loszuwerden, werde ich mein Bestes geben, mich von dir fernzuhalten", versprach er, obwohl er wirkte, als würde ihm bei dem Gedanken schlecht werden.

Sie lachte trotz ihrer Tränen. „Dummer Wolf", sagte sie, schlang ihre Arme um seinen Hals und vergrub ihr Gesicht dort. „Ich will dich nicht loswerden." Sie küsste seinen Kiefer und schließlich seine Lippen, als er sich drehte, ihren Hinterkopf packte und sein besorgter Blick begierig wurde. Sie wich zurück. „Ich brauche mehr von dir, nicht weniger. Kannst du mir das geben?"

Er sah ihr in die Augen. „Ich werde dir alles geben", schwor er feierlich.

Sie lachte und vergoss noch mehr Tränen, die er mit dem Daumen wegstrich und wegküsste.

„Süßer Engel. Du bist wie ein Sturm in mein Leben gerauscht. Wie konnte ich nicht wissen, dass du mir all diese Zeit gefehlt hast?"

Kapitel Elf

Wie durch ein Wunder schien die Polizei mit der Geschichte zufrieden zu sein, die Mark ihnen auftischte. Es schadete nicht, dass Sandoval ein bekannter Drogenboss und die Drogenbehörde begeistert war, dass er aus dem Verkehr gezogen worden war. Ben befürchtete, dass er dadurch als Kontakt auf ihrer Beobachtungsliste landen würde, doch da er nichts mit Drogen oder Drogenverkauf zu tun hatte, hoffte er, dass sich das Ganze im Sand verlaufen würde.

Er fuhr Ashley zu ihrem Haus. „Bleib, ich werde dir aus dem Wagen helfen", sagte er, als sie Anstalten machte, die Autotür zu öffnen.

Sie ignorierte ihn und stieß die Tür auf, als er um das Auto lief. Sie hüpfte auf einem Bein, während sie ihre Krücken vom Rücksitz zog.

„Ich sagte bleib", beschwerte er sich und nahm sie ihr aus den Händen.

„Wuff", entgegnete sie.

Sein Herz machte einen Satz, da er sich an ihre ersten gemeinsamen Tage erinnerte und daran, wie sie seine

Dunkelheit erhellt hatte. Ihr Lächeln war schnell zu etwas geworden, auf das der sich freute, und ihre Präsenz beruhigte ihn.

Er hob sie hoch und trug sie ins Haus. „Es ist meine Aufgabe, mich um dich zu kümmern, Kleines, und ich erwarte deine Kooperation."

„Ich muss irgendwann lernen, mit diesen Dingern zu laufen", erklärte sie.

„Nicht, wenn ich in der Nähe bin", widersprach er bestimmt. „Und falls du eine Erinnerung daran brauchst, wie es sich anfühlt, über meinem Schoß zu liegen, werde ich nicht zögern, dir eine zu geben."

Ashley wand sich und ihr Körper wurde in seinen Armen heiß. Die Vorstellung, ihr den Hintern zu versohlen, übte plötzlich einen großen Reiz auf ihn aus, nicht weil er ihr eine Lektion erteilen wollte, sondern weil er wusste, dass es sie antörnte.

Er schwang die Tür hinter sich zu und trug sie zu ihrem Schlafzimmer, wo er sie aufs Bett legte.

„So wird es also mit dir sein?", wollte sie wissen.

„Was?"

„Entweder es läuft so, wie du es willst, oder ich erhalte ein Spanking?"

Er lächelte und arrangierte Kissen unter dem Knie ihres verwundeten Beins. „Ja, mehr oder weniger so."

„Was passiert, wenn ich wütend auf dich bin? Ich denke, du verdienst ein Spanking, weil du mich gebissen hast und einfach gegangen bist."

Er grinste, ging um das Bett herum, stellte sich daneben und präsentierte ihr seinen Hintern. „Mach nur."

Sie verpasste ihm einen Schlag. „Au", beschwerte sie sich und schüttelte ihre Hand aus, als würde sie wehtun.

Er lachte.

„Nein, wirklich, das ist nicht fair. Was macht eine Wölfin, um ihren Gefährten zu bestrafen?"

Er setzte sich neben sie und strich eine Strähne ihrer mahagonifarbenen Haare aus ihrem Gesicht. „Du musst bloß weinen", erklärte er sanft. „Der Geruch deiner Tränen wird mich in die Knie zwingen."

Sie musterte ihn, als versuche sie, herauszufinden, ob er sie aufzog oder nicht. „Wenn ich ein Spanking beenden will, muss ich also bloß weinen?", fragte sie. „Warum habe ich das letztes Mal nicht versucht?"

Er streichelte ihre Wange. „Ich weiß nicht, ob es das beenden würde, es wäre allerdings sehr schwierig für mich. Vergiss das nicht, wenn du ungezogen bist, junge Dame."

„Ist das der Grund, aus dem du das letzte Mal so aufgewühlt wirktest?"

Er nickte. „Ich will dir nicht wehtun", erklärte er ernst. „Es bringt mich um, dich weinen zu sehen."

Ihre Lippen bogen sich zu einem verführerischen Lächeln. „Ich weiß nicht ... ich glaube, es gab einige Male, bei denen dir das Spanking gefallen hat", widersprach sie.

Er sprang über sie und eroberte ihren Mund, während sich eine Hand an den Knöpfen ihrer Bluse zu schaffen machte. „Ich glaube, das warst du", entgegnete er zwischen Küssen.

„Vielleicht sollten wir es ausprobieren, um es herauszufinden", schlug sie vor und biss in seine Lippe.

Das Tier in ihm zuckte bei dem Schmerz vor Freude zusammen. Er knurrte, riss ihre Bluse auf und öffnete die restlichen Knöpfe.

„Jetzt hast du schon zwei Blusen zerstört", beschwerte sie sich, obgleich ihr Lächeln verschlagen war.

„Ich glaube, das Blut hatte beide schon zerstört, bevor ich sie in die Finger bekommen habe", wandte er ein. Seine

Augen landeten auf den hässlichen Wunden an der Vorderseite ihrer Schulter und er schluckte. Er strich mit einem Finger über sie und war überrascht, dass ihre Wunden bereits geschlossen waren. Sie schienen zwei Wochen, nicht ungefähr sechsunddreißig Stunden alt zu sein.

„Hat Zolla es dir nicht erzählt?", fragte sie. „Er glaubt, dass ich Wolfblut in mir habe und deswegen so schnell geheilt bin."

Erkenntnis bebte durch seinen Körper. Ja. Es ergab Sinn, dass sie Wolfblut in sich hatte. Warum sollte er sich sonst so zu ihr hingezogen fühlen? Er senkte den Kopf und küsste die Male ehrfürchtig. „Mein kleines Wölfchen", murmelte er. „Wie kann das sein?"

„Ich glaube, es war mein Großvater ... mein Dad kannte seinen Vater nicht und meine Großmutter hat nie verraten, wer er war."

„Dein Dad hat sich nie verwandelt?"

„Ich glaube nicht. Allerdings hat er sehr gut auf seine Mädchen aufgepasst, so wie du es tust", erzählte sie und berührte sein Gesicht.

Er beugte sich vor, küsste sie und gab sein Bestes, sie mit seinen Lippen zu liebkosen, anstatt sie anzugreifen. Er war nie jemand gewesen, der ‚Liebe gemacht' hatte – das war nichts, was Wölfe taten, doch für sie, für seine Ashley, würde er es versuchen. Er schob die Träger ihres BHs über ihre Schultern und küsste ihr Schlüsselbein entlang. Ihr Duft füllte seine Nase und berauschte ihn. Er ließ seinen Körper über ihren gleiten, streichelte mit dem Daumen leicht über ihren aufgerichteten Nippel und küsste ihre Kehle hinab. Sie schob ihre Finger in seine Haare und bog sich seiner Berührung entgegen. Ihre Haut war unfassbar weich, ihr Körper war so schlank und geschmeidig unter ihm.

„Du bist wunderschön", flüsterte er heiser.

„Du bist ein verdammter Gott", antwortete sie.

Er gluckste. „Achte auf deine Ausdrucksweise, Schatz", warnte er, ließ seine Zunge in ihr Ohr schnellen und knabberte an ihrem Ohrläppchen. Er hatte ihr den BH ausgezogen und ihren Rock nach oben geschlagen. Sein Zeigefinger streichelte den feuchten Seidenzwickel ihres Höschens entlang.

„Sex, Sex, Sex", forderte sie ihn heraus und reckte das Kinn wie ein aufmüpfiges Kind.

Er gluckste, setzte sich zurück, positionierte sich rittlings über ihr und rollte unter viel Aufhebens seine Ärmel hoch. „Du bist entschlossen, heute Abend deinen Hintern von mir wärmen zu lassen, oder?"

Ihre Augen verdunkelten sich und sie wand sich unter ihm. Der Geruch ihrer Erregung stieg wie Nektar in seine Nase.

Er fixierte ihre Handgelenke neben ihrem Kopf auf dem Bett. „Wohin denkst du, dass du gehst?", fragte er.

Sie kicherte.

Er sah ihr in die Augen und hob sein Gewicht gerade so weit von ihr, dass er sie auf den Bauch drehen konnte. „Zieh dein Höschen runter, Ashley", murmelte er, ließ ihre Handgelenke los und kletterte von ihr.

Sie zögerte.

Er wartete.

Sie drehte den Kopf, um ihn anzuschauen, hob den Hintern in die Luft, griff mit beiden Händen nach unten und schob ihr Höschen über ihre Schenkel.

„Braves Mädchen." Er schnappte sich ein Kissen vom Bett. „Heb deine Hüften noch einmal", befahl er und schob das Kissen unter ihr Becken, als sie gehorchte. Er fuhr mit der Hand über ihre nackten Kurven und gab sein Bestes, den Gips an ihrem Bein zu ignorieren, der ihn anbrüllte, sachte mit ihr umzugehen. Stattdessen konzentrierte er sich auf ihren umwerfenden Hintern, der erhoben war und für seine Strafe präsentiert wurde. Sein Schwanz drängte sich schmerzhaft gegen seine Hose.

Er senkte seine Handfläche und beobachtete, wie ihre Pobacke flach wurde und wieder zurückfederte. Er schlug auf die andere Seite und wartete darauf, dass sich seine roten Fingerabdrücke auf ihrer milchweißen Haut abzeichneten. Sie wackelte mit dem Hintern, weil sie mehr wollte. Er verbiss sich ein Stöhnen. Zu wissen, dass sie sich nach seiner Dominanz sehnte, jagte pure Lust durch seinen Körper. Wölfe wurden geboren, um zu dominieren, zumindest bei Alphawölfen war das der Fall. Dass sich ihm ein Weibchen so anbot, wie Ashley es tat, speiste seine innere Quelle männlicher Macht.

„Ich glaube, ich werde dir regelmäßig Spankings verpassen", sinnierte er und schlug auf eine Seite ihres Hinterns, bevor er sich der anderen widmete. „Ich kann nicht zulassen, dass du dich danebenbenimmst, nur um dir eine Bestrafung zu verdienen."

Sie stöhnte lüstern.

Er beschleunigte das Tempo und schlug etwas fester zu, während er sich darauf konzentrierte, die untere Mitte ihrer Pobacken zu treffen, gerade oberhalb ihrer süßen kleinen Pussy.

„Oh!", keuchte sie.

„Ich erwarte deinen unverzüglichen Gehorsam und vollkommenen Respekt, ansonsten wirst du all deine Zeit mit gesenktem Höschen und knallrotem Hintern in der Ecke verbringen."

Ashley wimmerte, als würde sie gleich kommen. Er fragte sich, ob er sie nur mit einem Spanking zum Höhepunkt bringen konnte. Er verstärkte die Intensität ein wenig und platzierte seine Hiebe weiterhin knapp über ihrer Mitte.

Ihre Finger schlossen sich um die Laken, sie hob den Kopf und stieß immer wieder einen kehligen Schrei aus. „Massiere deinen Kitzler, Ashley", befahl er mit belegter Stimme.

Sie schien es zunächst nicht zu verstehen, er unterbrach das Spanking allerdings nicht, sondern versohlte ihr in einem steten Rhythmus den Hintern. Nach einem Moment griff sie mit der Hand zwischen ihr Becken und die Kissen und kam sofort. Ihr Hintern spannte sich an und ihre Beine streckten sich, als sie sich aufbäumte.

Er ließ seine Hand unter ihre gleiten, schob ihre Hand beiseite und kreiste mit dem Finger auf ihrer empfindlichen Perle.

Sie tat ihren Orgasmus mit einem lauteren Lustschrei kund und presste sich an seine Hand. Nichts konnte befriedigender sein, als seinem Weibchen Wonne zu bereiten.

„Wunderschönes Mädchen", raunte er. Er streichelte ihre heißen Pobacken, bevor er seine Finger zwischen ihre Beine schob und ihre geschwollene, feuchte Pussy streichelte.

Das erste Mal hatte er sie von hinten genommen. Dieses Mal wollte er ihr Gesicht sehen. Er legte seine Kleider ab und nahm sich ein Kondom aus der Brieftasche. Anschließend drehte er sie auf den Rücken, zog das Kissen unter ihr hervor und stieg über sie.

Sie nahm ihm das Kondom aus der Hand, riss die Verpackung auf und rollte den Gummi über seinen Schwanz. Er positionierte sich direkt über ihrer feuchten Spalte und ihre Hitze pulsierte an seinem empfindsamen

Organ. Sie schaukelte mit den Hüften und griff nach unten, um ihn in sich zu führen.

Er drang langsam in sie und genoss den Moment des Eindringens sowie die schwindelerregende Wirkung ihrer Scheidenwände, die sich wie ein Handschuh an seine Härte schmiegten. Ihre Finger spannten sich an seinen Schultern an und er hielt inne, um ihr eine Gelegenheit zu geben, sich an seine Größe zu gewöhnen. Nach einem Herzschlag begann sie, sich zu bewegen, und hob ihre Hüften, um ihn tiefer aufzunehmen.

„Das ist es, Baby", lobte er und ignorierte das Verlangen seines Körpers, ihre Vereinigung zu feiern und sich gnadenlos in sie zu hämmern.

Sie bog den Rücken durch und stieß jedes Mal ein süßes leises Stöhnen aus, wenn er in sie drang. Sie hob die Beine in die Luft, verschränkte ihre Knöchel hinter seinem Rücken, zog ihn noch tiefer in sich und hob ihr Becken, um ihm entgegenzukommen.

„Oh Gott", stöhnte er. „In diesem Tempo werde ich nicht lange durchhalten."

Ashley schloss die Augen und ihre Haare lagen ausgebreitet auf dem Kissen, als ihr Kopf unter der Wucht seiner Stöße hoch und runter rutschte. Sie klammerte sich an seine Arme, grub ihre Fingernägel tief in sein Fleisch und stieß ihre Hüften noch entschlossener nach oben, um ihm entgegenzukommen. „Gib es mir."

„Was? Oh *Gott* ..." Er rammte sich in sie und verlor die Fähigkeit, sein Verlangen zu regulieren. Mit einer Hand an ihrer Schulter fixierte er sie an Ort und Stelle und hämmerte sich immer wieder in sie, bis Lichter vor seinen Augen explodierten und er, ihren Namen schreiend, kam.

* * *

Selbst wenn ihr Bett in Flammen stünde, hätte sich Ashley nicht bewegen können. Jeder Muskel war nach ihrem Orgasmus erschlafft. Ihre Pussy pochte noch wegen Bens Härte. Sie war weit gedehnt und von seinem groben Liebesspiel bestraft worden. Sogar ihr Inneres fühlte sich wund an, doch sie genoss die Empfindung und wollte es genießen, sich so benutzt und wie die Seine zu fühlen.

Er glitt aus ihr, ließ sich neben ihr nieder und zog sie an sich. „Bist du okay?"

„Mmmh", war alles, was sie hervorbrachte.

„Wie geht es deinem Bein? Habe ich dir wehgetan?"

„Schh", sagte sie und berührte seine Lippen. „Mir geht es gut. Mir geht es besser als gut. Mir geht es fantastisch."

„Ich liebe dich", verkündete er.

Sie stellte das Atmen ein.

Er sah unsicher aus. „Es wirkt wahrscheinlich viel zu früh, um so etwas zu sagen, aber es stimmt. Wölfe sind anders. Wir erkennen unsere Gefährtinnen fast in dem Moment, in dem wir ihnen begegnen."

Sie zeichnete seine Augenbraue nach. „Bedeutet das, dass es Schicksal ist? Oder Vorhersehung? Ich meine, denkst du, du hast nur eine Gefährtin?"

Er zuckte mit den Achseln. „Ja, ich schätze schon. Ich meine, nicht alle Wölfe paaren sich fürs Leben, die meisten allerdings schon. Es müsste ziemlich schlimm sein, damit man sich trennt." Er machte ein finsteres Gesicht und wirkte gedankenverloren.

„Was?"

Er schluckte. „Ich habe nur an meine Mom gedacht."

„Denkst du, sie hat sich für den Tod entschieden, anstatt sich von deinem Dad scheiden zu lassen?"

Er nickte. „Eine Scheidung wäre bei meinem Vater nie

eine Option gewesen. Er hätte sie bis ans Ende der Welt verfolgt. Sie war mehr ein Besitz als eine Partnerin. Das waren wir alle."

„Was ist zwischen deinem Dad und diesem Kerl von heute vorgefallen?"

Bens Gesicht nahm steinerne Züge an, als würde ihn die Erinnerung an ihre Entführung wütend machen.

Sie streichelte seine Wange.

„Sandoval führte in Caracas ein rivalisierendes Rudel. Er war ein Drogenboss – stinkreich – und wurde mit jedem Tag mächtiger. Mein Vater spürte eine drohende Übernahme und rief mich nach Caracas zurück, damit ich bei einem Kampf an seiner Seite stand. Leon war in die Staaten gezogen und erfolgreich, weshalb seine Rückkehr nicht erwartet wurde. Die Idee war immer, dass ich die Führung des Rudels meines Vaters übernehmen würde, weshalb es Sinn ergab, dass ich zu ihm kam, doch ich ignorierte die Aufforderung.

Es gab Drohungen ... Sandoval sprach eine Herausforderung aus, die mein Vater ignorierte. Als ich nicht kam, wählte mein Vater den Weg eines Feiglings und plante Sandovals Ermordung. Er platzierte eine Bombe in dessen Limousine, doch sie explodierte, während dessen Frau und Töchter im Wagen waren.

Da er realisierte, dass es nun wirklich übel werden würde, rief mich mein Vater erneut zu sich, dieses Mal vollkommen verzweifelt. Ich machte mich unerreichbar ... ich nahm seine Anrufe einfach nicht an und las seine Nachrichten nicht. Leon ging an meiner Stelle und Sandoval tötete beide." Bens Mund verzog sich verbittert.

„Ben", sagte sie, „ihr Tod ist nicht deine Schuld oder Verantwortung. Du hast dich entschieden, nicht an einem Kampf teilzunehmen, der nicht der deine war und dem es an Ehre mangelte. Dein Bruder hat eine andere Entscheidung getroffen, was sein gutes Recht war. Es hatte nichts mit dir zu tun."

„Doch, das hatte es", widersprach Ben. Die Wut in seinem Gesicht sorgte dafür, dass sie sich versteifte. „Wenn ich gegangen wäre, hätte Leon niemals diese Entscheidung treffen müssen."

„Das stimmt nicht. Er hätte die gleiche Entscheidung treffen können wie du. Und wenn du gegangen wärst, hätte er sich vielleicht trotzdem entschieden, ebenfalls zu gehen. Er war sein eigener Mann ... du hast ihn zu nichts gezwungen."

Bens Augen wurden rot, er fiel auf seinen Rücken und starrte an die Decke.

„Ben, jeder ist seines Glückes Schmied. Du bist ein Alpha. Ein Mann, der seiner eigenen Führung folgt und seinen eigenen Weg wählt. Du hast die richtige Entscheidung getroffen. Und wenn du das nicht getan hättest ... dann wärst du heute vielleicht nicht hier und wir hätten uns nie kennengelernt."

Ben drehte sich wieder zu ihr um und übersäte sie mit Küssen. „Du bist mein Schicksal", verkündete er mit erstickter Stimme. „Nach Leon ..." Er unterbrach sich und schluckte. „Ich konnte es nicht ertragen, dass ich noch lebte und er nicht. Er war der bessere Mann. Er hatte eine Frau und Kinder, ein erfolgreiches Unternehmen, ein Rudel, das von seiner Führung abhängig war. Ich hatte nichts ... ich war nichts. Ich hätte alles gegeben, um mit ihm zu tauschen ... um mein Leben zu geben, damit er bleiben konnte." Eine Träne entwischte einem von Bens Augen und rollte über seine Nase. „Aber vielleicht ... hast du recht. Vielleicht hatte ich ein Schicksal, das ich zu dem Zeitpunkt einfach nicht sehen konnte." Er wischte über die Feuchtigkeit auf seiner Wange. „Eine Zukunft mit dir."

Sie schluckte den Kloß in ihrer Kehle. „Ja. Deine Zukunft verspricht ebenfalls alle möglichen Erfolge."

Er lächelte und drückte einen Kuss auf ihre Stirn. „Du bist so kostbar für mich, dass es wehtut."

Sie blinzelte zu ihm auf und ihre Brust schwoll an. „Also zurück zu dieser Paarungssache fürs Leben. Bist du jetzt wirklich mein Verlobter oder war das nur etwas, was du dem Arzt erzählt hast, damit er dich in mein Krankenzimmer lässt?"

Ben grinste. „Ich bin das, als was immer du mich bezeichnen willst. Wir brauchen keine menschlichen Namen für Beziehungen. Was Wölfe angeht, habe ich dich markiert und du gehörst zu mir."

Sie feixte. „Nennst du mich einen Besitz?"

Er kitzelte sie, woraufhin sie kreischte und ihre Ellenbogen an ihre Rippen presste in dem erfolglosen Versuch, sich zu schützen. „Ich sage, dass du mich jetzt nicht mehr loswerden kannst. Wenn du einen Ring an deinem Finger brauchst, um das zu glauben, werde ich dir den größten Diamanten auf der Erde kaufen, aber du solltest dich vorbereiten ... ich gehe nicht."

„Meinst du, dass ich mein Haus oder mein Leben vorbereiten soll?", neckte sie.

„Hmm, das ist eine gute Frage. Soll ich bei dir einziehen oder willst du bei mir einziehen?"

Ihr Herz machte einen Hüpfer. Er meinte es ernst – er wollte wirklich, dass sie zusammenzogen. „Nun ... deine Bleibe ist vermutlich viel schöner", meinte sie.

Er lächelte. „Tatsächlich ist sie das nicht. Es ist nur ein dummes Apartment mit sehr grundlegenden Möbeln."

Sie legte den Kopf schief. Warum lebte ein Multimillionär nur mit dem Grundlegendsten? „Hast du dich selbst bestraft?"

Er zuckte mit den Achseln. „Mir war nicht wohl dabei, Leons Geld auszugeben."

„Hat nicht Leons Frau sein Geld geerbt?"

„Ja, ich meine mein Gehalt von Stone Tech."

„Das ist nicht Leons Geld, das ist dein Gehalt für deine *Arbeit*, Dummerchen."

„Uh oh", sagte Ben, rollte sie auf den Bauch und fixierte sie mit einer Hand in ihrem Rücken auf dem Bett. Er verpasste ihrem nach wie vor wunden Hintern eine Reihe brennender Hiebe, bei denen ihr Bauch Purzelbäume schlug.

Gott, sie liebte seine Dominanz.

„Regel Nummer Eins, kleine Wölfin. Beschimpfe mich nie." Er verpasste ihr fünf weitere Schläge, was sie zum Stöhnen brachte. „Du darfst mich *Sir* oder *Meister* oder *Mr. Stone* nennen."

Bei dem Wort Meister verkrampfte sich ihre Pussy. Sie würde Ben Stone gerne als seine persönliche Sexsklavin dienen.

Er stieg über sie. „Spreiz deine Beine", raunte er ihr ins Ohr.

Sie öffnete ihre Schenkel und sein Schwanz tauchte ohne jegliche Führung erneut in ihre Pussy.

Sie atmete scharf ein, da es brannte.

„Bist du wund, Süße?", fragte er.

Sie zögerte. Es tat weh, aber sie wollte, dass er weitermachte. „Nein."

Er packte eine Faustvoll ihrer Haare und zog ihren Kopf nach unten, bevor er ihr ins Ohr knurrte: „War das eine Lüge?"

Ihre Pussy lief aus. „Bitte hör nicht auf", hauchte sie.

Er gluckste. „Wenn du nicht aufpasst, mache ich das womöglich die ganze Nacht lang."

Ihre Muskeln verkrampften sich um seinen Schwanz herum, als sie einen Mini-Orgasmus hatte. „Ich werde dich nicht aufhalten", keuchte sie, als sie wieder atmen konnte.

„Lass uns ein neues Haus suchen, in dem wir gemeinsam leben können", schlug er vor, während er in sie rein und raus glitt.

Wonne schwappte in Wellen über sie hinweg, lange bevor er seine Hand unter sie schob und mit ihrem Kitzler spielte, um noch einen welterschütternden Orgasmus auszulösen.

Kapitel Zwölf

Er fuhr vor das Lagerhaus und schaltete den Motor ab. Er sah Zollas und Marks Fahrzeuge auf dem Parkplatz, der mit Autos und Motorrädern gefüllt war. Wenigstens hatte er zwei Freunde dort drin. Er hatte Stanley angerufen und ein Treffen mit dem Rudel verlangt.

Er hatte Ashley mitgebracht – dieses Mal ohne Augenbinde. Sie war seine Gefährtin, wenn er ein Mitglied dieses Rudels werden würde, mussten sie sich an sie gewöhnen. Sie bei sich zu haben, verlieh ihm Kraft. Allein ihre Präsenz weckte den Wunsch in ihm, seinen Mann zu stehen, wenn er zuvor den Kopf eingezogen hätte.

Sie betraten das Lagerhaus und obwohl die Gespräche nicht leiser wurden, spürte er, dass die Aufmerksamkeit der meisten Wölfe auf ihm ruhte. Alle waren da – männliche und weibliche Wölfe gleichermaßen. Er erblickte Shayla auf der anderen Seite des Raums und erlebte einen Moment der Unsicherheit. Was würde sie davon halten, dass er Leons Platz übernahm? Der Himmel wusste, dass er als Wolf nicht mit Leon mithalten konnte. Sie schenkte ihm ein kleines Lächeln und hob ihre Finger zu einem Winken.

Er winkte zurück. Zolla trat vor. Seine drahtige Figur ließ ihn im Vergleich zu den anderen muskulösen Wölfen wie einen Jugendlichen wirken, obgleich die menschliche Gestalt nicht zwangsläufig mit der Wolfgröße zusammenhing. Er schob seine Brille hoch, grinste und streckte seine Hand aus.

Ben packte seine Handfläche. „Danke, dass du gekommen bist. Ich hoffe, es war nicht zu unangenehm", sagte er und fragte sich, ob Zolla dumm angesprochen worden war, weil er ihr Rudel verlassen hatte.

Zolla zuckte mit den Achseln. „Das ist mir egal", erwiderte er. „Hey, Ashley."

Ashley umarmte ihn und Ben war überrascht, herauszufinden, dass er dem Wolf nicht die Zähne ausschlagen wollte. Dass er sie markiert hatte, hatte einen Teil der maskulinen Aggression gelindert, die ihn seit dem Moment im Griff gehabt hatte, in dem er sie zum ersten Mal erblickt hatte. Oder vielleicht lag es an ihrer exquisiten Unterwerfung der letzten Nacht.

„Wie geht's deinem Bein?"

Sie grinste. „Der Arzt sagte, es sei ein Wunder ... der Knochen brauchte die Rekonstruktionsmaßnahmen nicht, die laut den ersten Röntgenaufnahmen nötig gewesen wären."

„Du hast wirklich gute Gene", entgegnete Zolla mit einem Zwinkern.

Ben legte einen Arm um Ashleys Taille und zog sie an seine Seite.

Stanley kam und schüttelte seine Hand. „Du hast das Wort, wann immer du bereit bist. Möchtest du, dass ich dich vorstelle?"

„Nein, das ist okay", lehnte Ben ab, legte zwei Finger an seine Lippen und pfiff. Der Raum verstummte.

„Brüder, Schwestern", begann er. „Danke, dass ihr heute Abend gekommen seid. Ich bin hergekommen, um mich bei euch dafür zu bedanken, dass ihr mir gestern beigestanden seid ... Dass ihr eure Hälse für einen Kerl riskiert habt, der diesem Rudel bisher nichts angeboten hat. Ich verdiente nicht, was ihr für mich getan habt."

Niemand sprach.

„Ich habe nicht am Rudelleben teilgenommen, wie ich es hätte tun sollen. Ich weiß, dass ich euch im Stich gelassen habe und dass ich Leon im Stich gelassen habe." Seine Augen suchten Shayla und fanden sie in der Menge. Sie schenkte ihm ein kleines, aufmunterndes Lächeln. „Ich möchte, dass ihr wisst, dass ich von nun an zu hundert Prozent hinter euch stehe, wenn ihr mich wollt. Ich würde mich geehrt fühlen, euer Bruder zu sein und euch auf die Weise zu dienen, die ihr von mir verlangt."

Der Raum war totenstill.

„Was, wenn du gebeten werden würdest, Alpha zu werden?", fragte Stanley.

Die Wölfe starrten ihn alle an und warteten. Er sah eine Herausforderung in manchen Augen. Er blickte ihnen in direkt in die Augen, bis sie einer nach dem anderen die Blicke senkten. Er konnte sich nicht vorstellen, warum sie ihn als Anführer haben wollten. Er hatte nicht bewiesen, dass er zum Führen geeignet war. Klar, er war der größte, stärkste Wolf, das bedeutete aber nicht, dass er die Fähigkeit besaß, sie zu führen.

Zolla nickte ihm aufmunternd zu. Aus irgendeinem Grund glaubte der Omega-Wolf an ihn. Und seine Freundschaft hatte ihm und Ashley gestern das Leben gerettet.

Er beugte den Kopf. „Ich werde auf die Weise dienen, die von mir verlangt wird, zum Wohl des Rudels."

„Führung bedeutet Opfer", stellte Stanley nach einem

langen Schweigen fest. „Gestern sah ich deine Bereitschaft, dich zum Schutz deiner Gefährtin zu opfern. Wärst du gewillt, deinem Rudel diese Art von Schutz anzubieten?"

Er betrachtete die Gesichter der Rudelmitglieder. Sie waren seine Art – seine Spezies – Wölfe, die unter Menschen lebten. Sie kümmerten sich umeinander. Wenn sie das nicht taten, liefen sie Gefahr, der Welt ihr Geheimnis zu verraten, was ihr Aussterben auslösen könnte. Stanley hatte zuvor recht gehabt – einsame Wölfe waren ein Nachteil für alle. Er hatte das Rudel geschwächt, indem er sich von diesem ferngehalten hatte.

Er schluckte. „Ich würde mein Leben für euch geben, für jeden Einzelnen und als gesamtes Rudel", schwor er feierlich.

Er spürte, dass ein Beben der Zustimmung durch die Menge ging, doch niemand sprach.

„Wölfe sind von Natur aus nicht demokratisch veranlagt", meinte Stanley, „aber wir sind Amerikaner. Wer hat etwas gegen die Herrschaft dieses Alphas?"

Er scannte ihre Gesichter. Manche der Wölfe wirkten zweifelnd und hatten die Arme vor der Brust verschränkt, doch niemand protestierte.

„Ich habe keine Übung darin, ein Rudel zu führen", gestand er, „aber ich verspreche, mein Bestes zu geben."

Zolla ging auf ein Knie, beugte den Kopf und hielt seine Faust in der anderen Hand – eine Geste, die Respekt für seinen Alpha ausdrückte. Mark und Stanley knieten sich als Nächstes hin. Shayla sank ebenfalls zu Boden und seltsamerweise trug sie ein Lächeln im Gesicht, das dem eines stolzen Elternteils ähnelte, das seinem frischgebackenen Schulabsolventen zulächelte. Einer nach dem anderen sanken die Wölfe zu seinen Füßen auf den Boden und zeigten ihm ihre Unterwürfigkeit.

Als sogar Ashley die Geste nachahmte, wozu sie auf ihren Krücken balancierte, durchlief ihn ein Schauder – ein Zeichen für die Richtigkeit und Wichtigkeit des Moments.

Gerührt ahmte er die Geste nach, packte seine Faust und beugte den Kopf. „Ihr ehrt mich", sagte er. „Ich werde mein Bestes geben, euch als euer Anführer und Wolfsbruder zu verteidigen und zu dienen." Er ließ den Kopf in den Nacken fallen und heulte in die Richtung des Monds.

Das ganze Rudel fiel mit ein, erhob seine Stimmen und füllte das Metallgebäude mit den Vibrationen ihres vereinten Liedes.

Als das Heulen erstarb, sprach er: „Ich werde mich in einem Augenblick um jegliche alten oder neuen Angelegenheiten kümmern, doch vorher würde ich euch gerne meine Gefährtin vorstellen." Er griff nach Ashleys Hand und half ihr auf die Füße. „Das ist Ashley. Sie ist teils Wolf und meine Rettung ... das Weibchen, das mich vor meinem schlimmsten Selbst bewahrt hat. Ich weiß, Menschen sind normalerweise kein Teil dieser Aktivitäten, und ich weiß, dass es ungewöhnlich ist, dass sich ein Alpha mit einem Menschen paart, doch ich hoffe, dass ihr sie so herzlich unter euch aufnehmt, wie ihr es bei einem reinblütigen Wolf tun würdet." Er ließ seinen harten Blick über die Menge gleiten und zeigte ihnen den Hauch einer Warnung, damit sie verstanden, dass er ihnen einen Befehl erteilte und es keine Bitte war.

Er drückte Ashleys Hand und spürte ihre Nervosität, wusste jedoch, dass sie jegliche Einwände bewältigen würde, die jemand gegen sie vorbrachte. Zur Hölle, sie hatte ihn innerhalb von fünf Sekunden für sich gewonnen.

„Hat jemand Angelegenheiten, die heute Abend besprochen werden müssen, oder können wir uns sofort dem Essen widmen?", fragte er grinsend. Wolftreffen beinhalteten am Ende normalerweise ein Buffet, zu dem jeder etwas beisteuerte und das gemeinsam genossen wurde. Er hatte Stanley mitgeteilt, dass er für dieses Treffen das Essen zur Verfügung stellen würde, das er von einem örtlichen mexikanischen Restaurant hatte kochen lassen.

„Essen wir", rief jemand.

Er grinste. „In Ordnung, das Essen ist in meinem Wagen. Wenn mir ein paar von euch zur Hand gehen können, werde ich alles aufbauen."

Ashley schwang ihre Krücken bereits in Richtung Tür. Er packte ihre Taille und zog sie zurück. „Wohin denkst du, dass du gehst?"

„Das Essen holen."

„Wie genau willst du es tragen?"

Sie lehnte die Krücken an die Wand. „Ich glaube, ich brauche diese Dinger nicht mehr", verkündete sie.

Er bedachte sie mit einem strengen Blick und deutete aufs Sofa. „Setz dich und rühr dich nicht vom Fleck, bis ich komme und dich hole. Andernfalls werde ich dein Hinterteil zum Glühen bringen."

Sie sah aus, als wollte sie protestieren, weshalb er sie sich über die Schulter warf und zum Sofa trug, auf das er sie setzte.

„Bleib", befahl er.

Sie grinste und ihre blauen Augen funkelten hell über ihren geröteten Wangen. „Wuff."

Er zwinkerte ihr zu, während er zum Auto ging, wo bereits mehrere Leute warteten, um das Essen reinzutragen. Sie brachten es schnell in die Halle und breiteten es auf Klapptischen hinten im Raum aus.

Shayla erschien an seiner Seite. „Das wurde aber auch Zeit", stellte sie fest.

„Was?"

„Dieses Rudel wartet mittlerweile seit drei Jahren darauf, dass du den Kopf aus dem Arsch ziehst und die Führung übernimmst", antwortete sie und stemmte die Hände in die Hüften.

Er atmete scharf ein. „Ich weiß nicht, wie ich wie Leon sein kann", gestand er seine größte Sorge.

Sie berührte seinen Arm. „Du wirst wie Ben sein", entgegnete sie lächelnd. „Und das wird genug sein."

„Danke", sagte er verblüfft von ihrer Zuversicht.

„Leon wäre stolz auf dich", versicherte sie ihm. „Er sagte immer, dass du großartig in dem sein würdest, was du letztendlich tust."

Ben blinzelte und rieb sich über die Nase, als sein Sichtfeld verschwamm.

Shayla hob ihre Wange für den lateinamerikanischen Kuss, bevor sie die Arme um ihn schlang und ihn umarmte. „Ich freue mich für dich, Ben." Sie nickte zu Ashley. „Sie ist offensichtlich wundervoll."

„Danke, Shay. Das weiß ich zu schätzen", bedankte er sich. Seine Brust fühlte sich so voll und warm an, dass er befürchtete, er würde platzen.

Er machte sich auf den Rückweg zu Ashley, was eine Weile dauerte, weil er auf dem Weg anhalten und die Glückwünsche verschiedener Wölfe entgegennehmen musste. Als er sie erreichte, zog er sie auf die Füße, schlang seine Arme um ihre Taille und küsste sie auf den Scheitel.

„Herzlichen Glückwunsch, Alpha", sagte sie.

Er umfasste ihren Kopf und neigte ihn nach hinten, um ihre Lippen zu küssen. „Danke, dass du heute Abend an meiner Seite bist."

Sie drückte ihren Oberkörper an seinen und blickte mit einer Liebe in den Augen zu ihm auf, die er nicht verdiente. „Danke, dass du mich mitgenommen hast."

* * *

Am nächsten Morgen fuhr Ben sie beide zur Arbeit. Sie freute sich darauf, als seine Gefährtin und nicht nur als seine Assistentin ins Büro zurückzukehren, obwohl sie bei dem Gedanken daran erschauderte, was alle über sie sagen würden. Es würde garantiert Kommentare geben, dass sie sich an die Spitze geschlafen hatte. Und falls Ben entschlossen war, Änderungen vorzunehmen, würde sie die Schuld an allem bekommen, was nicht erwünscht war.

Ben hatte sie am Vortag nicht zur Arbeit gehen lassen und darauf bestanden, dass sie sich an die Anweisungen des Arztes hielt, obwohl der Arzt nicht von ihren wölfischen Heilfähigkeiten wusste. Jetzt sprudelte all ihre Aufregung, für Ben Stone zu arbeiten, wieder an die Oberfläche. Das wurde von der Tatsache verstärkt, anstatt gedämpft, dass sie miteinander schliefen.

Ben hatte ihren Anzug ausgewählt, weil es ihm gefiel, wie ihre Beine darin aussahen. Das beige, enganliegende Ensemble bestand aus einer langen, schmalen Jacke und einem kurzen, engen Rock. Sie hatte ihn daran erinnert, dass eines ihrer Beine in einem Gips steckte, weshalb es anders aussehen würde als in der letzten Woche, als sie das Outfit getragen hatte. Er hatte ihr jedoch nur auf den Po geschlagen und ihr gesagt, dass sie es anziehen sollte.

„Muss ich dich im Büro wieder ‚Mr. Stone' nennen?", erkundigte sie sich und beobachtete sein Profil beim Fahren.

Seine Lippen kräuselten sich an den Rändern. „Ja."

„Ah, und wir sind auch wieder bei den einsilbigen Antworten angelangt?"

Seine Augen huschten zur Seite und er feixte, antwortete jedoch nicht.

„Und den Nicht-Antworten." Sie lehnte den Kopf an den Sitz und seufzte, obwohl eine Hitzewelle durch ihren gesamten Körper schwappte. Wie konnte sie protestieren, wenn sie die strenge Mr. Stone Persona liebte?

„Ich schätze, es ist am besten, wenn wir unsere Beziehung geheim halten, während wir auf der Arbeit sind?", fragte sie.

Ben sah sie an und seine grünen Augen bohrten sich mit ihrer üblichen Intensität in sie. „Das geht niemanden etwas an", erklärte er.

„Ich weiß und es wird wahrscheinlich nicht lange dauern, bis es rauskommt, wenn wir gemeinsam zur Arbeit fahren, aber es ist vermutlich besser, wenn wir es für uns behalten. Meinst du nicht?"

„Fragst du mich oder teilst du es mir mit?"

Sie öffnete den Mund und schloss ihn wieder, da sie nicht wusste, wie sie antworten sollte.

„Ist es das, was du willst?"

Sie runzelte die Stirn. Was sie wollte und was sie für das Beste hielt, waren tatsächlich zwei unterschiedliche Dinge. Oder besser gesagt sie wollte beides – sie wollte, dass die ganze Welt wusste, dass Ben sie zu seiner Gefährtin gemacht hatte, aber sie wollte sich auch den Respekt der Leute verdienen, mit denen sie zusammenarbeitete. Sie seufzte. Warum waren die Dinge für Frauen am Arbeitsplatz so kompliziert?

„Ja, ich schätze schon."

Ben zuckte mit den Achseln. „In Ordnung. Ich werde versuchen, dir die kurzen Röcke nicht vom Körper zu reißen, während wir im Büro sind."

Sie kicherte. „Danke, glaube ich."

Ben fuhr auf den Parkplatz und sie nahmen gemeinsam den Aufzug nach oben. Sie zog in Erwägung, darauf zu bestehen, getrennt zu fahren, doch Ben sah bereits aus, als wollte er sie tragen, anstatt sie mit Krücken laufen zu lassen, weshalb sie den Mund hielt.

Karen saß an ihrem Schreibtisch, als sie gemeinsam ankamen, falls sie das merkwürdig fand, ließ sie es sich allerdings nicht anmerken.

Ben trug ihre Tasche ins Büro und stellte sie ab. „Brauchst du etwas?"

„Was? *Du* wirst *mir* Kaffee holen?"

„Wenn du nett darum bittest." Er senkte die Stimme. „Vielleicht, wenn du deinen Rock ein wenig anhebst?"

Ihr Gesicht wurde warm, sie packte einen Stift und warf ihn auf Ben. „Raus mit dir. Ich besorge hier den Kaffee. Brauchst du welchen?"

Er grinste. „Nein." Er lehnte sich in ihre Tür und betrachtete sie eine Weile.

Ihre Körpertemperatur stieg um mehrere Grad an, da sie sein begieriger Blick wärmte. Ihr Mund öffnete sich, doch alle Gedanken und Worte hatten sich verflüchtigt.

Ben zwinkerte und stieß seine große Gestalt mit einer Eleganz von dem Türrahmen ab, die nicht zu seiner Größe passte. Er ging und nahm ihren Atem mit sich.

Sie setzte sich lächelnd an ihren Schreibtisch. Sie liebte ihr Leben.

Ungefähr vierzig Minuten später rief Ben: „Komm in mein Büro."

Sie nahm ihren Laptop, erkannte jedoch schnell, dass sie ihn nicht tragen und zugleich ihre Krücken benutzen konnte. Daher ließ sie den Laptop zurück und humpelte zu seinem Büro.

„Schließ die Tür, Ashley", befahl er.

Sie schwang sie zu.

„Du bist dort drüben zu weit weg", stellte er fest und deutete mit dem Kinn in Richtung ihres Büros.

Sie gab ihr Bestes, mit den Krücken zu ihm zu tänzeln, und ließ sich auf seinen Schoß fallen. „Ist das nah genug?", fragte sie, wobei sie mit leiser und verführerischer Stimme sprach.

„Nicht ganz."

Sie beugte sich vor und küsste seinen Hals. „Wie ist es damit?"

„Mmmh, ich bin mir nicht sicher."

Sie sank zu seinen Füßen auf ihre Knie und biss in seinen Hosenschritt in der Hoffnung, dass ihr heißer, feuchter Atem seinen Schwanz durch den Stoff hindurch erreichte. „Wie ist es damit?"

Seine Männlichkeit streckte sich ihr entgegen. Er stöhnte. „Das könnte zu nah sein", erklärte er mit erstickter Stimme. Er packte ihre Unterarme und hob sie wieder auf seinen Schoß.

Sie täuschte einen Schmollmund vor.

„Keine Sorge, meine kleine Assistentin. Ich werde alle möglichen Dienste von dir verlangen." Er streichelte mit dem Daumen über ihre Unterlippe. „Tatsächlich habe ich mir erst heute Morgen geschworen, dich in jedem einzelnen Raum dieses Gebäudes zu nehmen. Das bedeutet jede Etage, jeden Arbeitsplatz, jede Toilette, jedes Versammlungszimmer, vielleicht sogar die Schränke. Wie lange denkst du, werden wir dazu brauchen?"

Ihre Pussy pulsierte und war bereit für seine vorgeschlagene Aktivität.

„I-ich bin mir nicht sicher", brachte sie hervor.

„Nun, ich hätte gerne, dass du es berechnest, Ashley. Ich brauche eine Checkliste, mit der ich arbeiten kann. Sie muss bis zum Ende des Tages auf meinem Schreibtisch liegen, verstanden?"

Ihr Beckenboden hob sich und ihre Scheidenwände flatterten. „Ja, Sir", hauchte sie.

„Im Moment hatte ich allerdings die andere Art von Arbeit im Sinn."

Sie richtete sich auf. „Was kann ich für Sie tun, Mr. Stone?", fragte sie nach wie vor mit verführerischer Stimme.

„Hast du jemals den Bericht erstellt, wen ich aus dem mittleren Management feuern soll?"

„Ja, Sir, soll ich ihn holen?"

„Bitte", erwiderte er und ließ seine Hände auf ihren Hüften liegen, als sie aufstand. „Und dann komm sofort *hierher* zurück", befahl er und zog sie zurück, damit sie vorübergehend auf seinem Schoß saß.

Sie kicherte.

„Oh, ich habe alle möglichen Pläne für dich in diesem Büro", kündete er verschlagen an. „Ich scheine mich daran zu erinnern, dass du gefragt hast, ob dir der Hintern auf der Arbeit versohlt werden würde?"

Ihr Grinsen wurde noch breiter und Lust loderte heiß in ihr.

Er wackelte mit den Augenbrauen. „Du solltest besser äußerst pingelig bei deiner Arbeit sein, Ms. Bell, andernfalls muss ich dich mit runtergelassenem Höschen über diesen Schreibtisch beugen, bevor du ‚Ja, Sir' sagen kannst. Du weißt, dass Karen alles hören würde."

Ihr Gesicht wurde warm und ihr Puls raste. „Ich werde mit diesem Bericht zurückkommen, Mr. Stone", versprach sie, ließ die Krücken zurück, um stattdessen ihren Hintern zu verdecken, und warf ihm über ihre Schulter einen Blick puren Begehrens zu.

* * *

Ben rutschte auf seinem Platz hin und her, um seinen harten Schwanz besser zu positionieren. Mit Ashley zusammenzuarbeiten, würde jeden Tag zu einer angenehmen Folter machen. Es erschien ihm merkwürdig, wie anders er sich an jenem Tag hinsichtlich seiner Arbeit bei Stone fühlte. Er war jetzt eine vollkommen andere Person. Er war endlich nicht nur bereit, sondern enthusiastisch, das Richtige für die Firma seines Bruders zu tun.

Ashley kehrte mit ihrem Laptop zurück und er bemerkte, dass sie ihre Krücken nicht benutzte. Er hätte sie nicht hin und her schicken sollen – er hätte einfach in ihr Büro gehen sollen, wusste jedoch, dass sie die Chef/Assistentin-Dynamik liebte.

Sie ließ sich wieder auf seinen Schoß fallen.

Er atmete den Duft ihrer Haare ein und schlang seine Arme um sie.

Sie öffnete ihren Laptop und er schaute über ihre Schulter, als sie ihren Bericht aufrief. „Das ist die Liste. Ich habe die Personen nach der Höhe ihres Gehalts geordnet, vom höchsten zum niedrigsten. Außerdem sind ihre Namen, Jobtitel und der Grund aufgeführt, aus dem ich denke, dass sie nicht genug Leistung erbringen oder entlassen werden sollten."

Er überflog die Liste. Anscheinend basierten ihre Entscheidungen auf verpassten Leistungszielen, mangelnden Verkäufen, zu hohe Ausgaben und zu geringen Umsätzen innerhalb der Abteilung.

„Wie lange hast du gebraucht, um das zu erstellen?"

„Nun, ich habe die gesamte letzte Woche daran gearbeitet. Also ungefähr dreißig Stunden, um die notwendigen Daten zu sammeln und zu analysieren."

„Okay. Schicke den Bericht an Beth von der Personalabteilung und bitte sie, die Entlassungen in die Wege zu leiten."

Ashley spannte sich an. „Warte ... du wirst die Entlassungen einfach vornehmen? Nur aufgrund meiner Meinung?"

„Ja. Warum sollte ich das nicht tun?"

„Nun, wir sprechen hier vom Lebensunterhalt anderer Leute. Ich weiß nicht, ob ich wirklich qualifiziert bin, diese endgültigen Entscheidungen zu treffen. Ich habe nur Empfehlungen ausgesprochen, die du sichten kannst, um dir deine eigene Meinung zu bilden."

„Und ich vertraue deinen Empfehlungen. Musst du sie noch einmal überarbeiten, jetzt, da du weißt, dass du die Entscheidung triffst?"

Sie betrachtete ihn mit großen Augen, bevor sie hektisch durch ihren Bericht zu scrollen begann. Nach einem Augenblick sah sie wieder auf. „Nein."

Er lächelte. „Also hast du mir bereits beim ersten Mal deine beste Empfehlung gegeben?"

„Ja, Sir."

„Braves Mädchen."

Sie errötete und sah zufrieden aus.

„Jetzt müssen wir etwas besprechen, Ashley."

„Ja, Sir?"

„Eine deiner wichtigsten Aufgaben als meine Assistentin und Verlobte besteht darin, mich vor meinen eigenen Fehlern zu bewahren. Wenn ich also etwas Dummes tue, beispielsweise wie dich zu bitten, mir einen Bericht zu bringen, obwohl ich wissen sollte, dass du mir unmöglich deinen Laptop bringen und gleichzeitig deine Krücken benutzen kannst, ist es deine Aufgabe, mir das mitzuteilen, damit ich mich nicht wie ein Arsch fühle, wenn ich selbst dahinterkomme.“

Sie lächelte und senkte den Blick. „Ich fühle mich mit diesen dummen Teilen sehr unsexy“, gestand sie.

Er hob sie von seinem Schoß, drehte sie um und beugte sie über seinen Schreibtisch. Anschließend zog er ihren Rock hoch und schob ihr rosafarbenes Seidenhöschen langsam ihre Schenkel hinab. „Lass mich dir einfach zeigen, was passieren wird, wenn ich dich noch einmal ohne Krücken erwische“, sagte er, stand auf und öffnete seine Schreibtischschublade, in der er ein fünfundvierzig Zentimeter langes, fünf Zentimeter breites und drei Millimeter dickes Holzlineal fand.

Er senkte es blitzschnell auf ihren entblößten Hintern.

Sie keuchte und kniff ihre Pobacken zusammen. „Ben“, wisperte sie. „Karen wird es hören.“

„Hmm“, erwiderte er, zog ihr Höschen wieder hoch und versuchte es noch einmal. Der Laut war etwas gedämpfter.

Sie keuchte erneut und taumelte nach vorne.

Er tippte mit dem Lineal auf ihre Kehrseite. „Ich muss womöglich etwas suchen, mit dem ich Eindruck hinterlassen kann, was jedoch leiser ist. Das werde ich in meinem Büro aufbewahren für die Momente, in denen du dich danebenbenimmst.“

Ashley stöhnte und der Geruch ihrer Erregung stieg in seine Nase.

„Denn ich will dir hier im Büro sofort ein Feedback für deine Leistungen geben können“, erklärte er und verpasste ihr einen viel härteren Hieb.

Ashley quiekte.

Er schälte ihr Höschen wieder nach unten und zerrte es

über ihren klobigen Gips. „Spreiz deine Beine, Ash", raunte er.

Ihr Einatmen erregte ihn. Er wühlte ein Kondom aus seiner Tasche, öffnete seine Hose und rollte den Gummi über seinen begierigen Schwanz. Er rieb mit seiner Schwanzspitze über ihre Pussy, neckte ihren Kitzler und verteilte ihre Feuchtigkeit. „Ich werde heute ein Kondom benutzen, aber es wird Zeiten geben, in denen ich mich entscheide, dich mit meinem Samen zu füllen", warnte er.

Er machte sich eine geistige Notiz, später ein ernstes Gespräch über Verhütung mit ihr zu führen, doch zu diesem Zeitpunkt törnte es ihn an, ihr mit der Gefahr zu drohen, seine Welpen auszutragen. Danach zu urteilen, dass ihre Pussy frisches Gleitmittel absonderte, hatte es die gleiche Wirkung auf sie.

Er drückte gegen ihren Eingang und teilte ihre Schamlippen. Sie dehnte sich, um sein Eindringen zu erlauben, und ihre Hitze umfing seinen Schwanz. Er drang komplett in sie, packte ihre Haare und zog ihren Kopf nach hinten. „Zu wem gehörst du?", fragte er, glitt aus ihr und vergrub sich erneut in ihrer süßen Hitze. Dieses Mal sank er noch tiefer.

„Dir", keuchte sie.

Er drang etwas schneller in sie und ließ ihre Haare nicht los. „Sag *Ich gehöre Ben Stone.*"

Ihre Pussy lief aus. „Ich gehöre Ben Stone."

Es verschlug ihm den Atem. Er ließ ihre Haare los und schlang seinen Arm um ihre Hüften, damit ihr Becken nicht gegen das Hartholz seines Schreibtischs krachte, während er sie grob nahm, sich in sie rammte und seinen Schwanz immer wieder in ihrer Hitze vergrub, bis der Laut ihres kehligen Schreis ihn dazu brachte, die Kontrolle zu verlieren. Er verspritzte seine Ladung, während er in sie drang. Er griff zwischen Ashleys Beine und zwickte ihren Kitzler. Sie presste ihre Lippen zusammen, damit sie nicht schrie, bockte unter ihm und ihre Scheidenwände zogen sich um sein Glied herum zusammen, wodurch sie seinem Schwanz den letzten Tropfen Sperma abrangen.

Einige Minuten später, nachdem sie sich wieder hergerichtet hatten, zog er sie erneut auf seinen Schoß. „Glaubst du, Karen hat das gehört?", neckte er.

„Oh, Gott, was tust du mir nur an?"

„Ich stelle bloß sicher, dass du das gewaltige Ausmaß deiner Pflichten verstehst."

Sie drehte sich um, kniete sich zu beiden Seiten seines Stuhls und presste ihm ihre Brüste ins Gesicht. „Ich stehe dir zur Verfügung, Mr. Stone", sagte sie.

Er drückte und knetete ihren Hintern und war schon für eine weitere Runde bereit. „Verdammt", stöhnte er. „Du wirst gleich noch einmal gefickt werden."

„Soll ich gehen?"

Er stöhnte erneut – von ihrem Geruch wurde ihm schwindlig, ihre weichen Kurven unter seinen Händen zu spüren, war jedoch zu schön, um es aufzugeben. Nur mit großer Mühe ließ er sie los. „Du solltest besser wieder dein Höschen anziehen und dich außerhalb meiner Reichweite auf den Schreibtisch setzen."

„Ja, Sir", murmelte sie. Sie gehorchte und setzte sich mit verschränkten Beinen auf seinen Schreibtisch, wobei der Gips am unteren Bein baumelte. „Wolltest du noch etwas besprechen?"

Er sammelte sich und räusperte sich. „Ja. Ich habe gedacht, dass wir uns nach der Arbeit Häuser anschauen könnten. Oder wäre es dir lieber, wenn wir eines bauen lassen?"

Ihr Gesicht hellte sich auf. „Ooh, wirklich? Eines, in dem wir leben werden?"

Er grinste. „Ja."

„Ein Haus zu bauen, wäre spaßig", meinte sie mit glänzenden Augen.

„An was denkst du?"

„Etwas an den Gebirgsausläufern mit einer Fensterwand und einer großartigen Aussicht."

„Und ein Pool?"

„Woher weißt du, dass ich gerne schwimme?"

Er grinste. „Du hast mir erzählt, dass du auf der Highschool an den Meisterschaften teilgenommen hast. Außerdem bist du meine Gefährtin. Es ist meine Aufgabe, Dinge über dich zu wissen."

Sie rutschte vom Schreibtisch, ließ sich wieder auf seinen Schoß fallen und drückte ihre Lippen auf seinen Mund. „Du hörst nie auf, mich zu überraschen."

„Gut", erwiderte er. „Ich beabsichtige, dich auf Trab zu halten. Wenn wir nicht nach Häusern suchen, können wir heute Abend vielleicht stattdessen einen Ring für deinen Finger finden."

Ashley errötete. „Ich brauche wirklich keinen Ring. Ich wollte es nicht so wirken lassen, als ..."

Er unterbrach sie mit einem Kuss. „Nein, du bekommst einen Ring. Und eine anständige Hochzeit, wie es bei den Menschen Brauch ist. Außer ..." Er zögerte und war sich plötzlich unsicher. „Außer es geht alles zu schnell und du willst mehr Zeit, um darüber nachzudenken."

Ashley schnaubte. „Ich dachte, es wäre eine beschlossene Sache", entgegnete sie und berührte die Male auf ihrer Schulter.

„Für mich ist es das, aber ich verstehe, wenn du mehr Zeit brauchst."

Sie blickte in seine grünen Augen und verlor sich in deren Wärme. „Danke, aber so wie ich es verstanden habe, gehöre ich bereits zu Ben Stone, weshalb es keinen Sinn hat, mich zu widersetzen." Sie lächelte. „Aber vielleicht würde meiner Familie und meinen Freunden eine lange Verlobungszeit die Zeit geben, dich kennenzulernen und sich an die Vorstellung zu gewöhnen."

Er strich eine Strähne hinter ihr Ohr. „Klingt für mich perfekt, Schatz."

„Solltest du mir keinen Antrag machen oder so etwas?"

„Oh", sagte er und richtete sich auf. „Sorry." Er räusperte sich. „Ashley Bell, ich brauche dich in meinem Leben. Ich brauche dich bei der Arbeit an meiner Seite und nachts in meinem Bett. Ich muss den Rest meiner Tage auf dieser Erde in deiner Nähe sein, deinen Geruch einatmen und deine Haut berühren. Wenn du mich als deinen Ehemann und Gefährten annimmst, verspreche ich, dass ich mich jeden Tag bemühen werde, dich zum Lächeln zu bringen, dein Heim mit Liebe zu füllen und dir mein Allerbestes zu geben. Ich werde für dich sorgen und dich beschützen. Ich werde lernen, dir zu geben, was du brauchst und begehrst, und ich werde nie, niemals fremdgehen. Nimmst du mich bitte zum Mann?"

„Meine Fresse."

„Was?"

„Das war der beste Antrag, den ich jemals in meinem Leben gehört habe. Ich wünschte, ich hätte ihn aufgenommen."

„Wirst du mir antworten?"

Sie umfasste sein Gesicht. „Meine Antwort lautet Ja, Wolf. Ich werde deine Frau und Gefährtin werden. Ich werde mein Bestes geben, dir zu dienen, dein Haus mit Liebe und kleinen Babywölfen zu füllen."

„Welpen“, korrigierte er sie und blinzelte hektisch.

„Willst du Welpen?“, fragte sie leise.

Dieses Mal sah sie tatsächlich Tränen in seinen Augen, bevor er sie wegblinzelte. „Ich wollte nie welche ... doch jetzt ...“ Er hielt inne und schluckte. „Ja, die hätte ich gerne.“

„Dann ja. Meine Antwort lautet Ja. Ich bin die Deine, Ben Stone. In jeder Hinsicht.“

„Ashley“, murmelte er und griff nach ihrem Gesicht. Er begegnete ihren Lippen mit seinen und küsste sie zunächst sanft, dann mit mehr Druck. „Meine Ashley für immer. Ich liebe dich, Schatz.“

„Und ich liebe dich“, erwiderte sie und versuchte, das Versprechen in ihren Worten mit der Intensität ihres Blicks zu übermitteln, als sie sich für einen weiteren Kuss zu ihm beugte.

Die Strafe des Alphas

Es begann mit einer kleinen Täuschung …

Jetzt, fünf Monate später, denkt Ashleys Alpha-Gestaltwandler-Verlobter noch immer, dass sie versuchen, einen Welpen zu zeugen, obwohl sie die ganze Zeit über heimlich die Pille genommen hat. Als er es herausfindet, ist die Hölle los und das bedeutet eine heiße Strafe von ihrem dominanten Wolf.

Die Figuren aus Renee Roses sexy Liebesroman *Das Begehren des Alphas* kehren in einer Kurzgeschichte voller Sex, Spankings und harten, dominanten Liebesspielen zurück.

ANMERKUNG: Dieses Buch wurde ursprünglich in 2015 veröffentlicht und seit der Erstausgabe nicht verändert. *Die Strafe des Alphas* beinhaltet Spankings und harte, intensive, sexuelle Szenen. Falls du Anstoß an derartigen Inhalten nimmst, kaufe dieses Buch bitte nicht.

Die Strafe des Alphas

Renee Rose: HOLEN SIE SICH IHR KOSTENLOSES BUCH!

Tragen Sie sich in meine E-Mail Liste ein, um als erstes von Neuerscheinungen, kostenlosen Büchern, Sonderpreisen und anderen Zugaben zu erfahren.

https://www.subscribepage.com/mafiadaddy_de

Bücher von Renee Rose

Wolf Ridge High

Alpha Bully - Buch 1

Alpha Knight - Buch 2

Step Alpha - Buch 3

Alpha King - Buch 4

Alpha Varsity - Buch 5

Wolf Ranch

ungebärdig - Buch 0 (gratis)

ungezähmt– Buch 1

ungestüm - Buch 2

ungezügelt - Buch 3

unzivilisiert - Buch 4

ungebremst - Buch 5

unbändig - Buch 6

Two Marks

ungebärdig - Buch 1 (gratis)

versucht - Buch 2

Begehrt - Buch 3

verzaubert - Buch 4

Bad Boy Alphas

Alphas Versuchung

Alphas Gefahr

Alphas Preis

Alphas Herausforderung

Alphas Besessenheit

Alphas Verlangen

Alphas Krieg

Alphas Aufgabe

Alphas Fluch

Alphas Geheimnis

Alphas Beute

Alphas Blut

Alphas Sonne

Alphas Mond

Alphas Schwur

Alphas Rache

Alphas Feuer

Alphas Rettung

Alphas Befehl

The Werewolves of Wall Street Serie

Der große böse Boss: Mitternacht

Der große böse Boss: Mondverrückt

Der große böse Boss: Markiert

Der große böse Boss: Miteinander

Bad Boy Bears Serie

Alphas Anspruch

Alpha Doms (DE)

Das Begehren des Alphas

Die Strafe des Alphas

Das Versprechen des Alphas

Der Schutz des Alphas

Master Me

Ihr Königlicher Master

Ja, Herr Doktor

Ihr Marine Master

Ihr Russischer Gebieter

Ihre Zwillingsmaster

Ihr Brandmeister

Ihr Küchenmeister

Ihr Hollywood Master

Chicago Bratwa

Der Direktor

Gefährliches Vorspiel

Der Mittelsmann

Bessessen

Der Vollstrecker

Der Soldat

Der Hacker

Der Buchmacher

Der Reiniger

Der Torwächter

Mafia Männer Reihe

Reiz mich nicht

Verführe mich nicht

Zwing mich nicht

Unterwelt von Las Vegas

King of Diamonds: Was in Vegas passiert, bleibt in Vegas, Band 1

Mafia Daddy: Vom Silberlöffel zur Silberschnalle, Band 2

Jack of Spades: Gefangen in der Stadt der Sünden, Band 3

Ace of Hearts: Berühmtheit schützt vor Strafe nicht, Band

4

Joker's Wild: Engel brauchen auch harte Hände (Unterwelt von Las Vegas 5)

His Queen of Clubs: Russische Rache ist süß (Unterwelt von Las Vegas 6)

Dead Man's Hand: Wenn der Tod mit neuen Karten spielt

Wild Card: Süß, aber verrückt

Mountain Men

Held

Rebell

Krieger

Sündhaftes Chicago

Sündenpfuhl

Verwurzelt in Sünde

Mitternacht Doms

Alphas Blut von Renee Rose & Lee Savino

Ihr Vampir Master von Maren Smith

Ihr Vampir Held von Nicolina Martin

Ihr Vampir Schuft von Brenda Trim

Ihr Vampir Rebell von Zara Zenia

Ihre Vampir Leidenschaft von Tymber Dalton, die als Lesli Richardson schreibt

Ihre Vampir Versuchung von Alexis Alvarez

Ihre Vampir Besessenheit von Tabitha Black

Ihr Vampir Verdächtiger von Brenda Trim

Seine gefangene Sterbliche von Renee Rose & Lee Savino

Die Gefangene des Vampirs by Kay Elle Parker

Vampirbeute von Vivian Murdoch

Die Meister von Zandia

Seine irdische Dienerin

Seine irdische Gefangene

Seine irdische Gefährtin

Seine irdische Rebellin

Seine irdische Frau

Ihr Gefährte und Meister

Zandianisches Haustier

Sein irdischer Besitz

Zandianische Bräute

Eine Nach md den Zandianern

Von den Zandianern gekauft

Von den Zandianer beherrscht

Das Licht der Zandianer

Festgehalten vom Zandianer

Vom Zandianer beansprucht

Vom Zandianer gestohlen

Über die Autorin

USA TODAY Bestseller-Autorin RENEE ROSE liebt dominante, verbalerotische Alpha-Helden! Sie hat bereits über eine halbe Million Exemplare ihrer erotischen Liebesromane mit unterschiedlichen Abstufungen verruchter sexueller Vorlieben und Erotik verkauft. Ihre Bücher wurden außerdem in *USA Todays Happily Ever After* und *Popsugar* vorgestellt. 2013 wurde sie von *Eroticon USA* zum nächsten *Top Erotic Author* ernannt und freut sich ebenfalls über die Auszeichnungen Spunky and Sassy's *Favorite Sci-Fi and Anthology Autor*, The Romance Reviews *Best Historical Romance* und Spanking Romance Reviews *Best Sci-fi, Paranormal, Historical, Erotic, Ageplay and Couple Author*. Bereits fünfmal gelang ihr eine Platzierung in der USA-Today-Bestsellerliste mit verschiedenen literarischen Werken.

Besuchen Sie ihren Blog unter www.reneeroseromance.com

www.ingramcontent.com/pod-product-compliance
Lightning Source LLC
Chambersburg PA
CBHW070634100726
47907CB00007B/1977